フランコ・モレッティ

ブルジョワ

歴史と文学のあいだ

田中裕介訳

みすず書房

THE BOURGEOIS

Between History and Literature

by

Franco Moretti

First published by Verso, 2013

Japanese translation rights arranged with
Verso Books through
The English Agency (Japan) Ltd., Tokyo

ペリー・アンダーソンとパオロ・フローレス・ダルカイスに

目次

資料についての註記

本書で頻繁に用いられる資料について若干説明しておく。グーグルブックス・コーパスは、何百万冊にも及ぶ書物の集成であり、非常に簡単に検索ができる。チャドウィック＝ヒーリー一九世紀小説データベースは、一七八二年から一九〇三年までのイギリスとアイルランドの小説を二五〇篇にまで絞り込んで収録している。文学ラボ・コーパスは、およそ三五〇〇篇の一九世紀のイギリス、アイルランド、アメリカの小説を含んでいる。

辞書類もたびたび参照しているが、本文ではカッコに入れて示すだけで、それ以上とくに註記はしていない。ＯＥＤは『オックスフォード英語辞典』、ロベールとリトレはフランス語、グリムはドイツ語、バッターリアはイタリア語である。

ブルジョワ――歴史と文学のあいだ

凡　例

一、本書は、Franco Moretti, *The Bourgeois: Between History and Literature*, London: Verso, 2013 の全訳である。

一、原文中の引用符は「　」で括り、大文字で記された文字についても「　」で括った箇所がある。

一、原文中のイタリック体で記された箇所には、原則として傍点を付した。ただし、英語以外の言語についてはその限りではない。また、書名および絵画名については『　』で括った。

一、訳文中の（　）、［　］、——は原著者によるものである。ただし、一部、原文から取り外して訳出した箇所がある。

一、訳者による補足および訳註は、すべて〔　〕で括って挿入した。

一、原著で引用されている文献のうち、既訳のあるものは可能なかぎり参照した。ただし、訳文については必ずしもそれに拠らない。

一、原著には文献一覧は掲載されていないが、読者の便宜を考慮して、訳者のほうで新たに作成し巻末に掲載した。既訳書に関する書誌情報も、ここに併記してある。

一、原著の明らかな間違いや体裁の不統一については、一部、訳者の判断で整理した箇所がある。

一、索引は原著にもとづいて作成したが、訳者のほうで整理した箇所がある。

序　章　いくつもの捉え方、いくつもの矛盾

一　「私はブルジョワ階級の一員である」

ブルジョワ……。さほど遠くない昔、この言葉は社会分析に必須と思われた。現在では、それを耳にすることは滅多にない。資本主義はかつてないほど力を増しているが、その具体的な人間の姿は消え去ってしまったようにみえる。「私はブルジョワ階級の一員であり、そのような存在であると自認し、その見識と理念にもとづいて育てられた(1)」と、一八九五年にマックス・ウェーバーは書いた。今日、こうした言葉を繰り返すことのできる人間がいるだろうか。ブルジョワの「見識と理念」——それはいったい何なのか。

そのような環境の変化は学問的著作に反映している。ジンメル、ウェーバー、ゾンバルト、シュンペーター、彼らすべてが資本主義とブルジョワを——経済と人類学を——同じコインの両面とみなしていた。イマニュエル・ウォーラーステインが四半世紀前に書いている。「ブルジョワジーという把

握が……不在であるこのわれわれの現代世界について、まともな歴史解釈がいっさい私には思い浮かばない。それもそのはずである。主人公のいない物語を語るのは難しいのだ」[2]。しかしながら、現在、資本主義の揺籃期における「見識と理念」の役割を力説する歴史家——メイクサインズ・ウッド、デ・フリース、アップルビー、モカー——でさえ、ブルジョワという人物像には、ほとんど、もしくはいっさい関心を抱かない。メイクサインズ・ウッドが『資本主義の起源』で書いている。「イングランドには資本主義があったけれども、それはブルジョワジーによってもたらされたものではなかった。フランスでは（多かれ少なかれ）勝利を収めたブルジョワジーが存在したが、その革命の企図は資本主義とはほぼ無縁であった」。さらに、最後には次のように書かれている。「ブルジョワは資本主義者と……必ずしも一致しない」[3]。

たしかに、必ずしも一致しないのだが、それはさしたる問題ではない。ウェーバーが『プロテスタンティズムの倫理と資本主義の精神』で書いているように、「ブルジョワ階級とその特性の始まりは、労働の資本主義的組織の始まりの過程と密接に結びついた過程であるが、ただし両者は重なるとまではいいえない」[4]。密接に結びついてはいるが、重なるとまではいえない。本書『ブルジョワ』を背後で支える考えとは次のようなものである。ブルジョワと彼の文化を——ほぼ歴史をずっと通して、ブルジョワは明瞭に「彼」でありつづけてきた——、しかしながら、ぴったりそれらと一致することはない権力構造の一部とみなすこと。しかし、「ブルジョワ」について定冠詞つきの単数として語ることそれ自体が問題をはらんでいる。「大ブルジョワジー」は、その形態においてその下位にある人びとから分離されえない」と、『帝国の時代』においてホブズボームが書いている。「その構造は、新参者に開かれていなければならないのだ――これがその存在の核心にある」[5]。ペリー・アンダーソンは次のように付け加える。

この融通無碍さによって、ブルジョワジーは、その上にいる貴族およびその下にいる労働者階級と一線を画している。この対照的な二つの階級各々の内部に目立って認められる違いにもかかわらず、構造的に把握するならば、均質性は高い。貴族階級は、称号と特権を組み合わせた法的資格によって定義づけられる一方で、労働者階級は、肉体労働という状況を特徴としておおかた有する。ブルジョワジーは、それに比する内的なまとまりを社会集団として所有していない[6]。

曖昧な境界線、そして微弱な内的まとまり。このような特徴は、ひとつの階級としてのブルジョワジーという把握そのものを無効にするのだろうか。現在最高の歴史家であるユルゲン・コッカにとって、必ずしもそうではないのは、この把握の核心とも称せるものとその外的な周縁とのあいだに区別をつける場合である。この後者は実際、社会的というだけでなく歴史的にもきわめて変化に富んでいた。一八世紀末にいたるまで、それはおおむね初期の都市部ヨーロッパの「自営小規模事業主」（職人、小売業者、宿屋経営者、小規模経営者）によって成り立っていた。一〇〇年後には、「中層と下層の事務労働者と官吏」[7]からなるまったく異なる人びとに入れ替わっていた。しかしその間に、一九世紀が進行する過程で、「財産を有し教育を受けたブルジョワジー」という折衷的な人物像が西欧諸国一帯に出現し、ひとつの全体としてのこの階級に重心を与え、新たな統治階級候補としての特徴を強めた。これは、「所有市民階級」（Besitzbürgertum）と「教養市民階級」（Bildungsbürgertum）というドイツ語の一組の概念において、よりあからさまには、（資本から得られる）利得と（専門職のサービスから得られる）給金を等しく「同一の項目にもとに」[8]まとめるイギリスの租税体系に表われている統合である。

財産と教養の出会い。コッカの理念型はまた私たちの共有するものだが、ひとつ重要な違いがある。文学史家として私は特定の社会集団——銀行家と高級官僚、企業家と医師など——のあいだの現実的な関係よりも、文化的形態と新たな階級の現実とのあいだの「合致」にこそ注目したい。たとえば、いかに「快適」といった語が折目正しいブルジョワの消費の輪郭を描き出しているのか、あるいは、いかにして物語のテンポが存在の新たな規則性に適合しているのか、という問いが扱われる。ブルジョワは文学のプリズムを通して屈折して映し出される。これが本書『ブルジョワ』の主題である。

二　不調和

ブルジョワ文化。それはひとつの文化なのか。「多彩であることが……私が顕微鏡のもとに捉えてきたこの階級には資するのであろう」と、ピーター・ゲイはその五巻本『ブルジョワの経験』を締めくくるにあたって書きつけている。[9]「経済上の自己利益、宗教信仰、思想信条、社会競争、女性の適切な地位が、ブルジョワがブルジョワと争った主題となっていた」と、彼は後日に付け加えている。分裂がきわめて深いゆえに、「ブルジョワジーという画然としたひとつの実体があることを疑いたくなるくらいだ」[10]。ゲイにとって、このような「顕著な多種多様[11]」のいっさいが、一九世紀における社会変化の加速の産物であり、そのためブルジョワの歴史のヴィクトリア時代の段階に特有のものだった[12]。しかしもっと長い歴史を見渡しても、ブルジョワ文化の不整合ということはいえそうである。「彼の軽快な面と荘重な面を比較するならば、二つの明瞭な性格が彼の内部で、どうも折り合うことのないまま同居しているといえる」。マキャヴェッリの『フィレンツェ史』におけるロレンツォの肖像に触発されたサンタ・トリニタのサセッティ教会についての論文で、アビ・ヴァールブルクは語る。

メディチ家統治下のフィレンツェ市民は、理想家——中世的キリスト教徒であれ、騎士道ロマンス愛好者であれ、古典的新プラトン主義者であれ——と、俗世に通じた実利追求型の異教徒たるエトルリア商人という完全に異なる両面をあわせもっていた。その活力において本能的であったが調和を踏み外さないこの謎めいた生き物は、あらゆる心の動きを、思う存分押し拡げるべき自らの精神の幅の及ぶところとして喜んで受け容れた[13]。

理念を追い求めつつも俗世に通じる謎めいた生き物。メディチ家とヴィクトリア時代人の中間に位置するまたひとつのブルジョワの黄金時代について書いた、サイモン・シャーマが思いを傾ける「特異な共存」において、

世俗と僧服の統治者たちが受け容れて生きていたのは、ほかであれば耐えがたいほど喰い違う価値体系であったであろうもの、貪欲と禁欲のあいだの絶えざる闘争である。……際限のない奢侈とい

うとどめがたい習慣、オランダの商業経済に組み込まれた一か八かの起業を促す流れは、旧来の正統の守護者たちからの警告の舌打ちと厳しい判定を誘い出した。……対極にみえる価値体系のこの特異な共存は……貧困か堕落かの野蛮な選択の危険を冒さずに、欲望すなわち良心の命じるままに、神聖なるものと世俗的なもののあいだで立ち回る余地を彼らに与えた。[14]

奢侈、そして旧来の正統。ヤン・ステーンの『デルフトの市長とその娘』が、シャーマの著作のカバーに印刷されてこちらを見つめている（図版1）。でっぷりと太った黒服の男が腰かけている傍らにはその娘の金銀の美服があって、その一方で乞食がくすんだ色の服を着ている。フィレンツェからアムステルダムへと移ると、サンタ・トリニタの顔に見られた率直な生気は薄らいでいる。この市民は椅子に重々しく腰を下ろしており、その状況がもたらす（シャーマを再度引用させてもらうが）「内面の葛藤」に消沈しているかのようだ。空間的には娘に近接しているが、娘を見てはいない。もう一方の女性の方を漠然と向いてはいるのだが、対面しているとはいえない。眼は下を向いており焦点が定まっていない。はたしてこれから何が起ころうとしているのか。

マキャヴェッリの「不可能な接合」、ヴァールブルクの「謎めいた生き物」、シャーマの「絶えざる闘争」。このようなブルジョワ文化の早い段階での矛盾と比べると、ヴィクトリア時代はそれが実際にそうであったものを擁護する。対立というよりも、はるかに妥協の時代であったのだ。もちろん、妥協は一様ではなく、ヴィクトリア時代人をまず「多彩」と見ることもなんとかできるかもしれないが、その色彩は過去からの引き写しで、輝きは失われている。多彩ではなく、灰色が、ブルジョワの

図版1　J. ステーン『デルフトの市長とその娘』(1655 年)

世紀の上に翻る旗である。

三　ブルジョワジー、中流階級

「ブルジョワがなぜその名で呼ばれるのを嫌うのかを理解するのに困難を覚える」と、グレトゥイゼンはその名著『フランスにおけるブルジョワ精神の起源』において述べている。「王は王と呼ばれ、司祭は司祭と、騎士は騎士と呼ばれる。しかしブルジョワはその匿名を維持することを好む[15]」。「匿名を維持する」ということから、おのずと思い出されるのがその融通無碍な肩書き、すなわち「中流《ミドル》・階級《クラス》」である。ラインハルト・コゼレックが書いている。「どの概念も潜在的な経験と了解可能な理論に見合ったひとつの特有の地平を開く[16]」のだが、「ブルジョワ」ではなく「中流階級」を選ぶことによって、英語はたしかに社会認識に見合った明確な地平を開いた。それはなぜか。ブルジョワは「中間の」どこかに存在するのである、そう、「農夫や奴隷ではないが、また貴族でもない」のは、ウォーラーステインの述べるとおりだが[17]、この中間性はまさにブルジョワが乗り越えようとしたものだった。初期近代のイングランドの「中くらいの境遇」に生まれたロビンソン・クルーソーは、「世界で最高の境遇」だという父親の考えを撥ねつけて、それを乗り越えるために全人生を捧げる。それでは、その成功を認めるのではなく、この階級を冴えない始原へと差し戻す名称に同意するのはなぜだろうか。「ブルジョワ」ではなく、「中流階級」を選ぶことにおいて問題になっているのは何だろうか。

「ブルジョワ」が最初に出現したのは一一世紀のフランス語 'burgeis' としてであるが、これは「封建的支配から免れる」法的権利を享受していた中世都市（bourgs）の住民を指し示していた（ロベールによる）。この語が帯びている法的意味——「拘束されない自由」という、ブルジョワに典型的な「自由」の把握がそこから生じた——に、やがて一七世紀末になって、おなじみの否定の連鎖からなる経済的意味、「聖職者にも貴族にも所属せず、肉体労働に従事せず、独立の活計を立てている者」（これもロベール）が付け加わった。それ以降、各国で時代と意味の変遷は異なるが[18]、この語が西欧諸語すべてにおいて浮上した。イタリア語 'borghese'、スペイン語 'burgués'、ポルトガル語 'burguês'、ドイツ語 'Bürger'、オランダ語 'burger' である。この集合において、英語の 'bourgeois' が際立つのは、英語内の形態変化を受けて統合されるのではなく、この語が見まがうことなくフランス語からの外来語でありつづけた唯一の事例という点においてである。そして、当然、「（フランスの）市民、すなわち自由民」というのが、名詞としての 'bourgeois' のＯＥＤの最初の定義である。「フランス中流階級の、すなわちそれに関係する」というのが形容詞の定義であり、それはただちにフランス、イタリア、ドイツに言及する一連の引用によって補強されている。女性名詞 'bourgeoise' は「中流階級のフランス人女性」である一方、'bourgeoisie' ——その最初の三つの記載はフランス、大陸ヨーロッパ、ドイツに触れている——は「フランスの都市の自由民の集合体、フランスの中流階級、他国にも拡大適用される」とされていて、他と整合性を保っている。

「ブルジョワ」は非英語としての特徴を有する。ダイナ・クレイクのベストセラー作品『ジョン・ハリファックス、ジェントルマン』（一八五六年）——織物業者の虚構の伝記——において、この語は三度現われるのみであり、いずれも外来性の徴《しるし》として斜字体にされており、この括りを貶めるためか（「私が言っているのは、下層階級、ブルジョワジーということです」）、軽侮を表わすため（「なんと！　ブルジョワ、商人ですか」）に用いられるのみである。クレイクと同時代の他の小説家に関しては、完全なる沈黙である。チャドウィック゠ヒーリー・データベース——収録の二五〇〇篇の小説を一九世紀のカノンのいわば拡大版とするものだが——において、「ブルジョワ」は一八五〇年から一八六〇年のあいだでただの一度登場する一方、「豊かな」（rich）は四六〇〇回、「富裕な」（wealthy）は六一三回、「羽振りがよい」（prosperous）は四四九回である。調査をこの世紀全体に拡げるならば——使用頻度ではなく、この語が修飾に用いられた幅というやや異なる視角からの検証にはなるが——、スタンフォード文学ラボの三五〇〇篇の小説から次の結果が導き出された。「豊かな」という形容詞は一〇六〇種の名詞を修飾するために用いられ、「富裕な」は二一五種、「羽振りがよい」は一五六種、「ブルジョワ」は八種であった。その八種とは、「家族」「医者」「諸美徳」「雰囲気」「美徳」「虚飾」「劇場」、そしてなぜか「紋章入り楯」である。

なぜこのような立ち遅れが生じたのか。コッカが書いているように、一般的にいえば、ブルジョワ集団は、

> 旧来の権威、特権的な世襲貴族、絶対王政から距離をとっていた。……このような考え方からの反転が生じる。すなわちそうした前線が消失している、あるいは消滅しつつあるかぎりにおいて、包括的であると同時に境界をもたない「市民階級」について語ることは、実際その実体を失うことに

なる。これで国際的に違いが生じていることが説明される。貴族の伝統が薄弱か不在であり（スイスやアメリカ合衆国のように）、早い段階で脱封建化し、農業の商業化が進んだ国では、貴族とブルジョワの区分が、さらには都会と田舎の区分が徐々に崩れて、明瞭な「市民階級」と「市民階級」に関する言論の形成に逆らう有力な要因が認められる。[19]

「市民階級」に関する言論にとっての明瞭な「前線」の欠落。そのために英語は、「ブルジョワ」という語にあれほど無関心だったのである。裏を返せば、「中流階級」を後押しする力が蓄積したのは、工業化初期のイギリスを論じた多くの人びとが中間の階級を求めたという単純な理由による。工場地区には「残念ながら、中間階層が著しく欠乏しており、人口の大半は豊かな工場主と貧しい労働者によって構成されている」[20]と、ジェイムズ・ミルは『統治論』（一八二四年）で記している。豊かさと貧しさ。「豊かな人びとと貧しい人びとの較差がこれほど大きく、その間の障壁を越えるのがこれほど困難な都市は世界中にどこにもない」[21]と、カノン・パーキンソンはマンチェスターについての有名な記述を残している。工業の成長がイングランド社会を分極化するにしたがい――つまり『共産党宣言』において明確に記されたように、「社会の全体が財産所有者と無所有労働者の二階級に分裂する」にしたがい――中間層の必要性がますます高まり、中間の階級が「貧しい労働者の苦難」（これもミル）に「共感」し、またその助言により彼らを「教導」し、「お手本」[22]を示すことのできる唯一の階級と思われたのである。彼らが「上層と下層をつなぐ環」であると付言するブロアム卿は、「中流階級の知性」と題された選挙法改正案についての演説において、「質実、合理、知性、正直を重んじるイングランド感情の真の保持者[23]」として、中流階級を描き出した。

中間における階級を求める幅広い歴史的必要性を経済が創り出したとすれば、政治が決定的な戦術のひねりを加えた。グーグルブックス・コーパスにおいて、'middle class'、'middle classes'、'bourgeois' といった語は、一八〇〇年と一八二五年のあいだの時期は、頻度としてはほぼ均等に現われているようにみえるが、一八三二年の選挙法改正の直前——社会構造と代議制の関係が政治の中心へと移った時期——において、'middle class' と 'middle classes' は突如として 'bourgeois' よりも二、三倍も多く現われるようになった。思うに、「中流階級」とは、独立集団としてのブルジョワジーを解体し、代わりに上から見下ろしたうえでそれに政治的封じ込めの任務を託する便法であったからだ[24]。こうしてひとたび命名がなされ、新語が定着すると、あらゆる結果（と方向転換）が後に続いた。たとえば「中流階級」と「ブルジョワ」はまったく同一の社会的現実を示していたけれども、その現実の周囲に非常に異なるつながりを創り出していた。ひとたびブルジョワジーが「中層」に位置づけられると、それ自体が一部従属的である集団と見えるようになり、天下国家に責任を負うことはなくなってしまったのだ。そして、「下」「中」「上」が連続体を形成し、農民、プロレタリアート、ブルジョワジー、貴族といった解消不可能な「階級」の分類に比べてはるかに階層移動が容易と考えられるようになった。こうして、長期的には、「中流階級」の切り拓いた象徴的地平は、イングランドの（およびアメリカの）ブルジョワジーにとってはきわめてうまく機能した。「独立したブルジョワの政治代表選出[25]」を不可能にした一八三二年の当初の挫折は、後に直接の批判から彼らを守り、婉曲化された社会階層を促進したのである。グレトゥイゼンは正しかった。「匿名」が功を奏したのである。

四　歴史と文学のあいだ

歴史と文学のあいだのブルジョワ。しかし本書で私は、わずか一握りの例を挙げるだけで我慢しよう。「権力掌握」以前のブルジョワから始める（「働く主人」）。そして、孤絶した島でただ独り生きる男をめぐるデフォーとウェーバーの対話。だが男は、その生活のなかで型を見いだし、それを表現する正しい言葉を発見するようになる。「真剣な世紀」では、この島はひとつの半大陸になっている。ブルジョワは西欧一帯に増殖し、その影響を多方向に及ぼしていた。それは、この歴史のもっとも「美的な」局面である。語りの発明、文体の一貫性、傑作――偉大なるブルジョワの文学、そのようなものがあったとすれば。ヴィクトリア時代イギリスについての「霧」では、異なる物語が語られる。非常な成功の数十年の後に、ブルジョワはもはや単なる「自分自身」ではいられない。社会の全域へのその権力――その「覇権」――がいまや浮上している。そしてこの局面においてこそ、突如としてブルジョワは自らを恥じるのである。権力を握ったが、その視界の明晰さ――その「文体」を失ったのである。これは本書の転換点であり、その真実の局面である。ブルジョワは、政治上の存在感を確立したり文化の全体図を作成したりするよりも、経済圏の内部で権力を行使する方がはるかに得意だと公表する。その後、ブルジョワの世紀の陽は沈みはじめる。「各国での変形」での南部と東部において、その偉大な存在がつぎつぎにしぶとい旧体制に押し潰され、嘲弄される。一方で同時期に、イプセンの連作の悲劇的な無人地帯（間違いなく「ノルウェイ」にはとどまらない）から、ブルジョワという存在へのとどめとなる徹底的な自己批判が生じる（「イプセンと資本主義の精神」）。

さしあたり、概要はこれで充分だろう。文学研究と歴史研究の関係について、手短かに、少しだけ言葉を付け加えておくことをお許し願いたい。文学作品によって提供されるのは、いかなる種類の歴史、いかなる種類の「証拠」なのだろうか。直接的なものではないのは明らかだ。『北と南』（一八五五年）の工場主ソーントンや『人形』（一八九〇年）の企業家ヴォクルスキが、マンチェスターやワルシャワのブルジョワジーに関する正確な実証をもたらすものは何もない。彼が属するのはひとつの並行的な歴史系列——ある種の文化的二重螺旋——であり、そこでは資本主義による近代化がもたらす衝撃が、文学の形式付与とせめぎ合い、それによって再度かたちを変える。「いかなる形式も存在の根本的不調和の解消である」と、『小説の理論』において若きルカーチは書いている。[26] もしそうだとするならば、文学は奇妙な宇宙であり、そこでは解消がすべて完全に保全される——その解消とは、簡単にいえば、私たちがいまだ読んでいるテクストである——一方で、不調和は視界から静かに消失する。それが徹底的であればあるほど、その解消が大きな成功を収めたことが明らかになるのである。

この歴史には、問いが消え去り、答えが生き延びるという何か幽霊めいたものがある。しかし、かつて生気にあふれ不確定な現在であったものの遺物としての化石が文学形式であるという考えを受け容れるならば、そして私たちが進んできた道筋を逆進する、いわばその道筋によって解決されることが考えられていた問題を理解するために、その道筋を「逆行分析」するならば、その実践を通して、形式の分析は、原則的には——つねに実際にそうならないとしても——そのままでは闇に埋もれつづける過去の次元を解き明かすことになろう。ここにこそ文学が歴史の学知に貢献できる可能性がある。過去に対するイプセンのほのめかしの不透明さを、ヴィクトリア時代の形容詞の歪んだ意味作用を、さらには（一見、辛気臭い作業ではあるが）『ロビンソン・クルーソー』における動名詞の役割を理解することによって、過去がその声を回復し、いまでも私たちに語りかける影の領域に入るのである。[27]

五　抽象的な英雄

しかし私たちに何事かが伝えられるのは、形式という媒体を通じてのみである。物語と文体。そこに私はブルジョワを見いだすのだ。とりわけ、文体。それが相当に意外と思われたのは、語りが実によく社会的身分の基礎としてみなされ[28]、またブルジョワジーが実に頻繁に動乱と変化に結びつけられてきた――『精神現象学』のいくつかの有名な場面から『共産党宣言』の「堅固なものすべてが霧散する」という言葉やシュンペーターの創造的破壊まで――ことが思い出されるからである。だから私は、ブルジョワ文学を思いもよらぬ新たなプロットによって定義できるものと考えていたことがある。[29]エルスターが資本主義のイノヴェーションについて書いたように、「暗闇への跳躍」によってである。だが私にはそうではなくして、「真剣な世紀」において論じるように、その反対が妥当であったように思われる。不均衡ではなく規則性が、ブルジョワのヨーロッパの大きな物語の発明品であったのだ。[30]堅固なものすべてが、いっそう堅固になった。

なぜか。その主たる理由は、おそらくブルジョワ自身に認められる。一九世紀が進むにしたがって、ひとたび「新たな財産」に関する汚れが拭い去られると、この人物像の周りにいくつかの決まり文句の特徴が群がることになる。まずは、精力、そして克己心、明快さ、商売上の誠実さ、強烈な目的意識。すべて「よい」特徴だが、西洋の物語が、文字どおり、一〇〇〇年にわたって依拠してきた、戦士、騎士、征服者、冒険者といったタイプの主人公に匹敵するほどのものではない。「株式売買は、聖杯の格落ちの代替物である」と、シュンペーターは侮蔑を込めて書いた。そして「数字の列のあいだで、会社内で送られる」実業生活は、「本質的に非英雄的」であることが定められている。[31]これこそが、新旧の支配階級の大きな断絶なのである。貴族階級が勇猛な騎士が居並ぶ殿堂に堂々と自らを美化して仲間入りさせたのに対して、ブルジョワジーはそのような自己美化とは無縁であった。冒険という偉大なる仕組みは、ブルジョワ文明によって衰滅しつつあったのであり、冒険から切り離された登場人物は、未知との遭遇に由来する独自性の刻印を喪失した。[32]騎士に比べれば、ブルジョワは凡庸であり、捉えどころがない。他のブルジョワと区別がつかないのだ。以下の『北と南』の冒頭の場面では、女性主人公が、マンチェスターの実業家について母親に伝えている。

「彼がどんな人かだって、なんともわからない」とマーガレットは言った。……「歳は三〇くらいで、顔は不細工ではないし、かといって整ってもいないし、目立つところはいっさいなくて、ジェントルマンともいえない。これといった特徴はないわ」。

「でも、下品というわけでもない」とは父親の言葉……。[33]

「なんとも〜ない」「くらい」「ではない」「かといって〜ない」「いっさいなくて」「ともいえない」……マーガレットの判断は、普段は歯切れがいいのだが、言い逃れの連鎖でぐずぐずになっている。これこそが、ブルジョワの典型の抽象化なのだ。その極端な形態において彼は、『資本論』からの引用を二つ示すならば、「人格化された資本」、ないしはただ単に「剰余資本への剰余価値の転換装置」である。(34) 後のウェーバーと同じく、マルクスにおいて、あらゆる感情的な特徴を徹底的に抑圧しているために、この人物が感興をそそる物語の中心を占めるとはどうも想像しがたくなっている——もちろん自己抑制それ自体が、マンのトーマス・ブッデンブローク領事の肖像（ウェーバーその人に深甚な影響を与えた(35)）に見られるように、物語である場合も例外的にあるのだが。以前の時代、あるいは資本主義ヨーロッパの周縁においては、制度としての資本主義の脆弱さのために、ロビンソン・クルーソー、ジェズアルド・モッタ、スタニスラフ・ヴォクルスキのような強烈な個人を想像する余地が大きく残されていて、異なった事態が展開する。しかし資本主義の構造が盤石となっている場所では、物語と文体のメカニズムがテクストの中心として、個人と入れ替わっている。それは本書の構造のまた別の捉え方である。すなわち、ブルジョワの言語に二章が割かれ、ブルジョワの登場人物に二章が割かれているのだ。

六　散文とキイワード――予備的考察

数ページ前で私は、ブルジョワが見いだされるのは物語よりも文体、と言っておいたが、「文体」という言葉が意味しているのはおおよそ二つである。散文とキイワード。散文のレトリックがしだいに視界に入ってくるのだが、連続性、精確さ、生産性、中立性などひとつの側面ごとに取り上げることとし、冒頭二章において、一八世紀と一九世紀を通じて増大を示す弧を跡づける。偉大なる達成であったのが、ブルジョワの散文であり、これはたいへんな労苦を要する散文である。その世界には、創造の一瞬において発想と出来上がりが魔術的に溶け合う、神の賜物である「霊感」という考えが不在であるために、直接「労働」と名指すことなしに、散文という媒体を想像することは不可能である。たしかに、言語を駆使する労働なのだが、それはもっとも典型的なブルジョワの活動を体現するものであるのだ。本書『ブルジョワ』が主人公を擁するのであれば、この労苦あふれる散文がまさにそれなのである。

私がこれまで素描してきた散文は理念型であり、いずれかの特定のテクストに十全に実現されているということはない。キイワードは違う。それは、実際の作家によって用いられる実際の言葉であり、各々の書物において完全に跡づけることができる。ここでの概念枠は、数十年前にレイモンド・ウィリアムズが『文化と社会』において、ラインハルト・コゼレックが「概念史」をめぐる著作で提起していたものである。近現代ヨーロッパの政治言語を扱うコゼレックにとって、「概念とは、ただ単にそれが意味する関係を指し示すだけのものではない。関係のなかで要因となるものである[36]」。さらに正確にいえば、言語と現実のあいだの「緊張関係」を創り出す要素であり、多くの場合で「意識的に武器として用いられる[37]」。知性史という偉大な先蹤はあるが、この手法は、グレトゥイゼンの言葉を借りれば「行動はするが多くは語らない[38]」、そして口を開けば、知的な概念の明晰さよりもくだけた日常的な言葉遣いを好む社会的存在にはおそらく不向きだろう。そうであれば「武器」は、「快適」(comfort)や「影響」(influence)のような偉大な媒介についてはいうまでもなく、「役に立つ」(useful)、「効率」(efficiency)、「真剣」(serious)といった、実践的かつ建設的なキイワードにも間違いなく不適当な語であり、「世界と社会がそれによって調節される道具[39]」というバンヴェニストの言語観の方がコゼレックの「緊張関係」よりはるかにしっくりくる。思うに、キイワードの多くが形容詞となっていることは偶然ではない。文化の意味体系にとっては、(概念はいうまでもなく)名詞よりも中心から外れている形容詞は非体系的であり、「調節可能」なものなのだ。ハンプティ・ダンプティが馬鹿にしていうように、「形容詞、これを使えば何でもできる[40]」。

散文そしてキイワード。二つの並行する流れが、段落、文、個別の語という諸々の段階で本論を通して何度も姿を現わすことになる。この二つを通して、ブルジョワ文化の特性が、言語の埋もれていた暗黙の次元から立ち現われる。「心性」は、明瞭な思想というよりも無意識の文法のパターンと意味の連合から成っている。これは本書の当初の計画ではなかったが、ヴィクトリア時代の形容詞に関するページが本書『ブルジョワ』の読みどころであるかもしれないという事実に、いまだに自分でたじろぐときがある。しかしブルジョワの思想はこれまで多大な注意を集めてきたとしても、その心性は、ほとんど一世紀前のグレトゥイゼンの研究のような少数の孤立した試みを除けば、いまだに多くが未開拓のままなのである。そして言語の細部が暴き出すのは、大思想が多くの場合覆い隠している秘密である。新しい息吹と古い慣わしのあいだの軋轢、偽りの出発、ためらい、妥協。一言でいえば、文化史の遅さである。ブルジョワ文化を未完のプロジェクトとみなす本書にとって、これが正しい方法論上の選択に思えたのだ。

七　「ブルジョワは消え去る……」

一九一二年四月一四日、ベンジャミン・グッゲンハイム（ソロモンの弟）はタイタニック号に乗船しており、この船が沈みはじめた際に、ほかの男性の乗客たちが大騒ぎし、時に力ずくで邪魔をするのを躱《かわ》して女性と子どもを救命艇に導いた一人が彼であった。そして、自分の給仕係に救命艇へと乗り組むように命じたグッゲンハイムは別れを告げて、「ベン・グッゲンハイムが臆病者だったから女性は誰も船上に残っていない」と妻に伝えることを頼んだ。それが起こったことである(41)。彼の言葉はもう少し不明瞭なものだったのかもしれないが、それは大した問題ではない。彼は、正しい、非常な難事を成し遂げたのである。だからこそ、一九九七年のキャメロン監督の『タイタニック』の製作スタッフはこの挿話を発掘した際に、ただちに脚本家のところに持っていった。素晴らしい場面になるだろう。しかし素っ気なく却下された。あまりにも現実離れしているというわけだ。金持ちは、臆病だとかそれに類する抽象的な原則のために死にはしない。そしてもちろん、この映画のなんとなくグッゲンハイムを彷彿させる人物は、銃を掲げて強引に救命艇に乗り込もうとするのだ。

「ブルジョワは消え去る」と、「ブルジョワ時代の代表者としてのゲーテ」という一九三二年の論文にトーマス・マンは書いたが、二〇世紀の両端に置かれている、この二つの偉大なる《タイタニック》歴史的機会は、彼の言葉に一致する。ブルジョワが消え去るのは、資本主義が消え去るからではなく、反対に、資本主義がかつてないほど強力になっているからだ（ゴーレムのように、おおかたは破壊のなかにおいてだとしても）。しだいに消滅していったのは、ブルジョワの「正統性」の感覚である。単に支配するというのではなく、支配するのにふさわしい支配階級という把握である。この確信こそが、タイタニック船上でのグッゲンハイムの言葉には脈打っていた。問題となっていたのは、覇権《ヘゲモニー》概念についてのグラムシの文章の一部を借りれば、自らの属する階級の「威信（およびそれゆえの信頼）」だったのである。(42) それを手放すのは、支配する権利を失うことであったのだ。

価値観に裏づけられていた権力。しかしブルジョワの政治支配がついに実現したまさにそのときに、(43) 三つの大きな新現実が相次いで現われて、その構図を永遠に塗り替えてしまった。最初に政治的挫折が訪れた。ベル・エポックに、この時代を見事に映し出す鏡であったオペレッタのように、安っぽい終幕が訪れると、ブルジョワジーは旧エリート層と協力してヨーロッパを戦争という奈落の底へと突き落とした。その後、ブルジョワジーは、黒シャツ隊〔イタリア国家ファシスト党の民兵組織〕と褐色シャツ隊〔ナチスの突撃隊〕に庇護されて階級利益を守り、より酷い大虐殺への道を開いた。旧体制が終焉を迎えると、この新たな人びとは真の支配階級として振る舞う能力を欠いていることが明らかになる。一九四二年に、シュンペーターが「ブルジョワ階級は……主人を必要としている」(44)と冷たい軽侮を込めて書いたとき、その意味するところを説明する必要を感じていなかった。

二番目の変容は、性質としてほとんど対極といってよいが、第二次世界大戦後に民主体制の広範囲に及んだ確立とともに訪れた。「現代資本主義の社会体制の内部で、大衆から勝ちとったその歴史的合意の特性」は、ペリー・アンダーソンによれば、

> 自分たちが既存の社会秩序の内部で究極の自己決定を行なっているという大衆による思いであり……その国の統治体制におけるあらゆる国民の民主的平等への信用、いいかえれば、いっさいの支配階級の存在への不信である。(45)

かつて軍服の隊列の陰に身を隠していたヨーロッパのブルジョワジーは、いまやひとつの階級としての自分たちを消し去ることを要請する政治的神話の陰で姿を晦《くら》ましたのだ。この韜晦《とうかい》の行為は「中流階級」という言説が浸透していたために楽々と行なわれた。そして最後の仕上げである。資本主義が西洋世界において多くの労働者大衆の生活に相対的な余裕をもたらすと、商品が正統化の新たな原則となった。合意がモノの上で形成されたのであり、ヒトではなく、ましてや原理原則でもなかった。それが今日の世界の始まりである。資本主義が勝利を収め、ブルジョワ文化は死んだ。

*

多くの事柄が本書からは抜け落ちている。いくつかはかつて別の場所で論じたものであり、新たに付け加えることは何もないと感じている。バルザックの「成金」やディケンズの中流階級の場合は、『世の習い』と『ヨーロッパ小説の地図帳』ですでに大きな役割を果たしている。ノリス、ハウエルズ、ドライザーといった一九世紀後半のアメリカの小説家たちについては、彼らが全体の構図に付け加えるものはあまりないように思っている。くわえて、本書『ブルジョワ』は、偏った試論であり、百科全書的野望はもたない。とはいえ、できれば含めたかったひとつの主題があるが、そうしなかったのはそれだけで本一冊分の量になってしまうおそれがあったからだ。その主題であるヴィクトリア時代のイギリスと第二次世界大戦後のアメリカ合衆国の並行性が照明を当てるのは、反ブルジョワ的価値観におおよそ依拠していたこの二つの覇権的資本主義文化――これまでにこの二つ以外にこの種の文化は存在しなかった――の抱える逆説である[46]。もちろん私が考えているのは、言論における宗教感情の遍在についてである。その存在は実際に増大しており、かつての世俗化の流れに完全に逆行するものだ。同じことは、一九世紀と二〇世紀後半の大きな科学技術の進歩に関してもいえる。産業「革命」、次いでデジタル「革命」は、合理主義的な心性を促すのではなく、科学への無知と宗教への迷信との混合――これらもまた以前よりひどくなっているが――を産み出してきており、思考を奪っている。この点において、今日のアメリカ合衆国は、ヴィクトリア時代に関する章の主題を徹底化している。資本主義制度の核心にある、ウェーバーのいう「呪術からの解放」の失効とそれに代わる社会関係の感傷的な再呪術化の登場である。両者の場合において、主要要素は国民文化の根本的な幼児化であった。ヴィクトリア時代の文学の改竄《ざん》を始めた「家族での読書」という敬虔な考えから、その甘ったるい模造品――笑いながらテレビを観る家族――にいたって、アメリカの娯楽をまどろませてきているのだ[47]。そしてこの並行性はまさにどの方向にも拡張可能なのである。「役に立つ」知識と大部分の教育政策――スポーツ中毒から始まるわけだが――のもつ反知性主義から、知性と感情の深刻さへのうっすら押し隠された軽蔑をともなう「真面目」（当時）や「楽しみ」（現在）といった言葉の多用ぶりまで。

今日のヴィクトリアニズムとしての「アメリカ人の生活様式」。この把握には誘惑を感じたが、同時代の事柄に自分が無知であることを痛いほど知っており、その誘惑に抗することに決めた。それは正しい方向性だったが、ただし難しかったのは、本書『ブルジョワ』が、現在との真のつながりをもたない単なる歴史研究であることを認めたことになるからだ。トーマス・マンの「無秩序と幼い悩み」においてコルネリウス博士は考える。「歴史学の教授は、歴史が過ぎ去ることになるものだから愛するのではなくて、すでに過ぎ去っているものだから愛しているのだ……彼らの心は乱れなく整えられた歴史上の過去に属している。……過去は不滅である。いわばそれは死んでいるのだ[48]」。コルネリウスのように私もまた歴史学の教授であるが、この意味において、本書『ブルジョワ』をペリー・アンダーソンとパオロ・フローレス・ダルカイスに献げるのは、単に彼らに対する私の友情と賛嘆を示す以上のものがある。いつの日か、私が彼らから現在に対する批判のために過去の叡智を用いる術《すべ》を学ぶだろうという希望の表明なのだ。本書は、その希望に従うことはない。しかし次の本はそうなるだろう。

第1章　働く主人

一　冒険、起業、「フォルトゥーナ」

冒頭はよく知られている。父親が息子に対して「中くらいの境遇」――「肉体労働をおこなう人たちの惨めさとつらさ、汗と苦痛」とも「上流の人たちの驕り、贅沢、野心や嫉妬」とも等しく無縁である――を放棄して「海外に冒険の旅に出て、起業でのし上がる」[1] 人間にならないように注意する。「冒険」（adventures）と「起業」（enterprise）が一緒に現われる。なぜなら『ロビンソン・クルーソー』（一七一九年）において、「難破……」「海賊……」「無人島……」「オリノコ川……」といった、この本のタイトル・ページに記されている「血湧き肉踊る」出来事以上のものを'adventure'という語は示しているからだ。ロビンソンは第二の航海の際に「少々の商品」[2] を持ち込んだとあるが、この「商品」が'adventure'であり、これは何らかの出来事ではなく、資本の一形態を示している。マイケル・ネリッチによれば、初期近代のドイツにおいて、'adventure'は「商業の普通の用語体系」に属しており、「リスク感覚」（これはまた「危険性」とも称された）[3]を意味していた。さらにブルーノ・クスケの研究を引用すれば、「冒険的商売と既知の顧客への販売とのあいだに違いがあった。冒険的商売とは、商人が、それが売れる市場を正確には把握しないまま商品を積んで船出する場合を表わす」。

危険な投資としての冒険（adventure）。デフォーの小説はこの発想にとって、すなわち「現状維持のためでは絶対ない……資本主義の活発性」[4]と「冒険」の結びつきにとっての金字塔である。しかしそれが、まさに若きロビンソンが魅力を感じたような種の資本主義である。ウェーバーの「資本主義冒険家」の場合のように、彼の想像力を捉えるのは、「非合理と投機の性格を帯び、力による獲得という方向性をもつ」[5]活動である。力による獲得は明らかに島の（そしてそれ以前の奴隷制プランテーションの）物語である。そして非合理性に関しては、「雑然とした無謀な考え」と「放浪を好む愚かな性向」[6]と自ら頻繁に認めていることが、ウェーバーの類型と完全に合致する。この観点によれば、『ロビンソン・クルーソー』の第一部は、「そのリスクが高いだけでなく計算不可能で、そのために合理的な資本主義企業の地平を越える」[7]初期近代における長距離交易の冒険心の完全な解明である。

地平を越える……。アビ・ヴァールブルクは、一九二九年、ローマのヘルトツィアーナ図書館での伝説的な講演会で、ひとつのパネルディスカッション全体を海洋交易の移り気な女神フォルトゥーナに充て、初期ルネサンスの人文主義は女神の気まぐれに対する旧来の不信をついに克服した、と主張した。「機会」「財産」「嵐」（イタリア語ではフォルトゥナーレ）としてのフォルトゥーナの重なりを喚起しつつ、ヴァールブルクは、フォルトゥーナがしだいに悪魔的特徴を喪失する一連のイメージを提示する。もっとも印象深いのは、ジョヴァンニ・ルチェッライの紋章において、「女神は船の中に立って帆柱としての役割を果たし、左手で帆桁を、右手で膨らんだ帆の下の端を摑んでいる[8]。ヴァールブルクは続ける。このイメージはルチェッライその人によって示された、「彼自身の抱える大きな問い」に対する答えであった。「人間理性と実学知識は、運命のいたずらに対して、フォルトゥーナに対して何らかの力をもっているのか」。「海洋支配が強化される」時代にあって、この答えは肯定的なものであった。運命は「計算可能で、法則に従う」のであり、結果として、旧来の「商人冒険家」は「商人探検家[9]」という、より合理的な人物像に変貌していた。マーガレット・コーエンは『小説と海』において、この同じ説を独自に展開している。彼女によれば、ロビンソンを「巧みな航海者」と考えるならば、彼の物語は「高リスクの活動」に対して注意を促す話であることをやめ、代わりに「いかにして成功の最高の機会を摑んでその活動を遂行するのか[10]」に関する省察録になる。若いロビンソンは、もはや非合理的な「前」近代人ではなく、今日の世界の真の始まりなのである。

　合理化された運命。これはエレガントな考え方だが、しかしながらその『ロビンソン・クルーソー』への適用は、この物語のあまりにも多くの部分を逸してしまうがゆえに説得力に乏しい。嵐と海賊、食人種と捕囚、生命の危機であった難破と危機一髪の脱出は、すべてがコーエンの「巧み」またはヴァールブルクの「海洋支配」の徴《しるし》とみなすのが不可能な挿話である。一方で船が「運命のままに……流され、すでに帆柱は一本もなかった[11]」という最初の方の場面は、ルチェッライの紋章の明瞭な反転のように読める。ロビンソンの金銭的成功に関しては、その近代性は少なくとも同じように疑わしい。(近代の叩き上げの男の殿堂における大先駆者であった)フォルトゥナトゥスの物語の魔法の道具はこの小説からは追い出されてはいるが、ロビンソンがその不在の期間に富を蓄積し、後にそれが返ってくる――「ポルトガルのモイドール金貨一六〇枚」の詰まった「古い小袋」であり、さらに「七枚のすばらしい豹の毛皮……高級な果物の砂糖漬け五箱……鋳造されていない小粒金一〇〇個……砂糖を一二〇〇箱、巻き煙草を八〇〇本、残りの勘定分の金」――ということの成り行きは、いまだおとぎ話の内容と大して変わらない(12)。

単刀直入にいえば、デフォーの小説は偉大な近代の神話なのだ。しかしそうであるのは、その冒険にかかわらずであって、冒険のゆえではない。ウィリアム・エンプソンが『牧歌の諸変奏』でロビンソンと船乗りシンドバッドを無造作に比較しているが、彼はきわめて正しかったのである(13)。むしろ「商売をして……生活できるだけ稼ぎたい(14)」というシンドバッドの欲望は、ロビンソンの「単なる放浪癖」よりも明瞭に商人的、そして合理的である。この二つの物語で共通性がみられないのは、海上ではなく陸上においてである。このバグダッドの商人は、七回の航海の各々で、そのたびに違う魔法の島で罠にかかり――人食い巨人、屍肉を喰らう野獣、凶暴な猿人、黒魔術師など――、そこから彼が脱出できるのは未知の土地へのさらなる移動によってのみである（巨大な人食い鳥の爪に自らを結わえつけた際のように）。いいかえれば、『シンドバッド』において、海を、そして同様に陸地をも支配しているのは冒険である。『ロビンソン・クルーソー』ではそうではない。陸を支配するのは、労働なのだ。

二　「これがぼくが怠けなかったことの証拠になる」

しかしなぜ労働なのか。最初は、たしかに、生きるか死ぬかの問題であった。「日々の仕事は……必要の論理によって、労働者の目の前に、それが何たるかを開示するように思われる」[15]という状況。しかし「この島に生きるあいだずっと……たとえそれが四〇年になっても」[16]、自分の将来の必要分が安全であったとしても、ロビンソンはひたすら淡々と働きつづける。彼の実際のモデルとなったアレグザンダー・セルカークは、フアン・フェルナンデス諸島で四年間を過ごした（と考えられる）が、「苦悩、疲弊、憂鬱」の状態と、「最高の官能的快楽にも等しい……延々と続く饗宴」[17]に身を沈める気分とのあいだで、狂おしいほどに揺れ動いた。ロビンソンにはそんなことは一度もない。一八世紀の間に、年間の労働日数が、二五〇から三〇〇に上昇したという計算がある。日曜日の位置づけが完全に明瞭というわけではないロビンソンの島では、その総数は間違いなくもっと多い[18]。彼の熱狂が絶頂に達したときは、こんな感じだ――「ここで話しておきたいのは、いまぼくが持っているのは……二つの農場……いくつもの部屋すなわち洞窟……二枚の穀物畑……田舎の領地……家畜つまり山羊を囲う牧場……肉と乳とバターとチーズの生きた倉庫……冬に食べる干し葡萄の保存庫」[19]――彼は読者の方を向き、「これがぼくが怠けなかったことの証拠になる」と叫ぶのだが、これには誰もが首肯するしかない。それでは、また問いを繰り返そう。なぜ彼はこれほどまでに働くのか。

「『労働』上流階級がどれほど驚くべき特異な存在であったのかを、今日理解することは難しい」と、ノルベルト・エリアスが『文明化の過程』で書いている。「なぜそうせよと上位者から命令された……わけでもないのにこの強制に従うことになったのか[20]」。エリアスの驚きを共有しているアレクサンドル・コジェーヴは、ヘーゲルの『精神現象学』の核心に、ブルジョワが「他者のために働きつつ」（というのも労働は外からの拘束の結果としてのみ生じるから）、一方で同時に「自分のために働く」（というのも雇い主はもはやいないのだから[21]）という、この逆説――「ブルジョワの問題」――を見いだしている。自分が他者であるかのように、自分のために働くこと。これはまさにロビンソンのあり方だ。彼の一面は大工、陶工、銀行家であって、何事かを達成しようとして何週も時間を費やす。そして雇い主（master）としてロビンソンが立ち現われ、成果の不十分さを指摘する。さらに最初からその過程が繰り返される。繰り返されるのは、労働が社会権力の正統性の新たな原則になっているからだ。この小説の最後で、ロビンソンはその他諸々に加えて「五〇〇〇ポンド以上の現金の……主[22]」になるが、ここで「主」（master）という語が使われており、その二八年間に及ぶたゆまざる労働がここで彼の財産を正当なものとしているのだ。現実的には、この二者間に関係はない。彼が金持ちであるのは、そのブラジルの農園での名もなき奴隷の搾取のゆえである一方、その孤独な労働はただの一ポンドも彼にもたらしはしなかったのである。しかし、他のいかなる小説の登場人物にも似ないような労働を彼がしてきたのを、私たちは知っている。彼が所有しているものに彼が値すると思うしかない[23]。

　ロビンソンの行為を完璧に把捉するひとつの言葉がある。「勤勉」（industry）。ＯＥＤによれば、一五〇〇年前後の最初の意味は、「器用、精巧、巧妙、賢明であること」。次いで一六世紀半ばに、二番目の意味が発生する――「勉励……精励、尽力……努力」、そしてまもなく「規則的な労働、何らかの有用な仕事への習慣的な従事」[24]。器用さから規則的な尽力へ。これが「勤勉」のブルジョワ文化への寄与の流れだ。賢明な多様性に代わって重い労働[25]。それはまた「静かな」労働であるというのは、ハーシュマンにとっての関心の対象であった「静かな情念」と同じ意味においてである。それは規則性をもって、一定して行なわれ、確実に成果を積み上げるために、旧貴族階級の「激しい（けれども弱い）情念」よりも強靱である[26]。ここにおいて、二つの支配階級のあいだの断絶は明瞭である。激しい情念が好戦的な階層によって求められるもの――戦闘という短い「日中」の白熱――を理念化したとするならば、ブルジョワの関心事は繰り返される平和な日常という美徳なのである。それほどエネルギーは要さないが、かなり多くの時間をかけることになる。数時間――「夕方の四時間程度」と、ロビンソンはいつもどおり慎ましやかに書いている[27]――だが、それが二八年間続く。

前の項において検証したのは、『ロビンソン・クルーソー』冒頭の冒険についてであった。この項では島での生活の労働についてである。これは『プロテスタンティズムの倫理と資本主義の精神』と同じ進展だ。「資本主義冒険家」によって始まるが、刻苦勉励の精神が最終的に「非合理な衝動の合理的な馴致」をもたらす[28]。デフォーの場合、第一から第二の人物像への移行がきわめて目覚ましいのは、どうも完全に無計画のようにみえるからである。小説のタイトル・ページ（図版2）の、ロビンソンの「驚くべき奇妙な冒険」――ページ上部に大きな活字で印刷されている――が明らかに主たる呼び物として広告されていて、一方で島の部分は、単に「他の数ある挿話のひとつ[29]」なのである。しかしそれから、小説執筆の過程で、島についての「予期されざる抑えがたい拡大」が生じたに違いなく、冒険物語への従属を払いのけて、これをテクストの新たな中心に据えることになった。この中途での方向転換の重大性を捉えた最初の人物は、一人のジュネーヴ出身のカルヴァン派宗徒であった。ルソーの『ロビンソン・クルーソー』は、「すべての夾雑物を取り払い」、難破から始まり、島での歳月に限定されており、ゆえにエミールは冒険の夢想に時間を浪費することなく、代わってロビンソンの労働のみに集中する（「彼は役に立つことすべて、ただそれだけを知ることを望んだ[30]」）。それがも

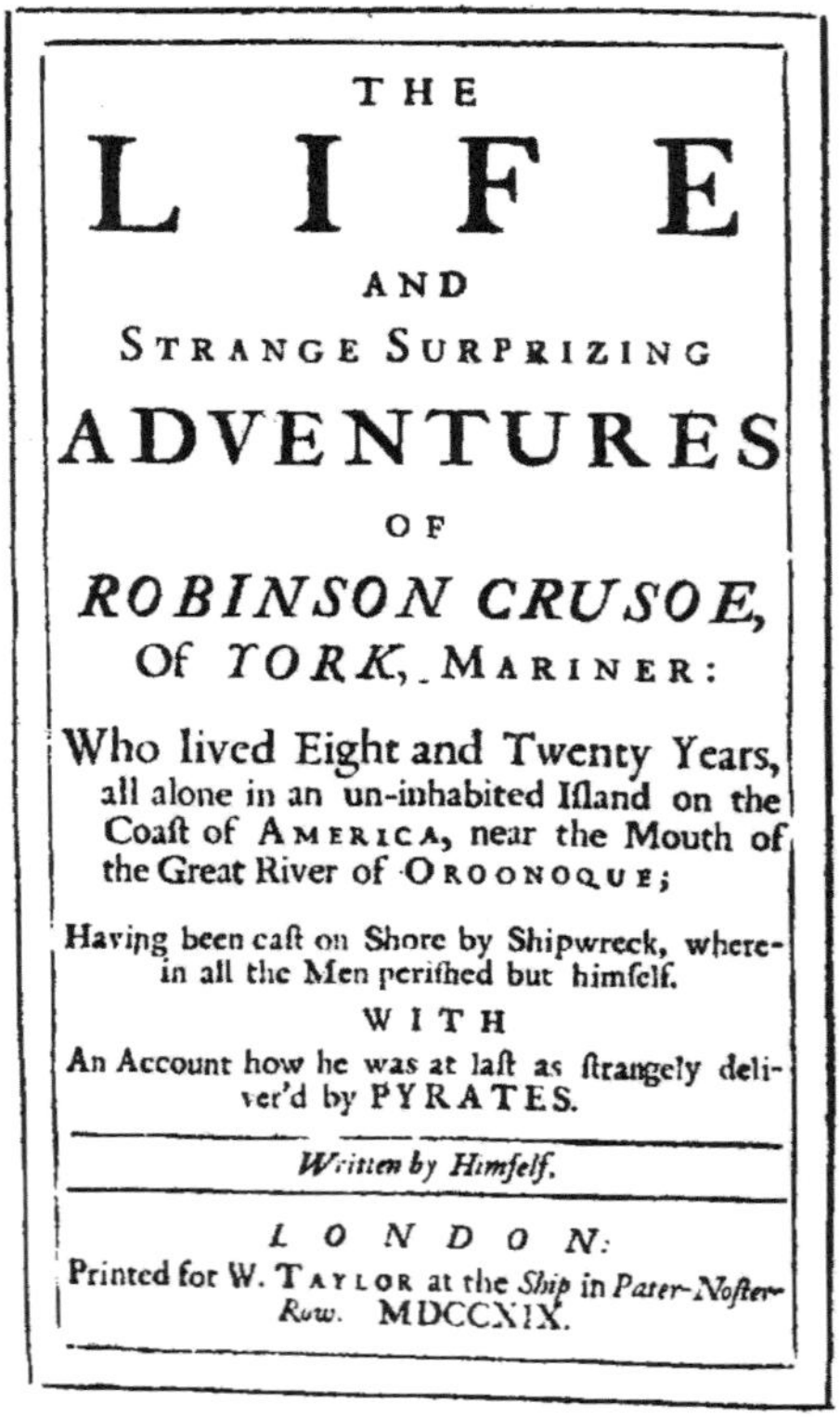
THE
LIFE
AND
STRANGE SURPRIZING
ADVENTURES
OF
ROBINSON CRUSOE,
Of *YORK*, MARINER:
Who lived Eight and Twenty Years, all alone in an un-inhabited Island on the Coast of AMERICA, near the Mouth of the Great River of OROONOQUE;
Having been cast on Shore by Shipwreck, wherein all the Men perished but himself.
WITH
An Account how he was at last as strangely deliver'd by PYRATES.

Written by Himself.

LONDON:
Printed for W. TAYLOR at the *Ship* in *Pater-Noster-Row*. MDCCXIX.

図版2　D. デフォー『ロビンソン・クルーソー』（1719年）のタイトル・ページ

ちろんエミールにとって、そして彼に倣ったすべての子どもたちにとって肝要だったのだが、それが正しいことであった。なぜならロビンソンの島での重労働が、実際のところ本書最大の新機軸であったからだった。

資本主義冒険家から働く主人へ。しかしそこで、『ロビンソン・クルーソー』が結末に近づくにしたがい、第二の転換が生じる。食人種、武力闘争、反乱者、狼、熊、おとぎ話めいた幸運……。なぜか。冒険の詩情がその合理的な対立項によって「馴致」されたのだとしたら、この小説のまさに最後の文に記されている、「ぼく自身の新たな冒険で起きた本当に途方もない事件の数々」がなぜ約束されるのか[31]。

これまで私は、冒険の文化と合理的な労働倫理の対比を強調してきた。両者が並び立たず、後者が近代ヨーロッパの資本主義に固有である、より新しい現象であることは、もちろん疑いない。しかしながら、ウェーバーがそのような傾向を明らかに備えているとしても、近代資本主義が労働倫理に還元されうるということをそれが意味するのではない。同様に、「非合理と投機の性格を帯び、力による獲得という方向性をもつ」活動がもはや近代資本主義に典型的なものではありえないという事実が、その活動が資本主義に不在であるということを意味するのではない。暴力的であり多くの場合に予測不可能な結果を産む、経済とは関わらない多様な実践——マルクスの「本源的蓄積」、デイヴィッド・ハーヴェイの「略奪による蓄積」——が、資本主義の拡大において明らかに主要な役割を果たしてきた（そして実際に、いまだに果たしている）。そしてそうだとするならば、たとえば後年の、宗主国側の省察と植民地でのロマンスのコンラッドによる織り模様のように、広範囲にわたり構成されている冒険の物語は、近代性の表象にとってはいまだ完璧に適切なのである。

これが、「二人のロビンソン」、そしてその結果としてデフォーの語りの構造に生じている断絶の歴史的基礎である。島において、近代の勤勉な主人を初めて目撃することになる。海、アフリカ、ブラジル、フライデー、そしてその他の冒険が、旧来のものではあるが完全に放棄されてはいない資本主義支配の形態に表現を与えている。形式上の観点からは、統合されないままの対極の領域の共存は――ふたたび比較例を持ち出すならば、コンラッドの計算された階層秩序とは異なり――明らかにこの小説の欠陥である。しかし、同じように明らかに、この不一致は単に形式の問題ではない。これはブルジョワの類型それ自体の、すなわちその二つの「魂」[32]の統合されない弁証法から生じている。ウェーバーに逆らって、合理的なブルジョワはその非合理な衝動を本当に克服しきってはいないし、自分のかつての姿である略奪者であることを拒絶してもいない。デフォーの不定形の物語は、新しい時代の始まりというだけでなく、超克されない構造上の矛盾が露わになる始まりとして、ブルジョワ文学の偉大なる古典の地位は揺るがない。

三　キイワードI――「役に立つ」

一一月四日。この日の朝から、仕事や銃を持って外出する時間、寝る時間、気晴らしの時間をきっちり割りふることにした。毎朝、雨が降っていなければ銃を持って、二、三時間外を歩き、次に一一時まで仕事にはげみ、そしてなんであれ食べられるもので食事をとり、それから一二時から二時まで横になって眠る。気温の暑さに耐えられないからだ。その後、日が傾くと仕事を再開する(33)。

仕事、銃、眠り、気晴らし。しかしロビンソンが実際に自分の日課を記述すると、気晴らしは消え、彼の生活が文字どおり喚起するのは、啓蒙についてのヘーゲルの簡潔な要約である。「すべてが役に立つ」(34)。「役に立つ」（useful）、これは本書の最初のキイワードである。ロビンソンが難破の後、ふたたび船に戻ることになったとき、その呪術的な繰り返しは――「ぼくにとって非常に役に立つ授かり物である」大工の道具箱から、「ぼくにとって非常に役に立ついくつものもの」「ぼくにとって役に立つであろう……すべてのもの」(35)まで――ロビンソンを中心に置くことで、世界に対して再度の方向づけを行なっている（ぼくにとって……ぼくにとって……ぼくにとって役に立つ）。役に立つものはここで、ロックにおいてのように、私有財産を確立する（ぼくにとって役に立つ）とともに、それを労働と結びつけることで正統化する（ぼくにとって役に立つ）分類である。トゥーリオ・ペリコーリのこの小説のための絵画は、『百科全書』（図版3）(36)の技術の絵図が乱雑になったもののように見えるが、いかなるものもそれ自体では完結せず――役に立つものの王国では何もそれ自体で完結しない――、つねにただほかの何かの手段でしかないというこの世界の本質を捉えている。道具。そしてこの道具の世界において、なされるべきことはただひとつ、労働だけなのである(37)。

それが彼にとってすべてだ。すべてが道具なのである。そして役に立つものの第三の局面が生じる。

図版 3　『ダニエル・デフォーのロビンソン・クルーソー』（イタリア語版，1984 年）に描かれた T. ペリコーリの挿絵

それでもついに、ぼくの小さな王国の外周を見たくてたまらなくなり、一周の旅に出ることをぼくは決めた。そこでぼくは航海に備えて食料をボートに積んだ。大麦パンの固まり（むしろビスケットに近いものだけど）を二ダース、当時よく食べていた炒り米を満たした陶器の壺、ラム酒の小壜、山羊肉を一頭の半分、もっと山羊を殺すための火薬と弾、大きな防寒コート二着、これは前に話したように、船員の収納箱からぼくは持ち出したのだった。その一着は寝るとき下に敷き、もう一着は夜に上から掛けるつもりでぼくは持っていった。[38]

ここでは、物語の活動的中心としてのロビンソン（ぼくは決めた……ぼくは積んだ……ぼくは持ち出したのだった……ぼくは持っていった）、そして彼が探検のために必要とする対象（陶器の壺……火薬と弾……大きな防寒コート二着）に加えて、最終的構成の段階——航海に備えて……もっと山羊を殺すため……下に敷き……上から掛けるつもりで——が、役に立つものの三角形を完成させている。主語、目的語、動詞。動詞が、道具という教えを内化し、またロビンソンの活動それ自体の内部にその教えを再生産する。そこで行動は典型的に何か別のことを行なうためにつねになされる。

そこで翌日、ぼくは「田舎の邸宅」に行ったが、細い小枝を何本か切ってみると、ちょうど望みどおり目的にかなうものだとぼくは思った。そこで次は、大量に切り出すように備えて手斧をぼくは持っていった。例の木はふんだんに生えていたので、小枝はすぐ集まった。ぼくはそれを囲いもしくは垣根のなかに並べて乾かしたあと、加工に適するようになると洞穴に運び、次の雨季のあいだ、できるかぎり製作時間をとって、実にたくさんの籠をそこでつくる作業に従事した。土を運ぶのにも、必要に応じていろんな物を運んだり保存したりするのにも役に立った。完成品というには見栄えがいまいちだったけれど、こちらの用途には十分かなうものができた。それからというもの、決して籠が不足しないように気をつけた。編み籠がボロボロになってくると、ぼくはさらに籠をつくった。なかでも穀物を入れるため、袋の代わりに丈夫で深い籠をつくった。穀物をけっこうな量収穫できるかもしれないので、その備えだった。

難題を克服し、製作にたっぷり時間をかけたぼくは、こんどは二つの必需品を賄うための方法を見つけようと意気ごんだ……(39)。

一行につき、二つか三つの動詞。別の作家の手にかかれば、これほど多くの活動は雑然とした感を与えるだろう。だがここでは、どこにでも目的を前提とした行為に関わる語彙(そこで、望み、目的、備えて、適する、従事した、かなうもの、気をつけた、賄う……)が現われて、文章の堅固な一貫性を可能にする目の詰まった織物が現出している一方で、動詞が実践のうえでロビンソンの行動を、主節の当面の課題へと(ぼくは行った、ぼくは思った、ぼくは持っていった、ぼくは乾かした)、そして目的節のより不定の未来へと(切り出すように……運ぶのにも……入れるため……賄うため……)従わせている。ただ、たしかに不定がそれほど多くはないのは、役に立つものの文化にとって理想的な未来は、きわめて手近にあるために、「翌日」「次の雨季」「小枝はすぐ集まった」が示すように、現在に直結する域を出ることはまずないからである。ここではすべてが緊密に連結されている。これらの文において省略される過程は何ひとつなく(「そこで——次は——大量に——切り出すように

——備えて——手斧を——ぼくは持っていった」)、ヘーゲルの「散文精神」のように、世界は「原因と結果、手段と目的といったカテゴリー[40]」を通して理解されている。とりわけ手段と目的である。ウェーバーならば「目的合理性」と呼ぶだろう。その目的に方向づけられ、目的によって支配されている合理性。ホルクハイマーの言い方では「道具的理性」となる。ウェーバーより二世紀前に、「目的合理性」の最初の具体化となった語彙と文法の連鎖を、デフォーの文章は例示している。言語の実践としての道具的理性が、概念となるはるか以前に、完全に意識されていないとしても完璧に分節化されているのである。これがブルジョワの「心性」の、そしてそれへのデフォーの偉大な貢献、すなわち役に立つものの文体としての散文の最初の出現である。

四　キイワードII——「効率」

役に立つものの文体。デフォーに劣らず偉大な小説家が、その最後の、そしてもっとも野心的な小説をまるごとこの着想に捧げた。エミールは役に立つものすべてを、それだけを知ることを望んだ、とルソーは書いている。そしてゲーテは——なんとしたことか——この「それだけを」という二番目の規定を忠実に守った。『ヴィルヘルム・マイスターの遍歴時代』（一八二九年）の冒頭には、「役に立つものから真なるものの道を経て美しいものへ[41]」という言葉がある。この小説では、通常の「遊楽の庭園や流行の緑地」ではなく「野菜畑、大きな薬草の苗床、そして何らかの役に立ちそうなもの[42]」

が見いだされる。ヴィルヘルム・マイスターをめぐる以前の小説、一七九六年の『ヴィルヘルム・マイスターの修業時代』の鍵であった役に立つものと美しいものとの相克は消え去っている。『遍歴時代』の「教育州」で相克の代わりにあるのは、役割重視への従属である。この小説に登場する数少ない芸術家のひとりである彫刻家が説明する。「役に立つことを選んだ」[43]自分は非常に満足して人体解剖模型を作っていて、ほかのことはしていない。芸術が最近得たばかりの無目的性をここに来て奪われてきている事実が、称賛すべき進歩として繰り返し紹介される。「塩が料理に対して果たす役割と同じような役割を、芸術が実学に対して果たすのです。芸術は、われわれの手工芸がすぐれた趣味をとどめていると保証してくれさえすればよい」[44]と、神父はヴィルヘルムに書き送る。石切職人、石工、大工、屋根職人、錠前職人など「厳粛な芸術が、自由奔放な芸術に範を垂れ、恥じ入らせるべきだ」[45]と、教育州の別の指導者が付け加える。そして必要に応じて、ユートピアの芸術に対して厳罰をもって臨む面が顔をのぞかせる。周りに劇場がないことに気づいたヴィルヘルムに、案内者は単刀直入に教えてくれる。「あんなペテンは絶対に危険だし……われわれの真剣な目的とそりが合わない」[46]。だから、演劇は教育州から追放されたのだ。ただそれだけ。

『遍歴時代』の副題にある「諦念の人びと」が、その言葉によって示しているのは、近代の分業によって強いられた人間の全体性の犠牲である。三〇年前の『修業時代』では、この主題は、ブルジョワという存在に対する苦痛に満ちた切断として示されていた[47]。しかしこの後年の小説においては、苦痛は消え去っている。「専門化の時代が来たのだ」と、ヴィルヘルムにすぐに一人の旧友が語りかける。「それを理解して、その精神に包まれて働くならば幸いだ[48]」。その時代が来たのだから、足並みを揃えれば、「吉」と出る。「その天職が趣味の時間と変わらなければ楽しくなる」と、農具の収集を行なっている農夫が声を上げる。「だから仕事ということで義務にもなっていることから悦びを得るのだ[49]」。分業を言祝ぐ、道具たちの博物館。「すべての活動、すべての芸術……制限があるからこそ達成される。一つのものをきちんと知ることが……数多の領域での一知半解よりも高い次元の教養に結びつく」とは、ヴィルヘルムが対話の相手から得た言葉である[50]。「自分が役に立つ場所、それがふるさとだ[51]」とさらに別の人が言い、さらに続ける。「『自分にも他の皆にも完全に役に立つよう誰もが努力することにしよう』と、私が言いますね。これは説教でも忠告でもなくて、ただただ人生の金言なのです」。

ゲーテが執筆していた時代に存在さえしていたとすると、『遍歴時代』にとって完璧であっただろう言葉がある。効率。もっと適切な言い方をするならば、存在はしていたけれども、この言葉が数世紀にわたり示してきていたものをいまだ示していた。ＯＥＤによれば、「作用因すなわち動力因である事実」。'efficiency' とは原因作用であって、それ以上のものではなかった。そして、一九世紀半ばに意味の移行が生じる。「適切性、あるいは意図された目的を達成する能力、またはその達成に成功すること。適切な力。効果があること。効力[52]」。適切な力。もはや単に何かを行なう能力ではなく、無駄なく、もっとも経済的な手段でそれを行なうことになったのである。役に立つものが世界を道具の集合に変えたとするならば、労働の分業がその目的（「意図された目的」）に向けた道具を調整するために関わってくる――「効率」がその結果である。以上が資本主義の合理化の歴史における三つの連続的な段階である。

資本主義の合理化、そしてヨーロッパの植民地主義。「こいつらは、実際、大した問題じゃない」と、イギリスのローマ人たちについてマーロウは切って捨てる。「彼らは征服者だった、だから武力しか求めなかった」[53]。武力、それに対して植民地でのイギリス支配を「救うものは、効率――効率の追求だ」[54]。単一の文中で、調子を高めつつ二度言及されている。やがてこの言葉は『闇の奥』から消え去る。その代わりに現われる驚くべき非効率の世界では、機械は腐蝕と解体に任され、労働者は底に穴の開いたバケツで水を汲み、煉瓦は主要材料を欠き、マーロウ自身の仕事はリベットの欠乏のために中断する（ただし「リベットなら、海岸さえ行けば、いくらでも箱になって――山のように積まれてるよ――なかには箱が壊れて――こぼれ出しているのさえある」[55]のだが）。すべてがこのように無駄である理由は単純だ。奴隷制のためである。コンラッドの時代のブラジルのプランテーションについてロベルト・シュワルツが書いているように、奴隷制が「効率という観念を核として整理される」ことがないのは、つねに「暴力と軍隊の規律に」依存しているからである。それゆえ「生産過程の合理的研究と持続的な近代化」は文字どおり「無意味」だった。この「会社」のコンゴにおいてと同様に、このような場合において、ローマ人の「武力」は、皮肉なことに効率性そのものよりも「効率的」なものになるのかもしれない。

奇妙な実験、『闇の奥』。観察力の鋭いブルジョワ技師が派遣されて、世紀末資本主義有数の高い収益性を誇る企業が産業上の効率の対極にあるという事実を目撃する。もういちどシュワルツを引用すると、「近代的であるものの対極」。私はわずか数ページ前に、「力による獲得」が近代の合理性に寄り添って生き延びたと書いたが、コンラッドの小説――そこでは倫理的なブルジョワが非合理な冒険者を救済するために派遣される——が、居心地の悪い同居の完璧な例になっている。何ら共通性をもたない人びとに取り囲まれているマーロウにとっての唯一の共感の機会は、川沿いの打ち捨てられた駐在所で見つけたパンフレットがもたらした。「何でもないページが、労働へと向かう正しいやり方についての正直な関心のために輝かしいものになった」と、彼は書いている。正しいやり方。植民地の略奪の真っ只中での労働倫理。「輝かしい」とは題名の「闇」との対比である。宗教的意味合いもあり、それは『プロテスタンティズムの倫理と資本主義の精神』における「天職への召命」の意味合いと類似しており、また初めの方の「効率の追求」は、「職業としての学問」の「職務の追求」にそのウェーバーにおける反響を認めることができる。しかし……効率の追求——コンゴ自由国で？　マーロウとその周囲の略奪者たちのあいだには何も共通点がない、と私は言った。何も共通点はない、ただし彼が彼らのもとで働いているという事実を除いては。マーロウの効率への追求が高まるほどに、彼らの略奪は容易になるのだ。

　労働の文化の創造は、階級としてのブルジョワジー最大の象徴的達成だと説得力をもって論じられてきた。役に立つもの、労働の分業、「勤勉」、効率、「天職」、次章で扱う「真剣」——このすべてが（これだけではないが）、それまで単に激しい必要や粗暴な義務であったものによって得られていた巨大な重要性に参画する。マックス・ウェーバーが（『プロテスタンティズムの倫理と資本主義の精神』において）肉体労働を、（「職業としての学問」において）偉大な学問を記述するのに寸分違わぬ概念を用いたことが、それ自体ブルジョワの労働のもつ新たな象徴的価値のさらなる間接的な徴《しるし》である。しかしマーロウによる職務への誠心誠意の献身が、血なまぐさい抑圧の道具に変じるとき——『闇の奥』においてあまりにも明白な事実であるがゆえに、ほとんどみえないものになっている――、ブルジョワの労働の根本に付きまとう相反が表面に浮上する。ブルジョワの偉大さの源泉である同じ自分自身への没入は――岸辺に隠れている未知の部族、愚昧にして怯懦な船上の殺人者たち、そして誰の目にも明らかに汽船を針路どおりに進めるマーロウ――その隷属の源泉でもあるのだ。マーロウの労働倫理は、彼が労働を立派にこなすように仕向ける。目的が何であるのかは問題にはならないのだ。「職業としての学問」において印象深く記述されている「盲人」のように、近代の労働の正統性と生産性が単に強化されているだけではなく、その周囲を取り巻くものへの盲目によって確立している。それはまさに、ウェーバーが『プロテスタンティズムの倫理と資本主義の精神』において書いているような「非合理に陥った生」であるが、そこでは「人間がその仕事のために存在しその逆ではない」という状況にあり、人間のたゆまざる活動の唯一の結果が「自分の職務を見事に果たしているという非合理な感覚[56]」になっている。

「目的合理性」によって支配された、「非合理に陥った生」。しかしすでにみたように、道具的理性もまた近代の散文の根底をなす原理のひとつである。これから読まれるわずか数ページのなかに、この結びつきの結果がまざまざとみてとれるであろう。

五　キイワードⅢ――「快適」

『プロテスタンティズムの倫理と資本主義の精神』には、次のように書かれている。

> キリスト教の禁欲は、世俗を放棄しつつ、しかも修道院の内部からすでに世俗を教会の支配下に置いていた。しかしその場合、世俗的日常生活の帯びる自然のままで囚われることのない性格を、概してそのままに放置していた。いまやこの禁欲は、世俗の営みの只中に現われ、修道院とはきっぱりと関係を断つとともに、ほかならぬ世俗的日常生活の内部にその方法意識を浸透させ、それを世俗内的な合理的生活――しかし世俗に属するものでも、世俗のためのものでもなく――に改造しようと企てはじめたのだった[57]。

世俗内の生活、ただし世俗に属するものでも、世俗のためのものでもない。まさにロビンソンの生活のようだ。「島内の生活」、ただし島に属するものでも、島のためのものでもない。だがしかし、ウェーバーが資本主義のエートスについて書いているように、彼が「自分の職務を見事に果たしているという非合理な感覚よりほかは「自分の活動から」得ていない[58]」という印象はまったくない。この小説に浸透しているのは、抑制された秘めやかな享楽の感覚であり、おそらくそれがこの小説の成功の理由の一斑だろう。しかし何を享楽しているのだろうか。

「これがぼくが怠けなかったことの証拠になる」とロビンソンが読者に、裁判官の前で自らを弁護するかのような調子で語った機会についてはすでに紹介した。しかしそこからこの文は予期しない方向に転回する。「……ぼくは怠けなかったし、生活を快適にしてくれるのに必要と思えたことを実現するためにどんな苦労も惜しまなかった[59]」。快適、これが鍵である。「役に立つ」ものがこの島を作業場に変えたのだとすれば、「快適」が快楽の要素をロビンソンの存在に取り戻している。快適の徴《しるし》のもとに、『プロテスタンティズムの倫理と資本主義の精神』もより明るい局面を見いだす。

プロテスタンティズムの世俗内的禁欲は、所有物の無頓着な享楽に全力をあげて反対し、消費を、とりわけ奢侈的な消費を圧殺した。……その反面……禁欲は有産者に対して決して苦行を強いようとしたのではなく、必要な、実践上有用なものごとに所有物を使用することを求めたのだ。「快適」[ドイツ語原文でも'comfort'という英語が用いられている]という観念が、特徴的なしかたで、倫理上許容される使用目的の範囲を画するものとなったのだが、この観念に結びつく生活様式の発達が、こうした人生全体の首尾一貫した代表者であるクエーカーのあいだにもっとも早く、もっとも明瞭に認められるのは、もちろん偶然ではない。不健全な経済的基礎の上に立ちながら、醒めた素朴さよりもけちくさい優雅さをよろこぶ騎士的華麗の虚飾と虚栄に対立して、彼らは中流階級的な家庭[bürgerlichen 'home']の清潔で堅実な快適[Bequemlichkeit]を理想として掲げたのだった。(60)

快適の具体例としてのブルジョワ家庭、それもイングランドのブルジョワ家庭。シャルル・モラゼが『ブルジョワの制覇』で書いているように、一八世紀が進むなかで「イングランドが流行させたのは、新しい幸福のかたちであった――それが家庭でくつろぐ幸福である。イングランド人はそれを『快適』と呼び、他国もそれに追随した(61)」。もちろん、ロビンソンの島に「中流階級の家庭」があるはずもないが、「何よりも欲しい必需品をつくるのに力を注ぎはじめたのは、とりわけ椅子とテーブルがないと、この世の快適のいくつかを享受できなかった(62)」からであり、また「計り知れないくらいぼくの住居は快適になった」[63]のであれば、彼もまた快適を家庭内の事柄に明らかに重ね合わせているのである。椅子、テーブル、パイプ、ノートブック……そして傘まで[64]！

「快適」（comfort）の語源は、後期ラテン語の複合語'cum + forte'にあるが、英語で最初に登場するのは一三世紀で、当時は「強化……促進、救済」（OED）を意味しており、その意味領域は続く四世紀ほどはほぼ同一のままであった。すなわち「体調の回復あるいは維持」「解放」「欠乏、苦痛、病気……精神的負担や苦悩からの救済」。その後、一七世紀後半に、一大変化が生じる。「快適」はもはや有害な状況から「常態」に戻してくれるものではなく、常態を出発点として、いかなる不都合とも関わりなく、居心地のよさをそれ自体目的とするものとなるのである。「享楽と満足を産み出し、またそれに寄与するもの（通常は複数形であり、一方で必需品、もう一方で奢侈品とは区別される）」[65][C]

一方で必需品、もう一方で奢侈品。これらの強力な概念の中間にあるこの観念は、抗争の場となる宿命であった。『蜂の寓話』の見事な「注解（L.）」では次のように述べられる。「生活の快適は、幅広く数限りないので、それで何を意味するのか誰もわかっていないが、わかるためには、それがどんな生活を導くのか把握していなければならない。……人びとが日々のパンについて祈っているかたわらで、主教の方では寺男が思いもしないことをその請願に含めているものだ、と私は考える」[66]。主教の口から発する言葉としての「快適」は、偽装された奢侈である可能性が高い。たしかにこのようにして、『天路歴程』の冒頭において名前のない主人公は――彼はまさに「快適」を断念する行為において「クリスチャン」の名前を授かる――この語を理解する[67]。しかし陰鬱なベンジャミン・フランクリンの方では躊躇を示す。彼は一七五六年版の『貧しいリチャードの暦』で宣言する。「皆さんは、毎年少なくとも二〇万ポンドを、いわばヨーロッパ、東インド、西インドの商品に使います。この出費の半分を絶対に必要なものに充てると仮定すれば、別の半分が贅沢品、せいぜいこれがあれば便利という程度のものであって、わずか一年のあいだはそれがなくても暮らしていけるのです[68]」。わずか一年というのは、便利さを控えることを求められるには納得しやすい期間である。だが「便利」とは？「『上品』と『便利』という語」は非常に「不明瞭」であるため、完全に無用であると、マンデヴィルはばっさり斬っている。ＯＥＤは彼が正しいことを示す。「便利。何らかの行為の実行に適している……という性質」「個人の快適、行動のたやすさに都合のよい物質的な配置または装置」。「快適」が融通無碍だったとしても、この語はさらに上を行く[69]。

語に関する戦争はつねに混沌を招く。そこで『ロビンソン・クルーソー』の一節を再読してみよう。「いまやぼくは何よりも欲しい必需品をつくるのに力を注ぎはじめた。とりわけ椅子とテーブルがないと、この世の快適のいくつかを享受できなかった。書いたり、食べたり、ほかにもさまざまなことがテーブルなしでは十分に快楽をもってできないのだ[70]」。「必需品」から「快適」「快楽」へ、「欲しい」から「享受」への移行が〔英語原文では〕五六語のなかで行なわれている。この移行が非常に迅速であるため、マンデヴィルの皮肉や、ＯＥＤの「一方で必需品、もう一方で奢侈品」という中道を行く定義を確認できるもののように思われる。しかしロビンソンの実際の快適を検討するならば、この観念はその想定される等距離度を失っていると理解できる。テーブルを用いての執筆、食事、「ほかにもさまざまなこと」は、すべて明白に必需に傾斜している行為であり、奢侈とはまるで関係がない。奢侈はつねに日常からやや外れているが、快適はそうではない。快適さがもたらす快楽の深みのある常識は、ヴェブレンが『有閑階級の理論』で激しい言葉を使って述べたような、「うんざりするにいたるまで……派手、奇抜、不便」[71]であるものへの倒錯した悦びという奢侈とはかけ離れている。毒はそれほどないが、同様に痛烈に、旧体制の奢侈をブローデルが斥けたのは、「快適と呼ばれるものがつねに伴ってはいない」ために、それで「いっそう偽りである」と考えたからだ。「暖房は貧弱で、通風は寡少であった」[72]。

快適、日常の必需品がこれを快いものにする。この新しい地平において、この語の原義のひとつの側面が表面に再浮上する。この語が元来意味していたのは、「欠乏、苦痛、病気」からの「解放」「救済」「回復」であった。数世紀後に「解放」への欲求が戻ってきた。ただしこのときは、病からの解放ではなく、労働からの解放である。驚くほどに、近現代の快適の多くが、労働から直接生じる必要なものを訴えている。休息である（ロビンソンが願った最初の快適は、哀れなことに、椅子であった）[73]。この労働への接近によって、快適はプロテスタンティズムの倫理にとって「許容可能」となった。居心地のよさではたしかにあるが、天職への召命の道から逸れるものではないのは、そうであるにはあまりに地味で慎ましやかなものにとどまっていたからだ。慎ましやかすぎないか、と近年の資本主義の歴史家の一部は指摘する。近代史の急激な変化において意義のある役割を果たすには、あまりにも地味すぎる。快適とは「満たされうる」、すなわち限界があらかじめ組み込まれた欲望を示す、とヤン・デ・フリースが書いている。「消費革命」、または後の経済の離陸のもつ開かれた構造を説明するためには、快適ではなくて、デフォーと同世代の経済学者たちによって初めて注目された「移ろいゆく『欲望の白日夢』[74]」、または「流行の孤高の精神[75]」の方を見なければならない。ニール・マッケンドリックが結論づけるように、「快適」を概念として扱う余地を残さない編成とともにあった一八世紀は、「流行の支配」によって「必需品の支配」[76]が完全に停止された時代であった。

それでは、「快適」の代わりに「流行」だったのか。ある意味では、両方が近代の消費文化の形成に寄与したのであるから、この交代説は明らかに根拠がない。しかしながら、正しいのは、両者がまったく異なるやり方で、また階級に関わる対極の意味合いを帯びつつ、その寄与を果たしたということである。「流行」はすでに宮廷社会において機能しており、また今日まで居丈高さと、そしてもちろん奢侈の後光を保持しているため、自らの地位を越えて、旧来の支配階級に似せることを求めるブルジョワジーに訴えかけるものがあった。「快適」は、より地に足がついた、散文的なものでありつづけた。その美意識（そのようなものがあるとして）は、控えめで機能的、日常生活とさらには労働にも適合することにあった[77]。このため「快適」は「流行」より目立たなかったが、存在の隙間に浸透する能力を無限に有していた。その伝播の秘訣を「快適」が共有していたのは、ほかの典型的な一八世紀の商品――それらはまた必需品と奢侈品の中間に位置する――すなわちコーヒー、煙草、チョコレート、酒類、まとめていえば「嗜好品」である。ドイツ語でいえば'Genussmittel'となるが、これは「快楽の手段」という意味である（そしてこの「手段」という語に道具的理性のたしかな反響が聞きとられるであろう）。「刺激物」ともまたいわれるが、これはまた別の明確な意味の選択を帯びている。毎週毎日の日常に、悦びをもって定期的に与えられる小さな刺激であり、「快楽を与えることでその個人をより効果的に社会に」組み込むという卓越した「実践的機能」を果たす[78]。

ヴォルフガング・シヴェルブシュが書くように、嗜好品の成功は「逆説めいている」。彼の定義は

読者カード

みすず書房の本をご愛読いただき，まことにありがとうございます.

お求めいただいた書籍タイトル

ご購入書店は

・新刊をご案内する「パブリッシャーズ・レビュー みすず書房の本棚」（年4回 3月・6月・9月・12月刊，無料）をご希望の方にお送りいたします.

（希望する／希望しない）

★ご希望の方は下の「ご住所」欄も必ず記入してください.

・「みすず書房図書目録」最新版をご希望の方にお送りいたします.

（希望する／希望しない）

★ご希望の方は下の「ご住所」欄も必ず記入してください.

・新刊・イベントなどをご案内する「みすず書房ニュースレター」（Eメール配信・月2回）をご希望の方にお送りいたします.

（配信を希望する／希望しない）

★ご希望の方は下の「Eメール」欄も必ず記入してください.

・よろしければご関心のジャンルをお知らせください.
（哲学・思想／宗教／心理／社会科学／社会ノンフィクション／教育／歴史／文学／芸術／自然科学／医学）

（ふりがな） お名前　　　　　　　　　　　　様	〒
ご住所　　都・道・府・県　　市・区・郡	
電話　　（　　　　）	
Eメール	

ご記入いただいた個人情報は正当な目的のためにのみ使用いたします.

ありがとうございました．みすず書房ウェブサイト http://www.msz.co.jp では刊行書の詳細な書誌とともに，新刊，近刊，復刊，イベントなどさまざまなご案内を掲載しています．ご注文・問い合わせにもぜひご利用ください.

郵便はがき

料金受取人払郵便

本郷局承認

2074

差出有効期間
2019年10月
9日まで

113-8790

東京都文京区
本郷2丁目20番7号

みすず書房営業部
行

通信欄

(ご意見・ご感想などお寄せください. 小社ウェブサイトでご紹介させていただく場合がございます. あらかじめご了承ください.)

‘Arbeit-im-Genuss’となるが、労働に快楽が入り混じっているということである。これは「快適」と同じ逆説であり、理由もまた同じである。一七世紀と一八世紀において、同等に強力ではあるが、完全に矛盾している二つの価値観が同時に登場した。ひとつは近代の生産を司る禁欲の命令であり、もうひとつは勃興する社会集団の享楽への欲望である。「快適」と「嗜好品」はこの対極の力の妥協を図ろうとしていた。妥協であって、真の解決ではない。そのためには初めの対照が鮮烈すぎたのである。だからマンデヴィルは、「快適」の両義性に関しては正しかった。彼が見落としたのは、両義性がまさにこの語の命だったことだ。時に両義性は、言語がなしうる最良のことである。

六　散文I――「持続のリズム」

ロビンソンの行動をそれが生じる前に予示することによって、目的節は、「道具的理性」のレンズを通して現在と未来の関係を構造化する――「それを行なうために、ぼくはこれを行なう」――と、数ページ前に私は書いた。これはロビンソンの慎重な計画だけには限られない。以下は彼の難破直後の場面である。これは彼の全人生でもっとも悲惨な意想外の出来事であった。しかし、

> 岸から一ファーロング〔二〇一メートル〕ほどの距離を、飲むための水はないかと探すために歩いたところ、実際に見つかってとても嬉しかった。水を飲み、空腹をごまかそうと煙草を少し噛んだ後で、ぼく

は木のところに行って上に登ると、眠りについても落ちないために自分の身を落ち着けようと苦心した。棍棒のような短い枝を護身に備えて切っておいて、今晩はここに宿をとることにした。[79]

彼は、「飲むための」水はないかと「探すために」歩く。次いで彼は「空腹をごまかそうと」煙草を噛み、落ちない「ために」自分の身を落ち着け、「護身に備えて」枝を切る。あたかもある種の習癖のように、短期想定の目的論的言い回しが頻出する。そして目的節というこの前のめりの文法に寄り添って、第二の選択が出現し、反対方向の時間へと傾斜する。それがきわめて稀少な動詞の形態である、完了動名詞である。「水を飲み……噛んだ後で……切っておいて……」――このかたちが、『ロビンソン・クルーソー』においてはほかのどこよりも頻出し重要な役割を担うのだ。[80] 以下にこの小説から数例を示しておく。

マストと帆を取りつけボートに試しに乗ってみたところ、とても快調だと思った……

ボートを停泊させると、ぼくは銃を手に取って上陸した……

……夜のうちに風が鎮まり、海が穏やかになったので、ぼくは出発した……

いまや荷物をすべて陸に揚げ、安全にしまったので、ぼくはボートに戻った……[81]〔原文は註記参照〕

ここでとりわけ重要なのは、いわゆる動名詞という文法上の「相」である。語り手の視点からは、ロビンソンの行動は十分に完了しているとみえるという事実があるが、この「完了」というのはまさに文法的意味を帯びている。ボートは完全に停泊されている。荷物は陸に揚げられて、今もそこにある。過去が確定されていて、時間はもはや「流れ」ではない。時間はパターン化され、その限りで管理されている。しかし文法的には「完了」している同じ行動が、物語のうえでは開かれたままである。たびたびデフォーの文は、ひとつの行動の上首尾（「ボートを停泊させると……」）を取り上げ、それをさらに別の行為の前提へと転化する。とても快調だと思った……ぼくは銃を手に取って……ぼくは出発した。そして天才の閃きとして、この第二の行動が第三の行動の前提になる。

……ぼくは子山羊に食事をとらせると、連れていくために、前のように紐につないだ……

……ボートをしっかり係留すると、周囲を観察するためにぼくは上陸した……

難題を克服し、製作にたっぷり時間をかけたぼくは、こんどは二つの必需品をつくる方法を見つけようと意気ごんだ。(82)〔原文は註記参照〕

完了動名詞、過去形、不定詞。見事な三連続である。「道具的理性」は手近にある目標を超えて、より長い時間の幅を描き出す術《すべ》を習得する。中心に置かれた主節は、その行動の動詞のために際立っているが（ぼくは意気ごんだ……ぼくは上陸した……ぼくは紐につないだ……）、これらは定形の語形変化を生じる動詞でしかない。その左には、過去に置かれた動名詞があり、この半ば動詞、半ば名詞であるものは、ロビンソンの行動に過剰な客観性を付与しており、その行動をほとんど人格の外部に設定しているかのようだ。労働が客観化＝対象化されているともいえる。最後に主節の右側には、特定されない（ただしさほど遠くはない）未来に目的節が置かれ、その不定性は――多くの場合、その開放性を増幅するかのように二重化されている――来るべき出来事の物語上の潜在性を具体化している。

過去‐現在‐未来。ノースロップ・フライが『批評の解剖』の散文に関する部分に付したタイトルを借りれば、「連続性のリズム」がある。同書では、興味深いことに、連続性については実際にはほとんど言及がなく、それから逸脱するものについて多くの言葉が費やされている――「キケロ風の節の平衡状態」がもたらす「擬似韻文的」均衡から、素材を「過剰に対称化」している修辞的散文、「ヘンリー・ジェイムズの後期小説の長大な文」（「思考の単線的な過程ではなく、同時の把握」）まで、そして最後に、「単線的な運動の中和」を産み出す「古典的文体[83]」。単線的な連続性から対称性と同時性へのこの常なる滑落は奇妙だ。そしてそれはフライだけではない。以下は、ルカーチの『小説の理論』より。

ただ散文のみが包括することができるのは、苦悩と月桂冠、闘争と栄冠、「難行と列聖」であり、同等の力によってである。その拘束されない可塑性と無韻の精密性のみが同等の力によって抱合するのは、束縛と自由、のしかかる重さと勝ちとられる軽さであるが、これは見いだされた意味によっ

て以後内側から輝き出す世俗世界の軽さだ。(84)

この論旨は複雑ではあるが、明瞭である。ルカーチにとっては「すべての形式が根本的な存在の不調和の解消である」(85)のだから、また小説の世界に特有の不調和は、小説が「限りなく大きく……はるかに多くの贈物とはるかに多くの危険とを含んでいる」(86)ことなのだから、小説は、同時に「無韻」(世界の混淆性に対応するため)でありながら「精密」である媒体によって、その混淆性に何かしらの形式を与えることが必要なのである。そして、ルカーチにとって、その媒体が散文であった。この論旨は明瞭である。しかしこの論旨が、ここでは要点なのだろうか。『小説の理論』は「ひとつのエッセイ」という副題が付けられていて、若きルカーチにとっては、エッセイとはその「学問、倫理、芸術が混在する統一性」(87)をいまだ失っていない形式なのであった。つまり「芸術」である。だから、前記の文章を再引用してみよう。

ただ散文のみが包括することができるのは
苦悩と月桂冠、
闘争と栄冠、
難行と列聖であり、
同等の力によってである。
その拘束されない可塑性と無韻の精密性のみが

同等の力によって抱合するのは
束縛と自由、
のしかかる重さと勝ちとられる軽さであるが
これは見いだされた意味によって以後内側から輝き出す世俗世界の軽さだ。

言葉は同じである。しかしこれで、その対称性が明瞭になった。均衡のとられた対句が連鎖し（苦悩と月桂冠、束縛と自由、のしかかる重さと勝ちとられる軽さ……）、それが二つの同義の動詞（「包括する」――「抱合する」）によって封じ込められ、同一の副詞句（包括する……「同等の力によって」――「同等の力によって」抱合する）によって完結する。意味内容と文法がここでは完全に喰い違っている。意味内容は歴史的に不可避であった散文の不調和を提示しているが、文法は新古典主義的な対称でそれを包み込んでいる。散文は不滅化される、非散文的な文体において。(88)

以上のページは、これからみるように、散文に関するルカーチの最後の言葉ではない。しかしそれは、比較対照という意味で『ロビンソン・クルーソー』の文体に間違いなく光を投げかける。完了動名詞、過去形、不定詞の継起は、ある時間性の観念を具体化している――それが「異方性」である。すなわち、ある対象が各々とる方向に従って多様である――対称性を、それゆえそれに先立つ安定性を（およびある種の美）を排除する。ページの左から右へと――完全に完了した過去から、私たちの眼前で安定しつつある現在へ、そしてそれを越えて何ほどか不安定な未来へと――駆け抜けるこの散文は、連続性というだけでなく、不可逆性のリズムである。「近代性のテンポは、消滅の狂熱である」

と、『精神現象学』においてヘーゲルは記している。「堅固なものすべてが霧散する」という『共産党宣言』はそれを受けている。デフォーのリズムはそのような熱狂的なものではない。それは抑制されていて安定している。だが決して後戻りすることなく断固として前進する。資本主義の蓄積は「絶えず更新される」活動を必要とする、とウェーバーは『プロテスタンティズムの倫理と資本主義の精神』で書いたが[89]、デフォーの文は——そこで最初の行動の成功がさらなる行動のための踏み石となり、さらにそれを越えてゆく——過去の達成を新しい始まりへと止むことなく「更新」するこの「方法」をまさに具体化している。それは前方志向的（pro-vorsa）なものとしての散文の文法である[90]。成長の文法。「難題を克服し、製作にたっぷり時間をかけたぼくは、こんどは二つの必需品をつくる方法を見つけようと意気ごんだ……」[91]。一つの難題が克服された。そしていま二つの新しい必需品が対処の対象とされる。進歩。「現在が自らに付与する未来という手段を用いて、現在が自らの比較対象とする過去を前にして行なう、現在の持続的な自己正当化」[92]。

これが役に立つものについての文体だ。散文について。資本主義の精神について。近代の進歩について。しかしそれは本当に文体なのか。形式のうえでは、イエスだ。それは独特の文法上の集中を、手段としての行動という広く散布される主題群を有している。しかし美学のうえでは？ それが散文の文体論の中心をなす問題である。その絶えず一歩ずつ前進するという注意深い決定は、そう、散文的である。さしあたり、次のように定義しておこうか。美よりもハビトゥスに関わるものとしての散文の文体。ハビトゥスとは、持続可能、移動可能な配置であり、構造化された構造なのだが、そのあらかじめ定められている機能としては、構造を構造化すること、すなわち生成の原理であるが、それが構造化する実践と表象は、いかなる点でも法則への従属の産物とならず客観的に「規整される」規則的なものであり、また意識的な目的設定、あるいは目的達成に必要な過程のあからさまな支配を前提とせずに目標へと客観的に適合するものである……[93]

デフォーによる三つの節からなる文は、ブルデューの論点を解き明かす格好の例である。「構造化された構造」が、いかなる計画もなく、明確に異なるが両立可能な要素群のゆるやかな増大を通して出現してくる。そしてそれらはひとたび完全な形式に到達すると、読者の時間性の「実践と表象」を——それを行なうことを意識的に目標とはせずに——「規整する」。そしてここで「規整する」という用語は、深い生産的な意味をもっている。その要点は、時間的な表象の他の形式を不規則として抑圧することではなくて、文法的に厳密であると同時に、多様な状況に自身を適合できるような柔軟性を兼ね備えている雛型を与えることである。[94] 所与の構造の正確な反復を必要とした記憶化のメカニズムを通して、一〇〇〇年にわたって教育上の実践を「規整」してきた韻文とは異なって、散文は、近似してはいるが決して元と同一ではない構造を、主観を通して再生産することを要求する。『小説の理論』において、ルカーチはそのための完璧な隠喩を発見したのだ。それが精神の生産性である。

七　散文Ⅱ——「精神の生産性を発見した……」

自らの「小王国」についてもっと知りたいと願ったロビンソンは島を精査する。最初はいくつかの岩に妨げられ、次いで嵐が彼の行く手を阻む。彼は三日待ち、ふたたび冒険に発つが、万事が絶望的に不都合である——「水がとんでもなく深く……潮流があり……ぼくのパドルは何の役にも立たない」——死を覚悟するまでに。「ぼくは知った。神の摂理にしてみれば、人間にとってもっとも惨めな境遇も、ごく簡単にもっとひどくできてしまう」と結論づける(95)。

神の摂理。これはこの小説の寓意的言語使用に属する。しかし『天路歴程』というもっともな先行作品との比較は、一世代も経過していないいながら、いかに変化が激しかったのを浮き彫りにする。バニヤンにおいてテクストの寓意の潜勢力を体系立てて表面に引き出す同書の傍註は、クリスチャンの旅の物語を、次位のテクストに変えるのであり、そこにこそ同書の真の意味がある。「柔順者」という登場人物がこの旅のゆっくりとしたペースに不満を述べるところでは、バニヤンの補註——「これでは柔順とはいえない」——が、この挿話を、物語の流れから引き出すことのできる、そしてその現在時制において永遠に保全できる倫理的教訓に変えている。この二つのテクストがあるからこそ、この物語が意味をもっているのであり、後者の補註が重要なのは、寓意の機能のしかたについてのテクストだからだ。しかし『ロビンソン・クルーソー』はそれとは異なる。英語におけるもっとも卑近な語のひとつ――「もの」(things)――が私の言わんとすることを明らかにするだろう。'things' は、バニヤンにおいては三番目に多く頻出する名詞であり('way' と 'man' の次)、デフォーにおいては一〇番目である('time' の次であり、また海と島に関係する一群の語がある)。それは一見したところ、両書のあいだの近似と、両書と他の書物のあいだの懸隔を告げ知らせているもののようだ。(96) しかしこの語の使用例一覧を検証するならば、その構図は一変する。以下がバニヤン。

寓話にあるものすべてを軽蔑するのではない……

彼は卑しいものに聖なるものの先触れをさせるのだ。

……闇にあるものを理解して罪人に説明する……

……今あるものを欲しがらないで、来るべきものを待つのがいちばんいいことですね。

……見えるものは一時的であり、見えないものは永遠に続くのである。

……地上の人間の舌と口を使うのに、天の神に属するものほどふさわしいものがありましょうか。

私はものを正しく定めるためにのみここにいる。

深いもの、隠されて、神秘であるもの。

……何のために……空しいもので心を満たそうとするでしょうか[97]。

以上の例において「もの」は三つの、異なるけれども部分的には重なる意味をもっている。最初は完全に一般的なものである。「もの」は無意味を指示するために用いられている。「クリスチャンと『信仰者』は途上で自分たちに生じたものをすべて彼に語った」[98]。また、「私はものを正しく定めるためにのみここにいる」。この語は「俗世」(world)を呼び起こし(これも『天路歴程』における頻出語だ)、それを取るに足りないとして斥ける。次いで別の表現のグループ——「卑しいもの」「空しいもの」——が、第二の意味の層を付け加えて、俗世の無意味なことへの倫理的な軽侮を表明する。そして最後に、無意味と不道徳の後に、第三の化体が来る。「もの」は「徴《しるし》」になる。「寓話にあるもの」、「闇にあるものを罪人に説明する」、そして「すばらしいもの」を、「解釈者」——ふさわしい名前だ——がクリスチャンに旅の合間の休憩で説明するのである。

「徴《しるし》」に変化する「もの」。それが容易になされるのは、根底において、それが実際には「もの」ではなかったからである。バニヤンは、いかにも寓意的な書き方で、「俗世」を呼び出し(「もの」の第一の意味)、ただその浅はかさを難じ(第二の意味)、それを一挙に乗り越える(第三の意味)。完璧に論理的な進行であり——『天路歴程』の正式の題名が示唆するように、まさに「この俗世から来るべき世界へ」の過程であり――そこでは字義どおりの面が寓意の面に、あたかも身体と魂の関係のように対応する。身体は消耗するためだけに存在するのであって、それが「この都」と同様であることを、クリスチャンはただちに説明する。「私がしかと聞いているところでは、この都は天からの火で焼かれる」[99]。消耗、焼尽、浄化。これが『天路歴程』における「もの」の運命である。ここで『ロビンソン・クルーソー』。

……もっと血眼で探しているものが別にあったからだ。たとえば、まず、道具……

……とくに綱や帆だけど、ほかのものも陸に持ってこられるはずだ……

……一カ所にまとめたのは、砲手の持っていたもの、とくに二、三のバール……

……よく曲がる小枝のようなものはなかった……

……パンというひとつの製品について、材料を準備し、こね、寝かせ、成型し、焼きあげ、完成させるまでに、未知の細々したものがどれだけたくさん必要かを……

……およそ二カ月も働いて、デカくて醜い土でできたもの（甕なんてとても呼べない）をたった二つつくっただけだった[100]。

ここでは「もの」は徴《しるし》ではなく、間違いなく「空虚」でも「卑しい」ものでもない。それらはロビンソンが、欠乏と欲望の二重の意味で「求める」（want）ものである。結局、本書の有数の挿話に挙げられるのは、「もの」である船荷を海底に沈むことから救おうとして、永遠に失われてしまうということがある。この語の意味は、必然的にそれでも一般的ではあるが、この場合は、その不確定性は、俗世からの退避ではなく、特定化の過程を促す。「もの」が意味を獲得するのは、永遠という面に「垂直に」登りつめることによってではなく、それらが具体的に（「細々と」「土でできた」「醜い」）なったり、「道具」「バール」「広口壜」「よく曲がる小枝」に転化したりする別の節に「水平」に流れ込むことによってである。それらは頑強に物質にとどまり、徴《しるし》となることを拒んでいる。まさにこれと似ている『近代の正統性』で描かれる近代世界では、バニヤンがそうであったようにはもや「人間の救済に責任はない」けれども、そのような「救済に、安定性と信頼性を独自に提供することで対抗した」[101]安定性と信頼性。これがデフォーにおける「もの」の「意味」である。この「即物精神の興隆」は、ピーター・バークが一七世紀半ばあたりに時期を定めたものであり[102]、またオランダ風俗画に見られる並行現象として、「一六六〇年を過ぎたあたり」に「寓意体系」の中心性から「日常生活の仕事」[103]への移行があった。「世界中で成長しているのは、ある種の実際主義だ」と、感傷とは無縁の一人のヴィクトリア時代人が書くことになる。「散文への精神傾向の転回……即物性、『それについてお考えはいろいろでしょうが、事実はこれこれです』という傾向」[104]。

事実はこれこれです。散文についてのヘーゲルの言葉。「散文の一般的法則として、精確、明確、達意が挙げられるだろうが、隠喩など比喩形象を用いるとつねに比較的不明瞭、不精確になる」[105]。そこで本項の冒頭で言及した文章に戻って、それをまるごと読んでみよう。

> 三日目の朝、夜のうちに風が鎮まり、海が穏やかになったので、ぼくは出発した。だが、ぼくはまたしても、分別も知識もないまま舵を取ろうとする者すべてに対し、警告の銃声を発することになった。岬まで来るとすぐ、岸からボートの長さほども離れていなかったというのに、急に水の深さに気づき、水車場の堰を切ったような奔流に巻きこまれてしまった。潮流はボートをすごい勢いで運び、どんなに頑張ってもぼくはボートの流れを端に寄せることもできなかった。そしてぼくの左手を流れていた逆流がどんどん遠ざかっていくのを眺めるしかなかった。ぼくを救ってくれる風はそよぎもせず、パドルで必死に漕いでもまったく無意味で、いよいよぼくも終わりだとあきらめた。島の両側を流れる潮流は、きっと数リーグ先でふたたび合流するはずで、そこまで行けば二度と戻れないのだ。この運命を避けられる可能性は見つからなかった。目の前に見えるのは、ただ死のみだった。海で溺れるわけではない。波は十分穏やかだった。飢えでくたばるのだ。実は、岸で見つけた亀がちょうど持ち運べる大きさだったので、ボートに放りこんでいた。大きな甕、例の手製の陶器の壺のひとつには、たっぷり真水が入っていた。だがこんなものはすべて、広大な海をさまよう身になんだというのか……[106]

日、朝、鎮まる風——かくして海に凪が生じる。半ば寓意的な舵手への「警告」、次いで「精確」が戻ってくる。岬、ボート、岸、深さ、潮流、以上すべてが最後の死の恐怖へといたる（この「死」もすぐに、溺死ではなく餓死だと特定される）。次いでさらなる細部。彼は飢えで死ぬことになる運命だ、しかし実際は亀をボートに乗せていた。事実大きな亀であり、「ちょうど持ち運べる大きさ」

（「くらいの」大きさではないのだ）と書かれている。そして彼は水甕も持っている。たっぷり真水の入った大きな陶器の甕——ただしこれは、実際は甕ではなく、「手製の陶器の壺のひとつ」なのだが……。まぎれもない明確さ。しかし何のために？　寓意はつねに明解な意味をもっていた。ここでは「岬」という意味にもなる'point'がそれだ。しかし上記のような細部は？　その数があまりにも多く、あまりにも執拗なので、単に、バルトがリアリズムの文体に嗅ぎ取った「現実効果」——「不必要な対象、過剰な言葉」——と言って済ませるのは難しい。それではロビンソンがこの朝出発した事実、あるいは亀がそれほどの大きさであった事実を、われわれはどう扱えばよいのか。事実はこれこれです。たしかに。それでいったい、何を意味しているのか。

叙事詩の形容辞が意味しているものは何か、とエーミール・シュタイガーは『詩学の根本概念』で問いかける。あるいはより正確には、それがこれほど頻繁に繰り返されるという事実は何を意味するのか、ということになる。海はつねに濃厚なワインの色であるのに、オデュッセウスは、その生涯の毎日が屈折と変転に満ち溢れていることとの対比なのか。そうではない、この「親密なものの回帰」は、より一般的でより重要なことを示唆している。対象は安定した堅固な存在感を獲得し、その結果「生はもはや淀んで流れることがない[107]」ことになる。重要なのは、与えられた形容辞の個別性ではなく、その回帰が叙事詩の世界に付与する堅固さなのだ。そしてそれと同じ論理を、即物精神の散文の細部に適用できる。その重要性は、特定の内容ではなく、それが世界にもたらす未曾有の精確さにある。詳細な描写は、エクフラシスの長い伝統においてのように、例外的な対象だけに確保されるのではもはやない。それは世界の「もの」に対する通常の見方になっている。通常であり、それ自体価値がある。ロビンソンが持っているのが甕であろうと壺であろうと違いはない。重要であるのは、細部がただちに問題にならないときにさえ、それを重要と考える心構えの確立なのである。精確さそれ自体のための精確さ、ということだ。

それがこの世界を観察する、もっとも「自然」であると同時にもっとも「不自然」な方法であるが、この確固とした注視が向けられるのが「自然」なものであるのは、必要とされるのが、想像力ではなく、デフォーにとって「文体と方法の双方において」「正直である主体と適切に照応する」「平明さ」[108]のみだからである。しかしまた、それが同時に向けられるのが「不自然」なものであるのは、これまで読んできたようなページが、「局所的な」精確さの焦点が過多であるため、その全般の意味が急速にかすんでしまうからである。精確さを獲得するために支払う代価がある。「物事を伝える際にもっと明瞭にしようとして、数多くの言葉を費やしてしまうことが多いが、今になって反省されるのはいろんな場所で多弁という罪を犯してしまったということである」と、即物性についての卓越した理論家であるロバート・ボイルは、その実験の記述法について述べている。しかし付け加える。「修辞家の教えを聞き流して、自分の主題にとって適切と、読者にとって役に立つと思った事柄に言及することをしなかったのだ」[109]。役に立つ多弁。これは『ロビンソン・クルーソー』の総括にちょうどよい言葉かもしれない。

精確さを獲得するために支払う代価がある。ブルーメンベルクとルカーチがそれを同じ言葉で表現している。全体性。

近代のシステムの強みは、それが、その「方法」のほとんど日課といってよいくらい持続的に行なわれる確認と「世俗的な」成功にある……このたゆまざる成功がもたらす「全体性」がいかなるものであるかという点に、その弱み、その不安定さがある。(110)

われわれの世界は限りなく大きくなり、ギリシャ人の世界に比べてどの片隅もはるかに多くの贈物とはるかに多くの危険とを含んでいるが、この豊かさは、ギリシャ人の生の支えとなっていた積極的な意味、すなわち全体性を抹消する。(111)

この豊かさは全体性を抹消する……。『ロビンソン・クルーソー』から抜き出したページの要点は、ロビンソンの突然の恐怖であるべきだっただろう。難破の日以来、彼がこれほど死に接近したことはなかった。しかし世界を構成する要素はきわめて多彩であり、その精確な言及が要求されるとすれば、その挿話の一般的意味はそらされ、弱められる。予測が何かに落ち着くとすぐに、別の何かが現われるのだが、そのとりとめもなく物質があふれる状態で――「どの片隅もはるかに多くの贈物とはるかに多くの危険とを含んでいる」――あらゆる統合行為が失調する。ふたたびルカーチ。

われわれは精神の生産性を発見した。それゆえ、さまざまな原型はわれわれにとって、その客観的な明快さを失って、もはや取り戻すことができなくなり、その思考は、原型に近づいてはいくが、完全にそれに到達することは一度もなかった近似の際限のない道をたどるのである。われわれは形象することを発見した。それゆえ、その両手が疲れて絶望のうちに手放すところのすべてのものには、最終的な仕上げが欠如しているのである。(112)

近似……完全に到達することは一度もなかった……絶望のうちに手放す……最終的な仕上げが欠如。「精神の生産性」の世界はまた、『小説の理論』の別のページ（〔英訳書〕八八ページ）にある「神に見棄てられた」世界である。そして人は問いかける。ここでの主調は何なのか。達成されたものへの自負なのか――それとも失われたものを思っての憂鬱なのか。(113) 近代文化はその「生産性」を祝福すべきなのか、その「近似」を慨嘆すべきなのか。これと同じ問いは、ウェーバーの「呪術からの解放」によって提起されている（そしてルカーチとウェーバーは、『小説の理論』の時期にはきわめて親密だった）。「呪術からの解放」の過程でさらに重要なことは、次のような事実だ。「人は原則として万物を計算によって支配できる」(114)――あるいは、この計算によって発見されることが、「世界の意味について何事かをわれわれに教える」ことはもうありえないのか(115)?

どちらがより重要なのか。それが決められないのは、ルカーチにとっての「生産性」と「全体性」と同じように「計算」と「意味」が、ウェーバーにとっては比較不可能な価値であるからだ。それと同じ根本的な「非合理性」に、数ページ前の労働というブルジョワ文化において出会っていた。世界の知覚を豊かにする具体的な細部の多様化を、散文がより見事に示すにいたるほど――その仕事を見事に果たすにいたるほど――、それを行なう理由がしだいにとりとめなくなってしまう。「生産性」か、あるいは「意味」か。次の世紀において、ブルジョワ文化の道筋は分裂するのであり、一方には、代価がどれほどであれその仕事をいっそう見事に行なうことを望む人びとが——もう一方には、生産性と意味のあいだの選択に直面して、意味の方を選び取った人びとがいた。

第2章　真剣な世紀

一　キイワードⅣ――「真剣」

数年前、『描写の芸術』という書物のなかでスヴェトラーナ・アルパースが論じたのは、オランダ黄金時代の画家たちが「際立った人間行為の模倣」を産み出すのではなく、「目に見える世界を描写する」道を選ぶことによって、ヨーロッパ芸術の流れを一変したということであった。神聖にして汚辱にまみれた歴史（アルパース自身がよく言及する、幼児虐殺など）の名場面の代わりに目にするのは、静物、風景、室内、市街、肖像、地図などである。要するに「物語芸術とは一線を画した描写の芸術」(1)である。

エレガントな学説である。しかしながら、少なくとも一例――ヨハネス・フェルメールの作品――において、本当の新しさは、物語の排除ではなく、物語の新たな一面の発見だったように思われる。

図版4の『手紙を読む青い服の女』を例としてみよう。なんと彼女の体は奇妙なかたちをしているこ

図版 4　J. フェルメール『手紙を読む青い服の女』(1663 年)

とか。妊娠しているのだろうか。そしてこれほど集中して読んでいるのは誰の手紙か。壁の地図が示唆するように、遠くにいる夫なのだろうか（夫が遠く離れているのだとすれば、だが）。開かれた函が前景にはあって、そこに手紙が入っていた――とするとそれは古い手紙で、最近のものではないとすれば何度も読み返しているということだろうか（フェルメール絵画には非常に多くの手紙が描かれていて、つねに小さな物語を示唆するのであり、今ここで読まれているものは、どこか別の場所でかつて、さらにそれ以前に発生がさかのぼる出来事をめぐって書かれたというように、わずか数インチの画布に三つの時空間の層が重なる）。さらに図版5の手紙は、侍女が女主人に手渡したばかりである。彼女たちの目によぎる不安、皮肉、疑惑、企み。侍女が女主人になっているともみえる。そして扉、部屋、打ち捨てられたモップ。なんと奇妙に歪んだ構図であることか。外で誰かが返答を待っているのだろうか。さらに図版6では、少女の顔に浮かんでいる笑みはいったい何なのか。どれほど彼女はテーブルに置かれたピッチャーからワインを飲んだのか（当時のオランダ文化においては正真正銘の疑問であり、また物語に関わる疑問でもある）。前景の軍人はいかなる物語を彼女に告げたのだろうか。そして彼女はこの男の言うことを信じたのか。

このへんでやめよう。しかしかすかに戸惑いを覚えるのは、アルパースには申し訳ないが、以上のすべての場面は「際立った人間行為」だからである。物語中の場面なのである。たしかに、「世界史」の偉大なる瞬間ではない。けれども、その発想源のひとつとしてオランダ絵画を数えていた若いジョージ・エリオットが熟知していたように(2)、物語は、記憶に残る場面でのみ構成されてはいないのだ。「物語の構造分析序説」において、この問いに関する正しい概念枠を提示するロラン・バルトは、物

図版 5　J. フェルメール『恋文』（1669 年）

図版 6　J. フェルメール『士官と笑う女』(1657 年)

語を構成する挿話を、「枢軸機能体」（または「核」）と「触媒」というように二つの大きな括りに分類している。この用語法は論者によって大きく異なる。『物語と言説』においてチャトマンは、「核心」と「衛星」を用いている。私は「転換点」と「埋め草」という言葉を使う。しかし用語法は問題ではない。重要なのは考え方だ。ここではバルトを引用する。

ある機能体が枢軸的であるためには、それが指し示す行為が、物語の展開に関わるいくつかの結果へと向かう選択肢を開示……するだけで十分である。二つの枢軸機能体のあいだには、つねに補足的な記載を挟むことができる。それらの記載は、いずれも核の周りに集められるが、核がもつ選択に関わる性質を変えはしない。……触媒は……機能的であることをやめないが、その機能性は弱く、一方的、寄生的である。(3)

「枢軸機能体」は、プロットにおける「転換点」である。「埋め草」はひとつの「転換点」と次の「転換点」のあいだに生じることである。『自負と偏見』（一八一三年）において、エリザベスとダーシーは第三章で出会う。彼は周りを見下した態度をとり、彼女は嫌悪感を覚える。最初の展開の結果、「物語の発展が生じる」。エリザベスはダーシーと対立関係に置かれる。三一章分のちに、ダーシーはエリザベスに求婚する。これが第二の転換点だ。別の道が開かれる。さらに二七章分進むと、エリザベスはダーシーの求婚を受け容れる。これで別の道が終わり、小説の終わりとなる。三つの転換点がある。始まり、中間、終わり。非常に幾何学的であり、非常にオースティンらしい。しかしもちろん、以上の三つの場面のあいだに、エリザベスとダーシーは顔を合わせ、会話し、相手の話に耳を傾け、お互いについて考えるのだが、この種のことを数え上げるのは難しく、ただおおよそこの種の挿話は一一〇ほどあるようだ。これが「埋め草」なのである。バルトは正しいのであり、そこでは大して何も起こらない。物語の進行を豊かにし、陰影をつけるけれども、「転換点」が導入したものを変更することはないのである。そうするにはこれらの「埋め草」はあまりに「弱く、寄生的」であるのだ。ただ示されるのは、人が会話し、カードで遊び、訪問し、散歩し、手紙を読み、音楽を聴き、お茶を飲むということ……。

物語ではあるが、ただし日常的。(4) これが「埋め草」の秘密である。物語であるのは、これらの挿話がつねにある程度の不確定さをはらんでいるからだ(エリザベスはダーシーの言葉にどのように反応するのか、彼はガーディナー一家との散歩に同意するのか)。しかしこの不確定さは局所的なものにとどまり、バルトが述べているように「物語の展開に関わる」長期の結果をもたらすものではない。この点において、「埋め草」は、一九世紀の小説家たちに親しかった礼儀作法にたいへんよく似た機能を果たす。それらは生活の「物語性」を管理するために設えられた仕組みなのである。物語性に対して規則性、すなわち「様式=文体」(style) を与える。ここでいわゆる「風俗」画からのフェルメールの断絶が重要になってくる。彼の描く場面では、誰も大きく笑いはしない。せいぜい微笑むだけで、その頻度も決して高くはない。たいてい彼の描く人物は、青い服の女のような引き締まった顔つきをしている。真剣 (serious) なのだ。『ミメーシス』におけるリアリズムを定義する魔法の呪文においてと同じように、真剣(ゴンクール兄弟にとってはすでに、『ジェルミニー・ラセルトゥー』の序文にあるように、小説は真剣な大形式であった)。真剣とは、OEDによれば、「娯楽もしく快楽追

図版 7　G. カイユボット『パリの通り，雨』（習作，1877 年）

求の対義」であり、グリムによれば「冗談と享楽の対極」であり、バッターリアによれば「皮相や軽薄とは異なる」ということになる。

しかし、文学において、「真剣」とは正確には何を意味するのか。「たったひとつ問いが残っている」という言葉が、ヨーロッパ文藝に真剣な分野を導入した、『私生児』についての対話」（一七五七年）の第二部の最後にはある。「あなたの作品のジャンルに関わることだ。これは悲劇ではない、喜劇でもない。ではこれは何なのか、いかなる名前をこれに用いるべきなのか[5]」。「対話」第三部の冒頭で、ディドロはこの新しいジャンルを「両極のジャンルの中間形態」あるいは「その中間に置かれる」と定義することで答えている。これはひとつの見事な直観であり、様式と社会階級のあいだの古びたつながりを更新するものであった。悲劇的な情念のもつ貴族特有の高尚さと喜劇のもつ民衆的な深みに、中間の階級は、そのどちらでもないそれ自体中間である様式を加えたのである。中立、これが『ロビンソン・クルーソー』の散文であった。(6) しかしディドロの「中間」形態は、両極から等距離というのではない。「真剣なジャンル」は「喜劇よりも悲劇に寄った傾向を示す」と彼は付け加えるのであり、(7) たしかに、カイユボットの『パリの通り、雨』(図版7)のようなブルジョワの真剣ぶりを伝える傑作を観るならば、ボードレールとともに、ここに登場する人物はみな「葬式か何かに参列している」(8) と思わざるをえない。もちろん真剣であることは悲劇と同じではないだろうが、沈みがち、冷ややか、融通の効かなさ、押し黙り、重々しさを意味する。労働者階級の「お祭り騒ぎ」とは縮めようがない距離がある。真剣、これこそ支配階級への途次にあったブルジョワジーの性格である。

二　埋め草

ゲーテの『ヴィルヘルム・マイスターの修業時代』(一七九六年)の第二巻、第一二章。魅力的な若い女優フィリーネが、宿の戸口のベンチでヴィルヘルムを誘惑する。彼女は立ち上がり、宿の方へと歩き、思わせぶりな眼差しを彼に向ける。一瞬ののち、ヴィルヘルムは彼女のあとを追う――しかし宿の戸口で、劇団を率いる俳優メリーナに引き止められるのだが、彼にはずっと貸付の約束をしていたのだった。ヴィルヘルムはフィリーネのことを思いながら、今晩金を用立てると約束し、ようやく解放される。しかし彼はまた引き止められ、そのこんどの相手フリードリヒは彼らしく気持ちのよい挨拶をする……そしてヴィルヘルムより先に階上のフィリーネのもとに行く。不安にとらえられたヴィルヘルムが自分の部屋に戻ると、ミニヨンがいる。落胆しているヴィルヘルムは素っ気ない態度をとる。ミニヨンは傷つくが、ヴィルヘルムはそれに気づきさえしない。彼はふたたび外に出る。亭主が見知らぬ男と話していて、その男は脇目でヴィルヘルムの方を見ていた……。

ヘーゲルによる世間の散文。そこでは、「個人は自身を他の人びとのための手段と化さねばならず、彼らの限られた目的に役立つようにしなければならず、また同様に自身の利益を実現するように他人を単なる手段と化さねばならない(9)」。しかし散文においてこそ、不満の苦さ(ヴィルヘルムは二度快楽の追求へと舞い戻る)は、可能性の強烈な感覚と奇妙に入り交じる。メリーナが強要する貸付は、小説の演劇的部分の導入となり、そこには舞台芸術についての忘れがたい議論が含まれる。ヴィルヘルムを失うおそれがミニヨンの感情を研ぎ澄ます(そして数ページ後の『君知るや南の国』の詩を触発する)。宿屋の戸口にいた見知らぬ男は、城へのヴィルヘルムの訪問の布石となり、そこではヤルノとの出会いがあって、こんどはそれが「塔の結社」へとつながる。このすべてが、これまで記述してきた「埋め草」では現実には生じない。以上は単なる可能性である。しかし充分に日常を「揺さぶり」、それに開かれた、生き生きとした感じを与える。その望みはすべて叶えられるわけではないが(「教養小説」はまた構造的に失意のジャンルである)、開放の感覚が完全に失われることはない。それは、生きる意味を思うための新しい、真に世俗的な手段なのである。それは無数のささいな出来事のあいだに散らばっていて、油断のならないことに、世間の無関心と卑小なエゴイズムと見分けがつきがたいとしても、またつねに強固にそこにあるのだ。それこそが、ゲーテが「教養小説」の目的論的な側面（意味が満ち溢れるのだが、ただし一挙に最後で）と決して滑らかに継ぎ合わせることのない見通しなのである。だが最初の一歩は踏み出された。

ゲーテは可能性の感覚によって日常をよみがえらせる。スコットは『ウェイヴァリー』（一八一四年）で、過去の日常の儀礼に立ち戻る。歌唱、狩猟、食事、乾杯、舞踏……。動きの乏しい場面はや退屈でさえあるが、ウェイヴァリーはイングランド人であり、スコットランドの習俗がいかなるものかを知らず、的外れな質問をし、誤解し、人びとを侮辱する——そして日常の行為が、小さな物語のさざ波の跡に浮かび上がる。『ウェイヴァリー』は『ヴィルヘルム・マイスター』のように埋め草によって圧倒されているのではない。その雰囲気はいまだかなりゴシック的で、世界史は近くにあるが、愛と死の物語があらゆる種類のメロドラマの響きを生じている。しかしそのメロドラマのなかでスコットは、物語の速度を緩め、休止の瞬間を多発させる。そのような瞬間のなかで彼が見いだすのは、分析的な文体を展開する「時間」であり、次いで彼は「公平な裁判官[10]」の目を通してであるかのように世界が眺められる、新種の描写法を編み出すのである。この埋め草から分析的な文体へ、さらに描写法への形態変容の段階的流れは、文学の進化に典型的にみられるものではある。だがこの新たな技法は、構造を構成する他の部分と相互作用を起こしながら、全体の「仕組みの波」（産業革命についで述べられたような意味で）の発生を促すことになる。そして一世代が過ぎて、この仕組みが風景を再構成したのである。

バルザックの『幻滅』（一八三九年）第二巻。リュシアン・ド・リュバンプレは（ついに！）最初の記事を書き、これが画期的な「ジャーナリズムの革命」を起こすことになる。これは、彼がパリ上京以来待ち望んでいた機会であった。しかしこの薔薇色の転換点において、二番目の挿話がさりげなく組み込まれる。新聞で原稿が足りなくなり、内容は何であっても数ページ埋められさえすればよい、数本の記事がただちに必要になる。リュシアンの友人が仕方なく、座って原稿を書きはじめる。これがまさに「埋め草」の原型的な理念である。空いた空間、期間を埋めるために書かれる言葉。しかしこの二番目の記事はある特定の人びとを誹謗中傷するものであり、めぐりめぐってリュシアンの破滅を招く。これがバルザックの「バタフライ効果」だ。最初の出来事はどんなに小さくても、大都市の生態系は多様でありながら緊密に結び合っているので、その効果を全体の均整から産み出すのである。ある行為の始まりと終わりにあって、つねに中間に生じる何かがある。第三者的な人物が、ヘーゲルの「世間の散文」のように「自身の利益を実現」しようと思い、予想外の方向にプロットをねじ曲げる。そのようにして、日常生活のもっとも些末な瞬間が、ひとつの小説（バルザックにおいてはつねに上出来ではないのだが）を構成する章のようになるのである。

「教養小説」とは不満と可能性のほろ苦い混ぜ物であり、恋愛小説とは抑制された風俗の物語であり、歴史小説とは過去の意外な儀礼であり、多元的なプロットの都市小説は生の突然の加速である。一般的に日常の覚醒であり、それは一九世紀初頭の日常生活である。そして一世代後に、流れが転回する。エマとシャルル・ボヴァリーが夕食をとっているページを考えれば、これ以上完璧な埋め草はないように思われる。アウエルバッハを引いてみる。

この場面では特別なことは何も起こらないし、その前だってそれは同じである。それは夫婦の規則正しい食事の時間から抜き取ってきた一瞬間なのだ。そこには口論のようなものもないし、それとわかるようないさかいもない。……そこには何も事件が起こらない。だが、この何も起こらないということが、およそ重く苦しい、陰鬱な、恐るべきことなのだ[11]。

抑圧的な日常。エマが凡庸な男と結婚したゆえであろうか。そうでもあり、そうでもないともいえる。そうであるのは、シャルルの存在がたしかに彼女の人生を圧迫しているからだ。そしてそうでないのは、ルドルフ、次いでレオンとの二つの不倫においてのように夫から遠く離れているときでさえ、「結婚生活の不変の充実」、たいしたことは何も起こらない、不変の「夫婦の規則正しい時間」をエマがまさに見いだしているからである。この「冒険」から平凡への堕落がよりいっそう鮮明になるのは、別の不倫小説を背景とした場合であり、そのエルネスト・フェイドーの『ファニー』（一八五八年）は、当時よく『ボヴァリー夫人』と一対にされたが、実際は対極にある。恍惚と絶望、邪推と至福のあいだで絶えず揺れ動き、すべてが強烈な誇張法によって描き出される。その世界と遠く離れた慎重な中立性を示す『ボヴァリー夫人』にあるのは、鈍重な文（バルト「それはモノなのだ」）、「灰色の諧調」（ペイター）、「永遠の半過去」（プルースト）である。半過去とは、いっさいの驚きを遠ざける時制である。反復、日常、背景の時制だが、ただし前景よりも重要性を増している背景である[12]。数年後に『感情教育』では、一八四八年という「驚異の年」さえ、この垂れ込めた沈滞を吹き払うことはない。この小説において真に忘れがたいのは、革命の「衝撃」ではなく、呆気なくその流れが止まり、また旧来の平凡な生活が、卑小なエゴイズムが、脆弱な夢想が回帰する成り行きである。

前景を圧倒する背景。次章はイギリスで、熱力学の第二法則に支配されているかにみえる一地方小都市で展開する。寛容の熱情がかすかに冷却すると、「平均値に準じて形成され、十把一絡げで詰め込まれるのにふさわしい」人びとに帰結する、[13]とジョージ・エリオットは書いている。このページで彼女が考察している若い医者が与えてくれたのは、「埋め草」によって棒に振った人生の物語を書くという名案である。「いかなるひとつの重大な取引と比べてもありふれた破滅の物語である、やむをえない状況での小さな要請への何気ない屈従」[14]。悲しいことに、リドゲイトは魂を売ることさえしない。自分自身では出来事として認識さえしないにもかかわらず、自らの生を決定してしまう小さな出来事が入り組んだ迷路において、彼は魂を喪失する[15]。街に来たとき、リドゲイトは非凡な若者だった。数年後、彼もまた「平均値に準じて形成」される。アウエルバッハがいうように何か非凡なことが起こったのではないが、すべてが生じたのである。

最後になるが、新世紀最初の年、トーマス・マンは『ブッデンブローク家の人びと』でブルジョワ生活を抽出する。トムの皮肉と侮蔑にあふれた言動、リューベック市民の思慮分別ある言葉、トニーの直情、ハノーの苦痛に満ちた内職……。ライトモチーフという技法に則って各ページに繰り返されるマンの「埋め草」は、物語機能の最後の痕跡をも喪失して、単なる文体になっている。ワーグナーにおいてと同じく、ここではいっさいが衰滅するが、ライトモチーフの言葉のみが残り、リューベックとその住民を静かに忘れがたいものにしている。まさに「どんなささいな出来事にさえ重々しい敬意の対象となる」、ブッデンブローク家の戸籍謄本のようだ。ブルジョワの世紀が日常に視線を注ぐその深甚な真剣さを美しく練り上げた言葉がここにはあるが、さらにいくつかの考察が求められる。

三 合理化

なんと迅速な推移だったことか。一八〇〇年前後には、「埋め草」はまだ稀少であった。一〇〇年後には、それはいたるところにあった(ゴンクール兄弟、ゾラ、フォンターネ、モーパッサン、ギッシング、ジェイムズ、プルースト……)。『ミドルマーチ』を読んでいると思っていたとしても、違うのだ。読んでいるのは、埋め草の大きな束であり、それは結局、この世紀全体の唯一の物語の発明なのである。そしてこの目立たない装置が広く素早く普及したのであれば、ブルジョワのヨーロッパには、その出現を熱烈に待望している何かがあったに違いない。それは何か。この『ブッデンブローク家の人びと』というのは奇妙な本だ、と一読者がトーマス・マンに書き送ったことがある。ほとんど何も事件は起こらず、読んでいて退屈するところなのに、そうではないのだから。たしかに奇妙だ。どうしたら日常的なものが感興を催すものになるのだろうか。

解答を見いだすためには、「逆行分析」を施さなければならない。逆行であるのは、解決は与えられているからであり、解決からさかのぼって問題にいたるのである。いかにして「埋め草」が発生したのかは知っているのだから、こんどはなぜそれがそのようにして発生したのかを問わなければならない。その過程で地平が変化する。「埋め草」がいかにして発生したのかを絵画、小説、物語理論において探究したのだとすれば、なぜ発生したのかは、文学と芸術の外側、ブルジョワの私生活の領域にある。始まりは、ここでも、私たちが今日でも営んでいる私生活の領域が最初に形式を見いだしたオランダの黄金時代からということになる。その時期に住宅は「快適」――またこの言葉だが――になり窓と同様に扉も多く造られ、部屋は各々が日常生活の用途に特化するかたちで機能を多様化した。「居間」あるいは「客間」（これは実際には「主客の間」であり、ピーター・バークの説明によれば、主人が召使いから離れて「余暇」という新体験を楽しむ場所であった）[16]。フェルメールの部屋、そして小説の部屋。ゲーテ、オースティン、バルザック、エリオット、マン……。日がめぐるごとに新しい物語を紡ぎ出す、守られているけれども開かれた空間。

しかし物語には、顕著になりつつあった私生活の規則正しさが介入する。フェルメールの描く人物はきちんとした清潔な服装をしている。壁を洗い、床を磨き、窓を拭く。読書と執筆に勤しみ、地図を理解し、リュートとヴァージナルを演奏する。たしかにたっぷりの余暇に恵まれているが、それを地味に用いるので、あたかも仕事をしているかのようだ。「ブルジョワの生活様式と芸術のための芸術」において若きルカーチは書いている。「生活が支配されているのは体系と規則に従って繰り返されるものによって」であり、

> 法則に忠実に何度も発生するもの、欲望や快楽を顧慮することなく行なわれるものによってである。いいかえれば、秩序が気分を、永続的なものが瞬間的なものを、静かな仕事が感覚に左右される天才を抑え込んでいる[17]。

「秩序が気分を抑え込んでいる」という言葉には、ウェーバーの影がある。これはコッカによれば「定職と合理的な生活を好む傾向」であり、食事、仕事のスケジュール、ピアノのレッスン、通勤など定期的に繰り返される活動の「かくれたリズム」（エビエタ・ゼルバベル）が、「日常生活の任意性」に規律をもたらす[18]。そのような活動は、バーリントン・ムーアがヴィクトリア時代イギリスに関して記述したように[19]、「正当」で「健全」な利得であって、些少だが定期的で、細部への丹念な没入から生じる。一九世紀の統計学の「偶然の飼い馴らし」（イアン・ハッキング）であり、また「基準化」「標準化」といったような言葉（と行為）のとめどない普及である[20]。

なぜ一九世紀に「埋め草」なのか。それがブルジョワ生活の新たな規則正しさに見合った物語の快楽を提供するものだからだ。それが物語るのは、五感の快楽に即した快適さが何かについてである。娯楽は切り詰められ、小説の読書という日常の行為に合わせられる。ウォルター・バジョットが書いている。「たしかに、人類の目立つ層の主要な行ないに大きな変化が生じてきている。以前は余暇を過ごすのは、体を動かすか何もしないかしかなかった。封建制の男爵は、戦争および狩猟――ともにきわめて活発な行為――といわゆる『恥ずべき安逸』のあいだは何もしなかった。現代生活では激しい活動は乏しく、静かな行為がやむことなく続く[21]」。

静かな行為がやむことなく続く。こうして「埋め草」が求められる。これには、デフォーの微細な物語のシークエンスにおいて見いだされた「連続性のリズム」との深い一致がある。両方の場合で、というよりも両方の尺度で、といった方がよいが、『ロビンソン・クルーソー』の文と一九世紀小説の挿話では、「小さい」ことはそのままで小事が重大事になる。日常であることはそのままで物語になる。「埋め草」の普及によって、小説は、経済上の利益に関するハーシュマンの見事な撞着語法を繰り返すならば「静かな情念」へと、ウェーバーの「合理化」という局面へと変化する。経済と行政において始まるこの過程は、最終的には、（音楽言語に費やされた『経済と社会』の最終巻のように）余暇、私生活、感情、美意識の領域へと拡大する。つまるところ、「埋め草」は小説の世界を合理化する。すなわち、それを驚きに乏しく、冒険はほとんどなく、奇蹟は皆無である世界へと変える。「埋め草」がブルジョワの見事な発明であるのは、小説に商売や工業、その他のブルジョワの「現実」――「埋め草」は「現実」とは関係ない――をもたらすからではなく、それを通して合理化の論理が、小説のリズムそのものに浸透するからである。その影響の絶頂期においては、文化産業さえその呪縛のもとにあった。ホームズのアームチェアの「論理」によって血なまぐさい犯罪は「連続講義」に転換され、「科学」小説によって疑わしい宇宙はもっともらしい綿密なものとなる。『八十日間世界一周』のような世界的なベストセラーは、世界全体に拡大した時間遵守がその中心にあり、主人公が列車の時刻表にしたがって生きること、あたかも聖務日課にしたがうベネディクト派修道士のようである。(22)

しかし小説は単なる物語ではない。出来事と行動は、重要なものもそうでないものも、言葉によって伝えられる。言語になり、文体になる。そしてここで何が起こるのか。

四　散文Ⅲ――現実原則

『ミドルマーチ』から。ローマ滞在中のドロシアは、自室で泣いている。エリオットの言葉によれば「理解できないローマ」を前にして、なすすべなく。

生きて血の通っているものすべてが敬虔とはほど遠い迷信の深い堕落に沈めたと見える、このむさくるしい現在の只中に置かれた廃墟とバジリカ会堂、そして宮殿と巨大な彫刻像、そこでは色褪せたとはいえ今なお強烈な巨人的生命が、壁画や天井画のなかで凝視したり、もみあったりしているのであり、長い列をなして立ち並ぶ白い大理石像の目は、今はなき世界の単調な光をとどめているかに見えるのだが、忘却と堕落の息吹きのあらわれと乱雑に混じり合った、官能的であるとともに精神的でもある、野心にみちた理想のこの巨大な廃墟は、最初は電撃のように彼女を襲ったが、やがて、その強い印象は、感情の流れをせきとめる混乱した思想を飽食したときに生じるような苦痛を味わわせた。(23)

〔英語原文では〕八七の多音節語が、この文の巨大な単一の主語を形成するのに動員されている。そして指小の「彼女」が唯一の目的語である。ローマとドロシアの不均衡な関係をこれ以上見事に表現することはできないだろうし、実際、エリオットの散文の文体に典型的な精確さなしには完全に表現できなかったであろう。廃墟とバジリカ会堂が「置かれた」現在は「むさくるしい」のであり、生きているものすべて（本文の「生きて血の通っているもの」の方がよい）が「深い」堕落に沈んでいて（本文の「沈めたと見える」は違う）、その「迷信」は「敬虔とはほど遠い」。各々の語には観察、測定、判別、改良が施されている。「以前は物の名前をこれほど知りたいとは思ったことがなかった」と、一八五六年のイフラクーム日記にエリオットは書いている。「この欲望は、いっさいの曖昧と不正確さから逃れて明確鮮烈な思念の陽光を求める、私のなかでいま高まりつつある傾向の一端である」(24)。曖昧さと不正確さからの脱却。これが「真剣」の二番目の意味の層である。リトレが定義するように「その対象に密着していること」（フェルメールの『手紙を読む青い服の女』には、若きメアリ・アン・エヴァンズ〔ジョージ・エリオットの本名〕の引き締まった顔の面影がある）。シュレーゲルが『アテネーウム』に書いている。「真剣とは、明確な目的をもっていることである。ゆえに怠惰や欺瞞とは無縁であり、達成するまでその目的に向かって邁進する」(25)。職業倫理という責任感。言語の専門家であるエリオットの語り手のように、専門家の使命として、なすべき仕事の遂行に没入する。ウェーバーの述べるように、これは単に外面的な義務ではない。現代の科学者——そして芸術家——の使命は専門化の過程と「密接」に結びついており、「自らの魂の運命」が、これが、これのみがなされるべき正しい思考かどうかにかかっていると思い込む(26)。自らの魂の運命！　ここで思わざるをえないのは「適切な語《モ・ジュスト》」であり、フローベールの文体についてのチボーデの冷徹な評価である。「奔放な天性の賜物ではなく、かなり後になって獲得した習練の産物である」(27)。（フローベールもそれは承知していた。一八五六年一〇月五日、『ボヴァリー夫人』が刊行された際にルイ・ブイエに宛てた手紙には、「この本が呈しているのは、才能よりもはるかに忍耐、能力よりも労働だ」とある。）

能力よりも労働。これが一九世紀小説なのだ。小説だけのことではない。マンの『ファウストゥス博士』において悪魔は言う。

これは三、四小節のもので、それ以上のものではなかった。ね、そうだろう？　その他はすべて推敲と根気なんだ。それともそうじゃないかね？　それはいいとして、われわれは文献には非常によく通じているから、着想が新しいものではないこと、すでにリムスキー・コルサコフ、あるいはブラームスに出てくるものをあまりにも思い出させるということに気がついている。ではどうする？　変えればいいのさ。しかし変えられた着想なんてものは、それでもまだ着想といえるだろうか？　ベートーヴェンのスケッチブックをとってみたまえ！　どの主題的構想も、神に与えられたままになってはいない。彼はそれを作り直して《もっと良く》と書き加える。依然として決して感激的でないこの《もっと良く》には、神による霊感への信頼と尊敬はわずかしか現われていない。(28)

「もっと良く」。エリオットはこの言葉を何度も独りで呟いてみたに違いない。そして彼女の傑作小説のページをめくる誰もが不思議に思うだろう。ここまでする意味があるのか。「……やがて感情の流れを堰き止める混濁した思念の氾濫にまつわる苦痛が彼女にはあったとして納得する」。精確さの迷宮のなかでさまようことなしに、このような文を誰が実際にたどることができるのか——誰が理解することができるのか。デフォーを思い出してみよう。そこでは散文の「明確さ」に関わる問題は、「局所の」精確さが増大すれば、ページ全体の意味は不透明になるという点であった。多くの明瞭な細部が集積して茫漠たる全体ができあがる。ここではその問題が徹底している。エリオットの分析への使命はきわめて強かったために、細部そのものが理解を受けつけないようになっているのだ。しかし彼女は、副詞を、分詞を、従属と修飾の言葉を重ねることをやめない。なぜなのか。何がこれほどまでに精確さを意味よりもはるかに重要なものとしているのか。

「複式簿記によって実業家はどれほど助けられることか」と、『ヴィルヘルム・マイスターの修業時代』第一巻の有名なページに書かれている。

人間の精神が産んだ最高の発明のひとつだね。立派な経営者は誰でも、経営に複式簿記を取り入れるべきなんだ。……整理されて明瞭になっていれば、倹約したり儲けたりする意欲も増してくるものなんだ。やりくりの下手な人は、曖昧にしておくことを好む。負債の総額を知ることを好まないんだ。その反対にすぐれた経営者にとっては、毎日、増大する仕合せの総計を出してみるのにまさる楽しみはないのだ。いまいましい損害をこうむっても、そういう人は慌てはしない。どれだけの儲けを秤の一方の皿にのせればいいかをただちに見抜くからだ。(29)

人間の精神が産んだ最高の発明のひとつ……。経済的理由からそれは充分明白だが、それ以上に明白なのは倫理的理由からである。複式簿記の精確さが、事実に直面するように人びとに強いるのである。あらゆる事実であり、そこにはとりわけ不愉快な事実も含まれる。(30) その結果を、多くの人びとが科学のもたらす道徳的教訓とみなした。「成熟と勇気を要するものであり、虚飾を剝いだ現実に向きあうことを求めるもの」と、チャールズ・テイラーは述べている。(31)「これは男らしい自己否定の成熟であり、思い込みは打ち消され、惑わしに満ちた幻想もあっさり打ち壊される」と、ロレーヌ・ダストンは付け加える[32]。現実原則である。ダヴィドフとホールが書いている。生活のあらゆる局面において市場への依存度が高まると、中流階級はその収入を管理下に置くことを学ばなければならなくなったので、出版産業が提供する「会計簿」の助けを求めるようになり、これが結局、その存在の他の部分にも刻印を残した。メアリ・ヤングの場合は、一八一八年と一八四四年のあいだに、家計簿に加えて、「子どもの病気と接種……贈物と手紙のやり取り……自宅で過ごした夕べ……訪問を受けた数と行った数」を記した、「家庭生活と社交生活のある種の収支原簿[33]」を作成しつづけた。

　真剣の三番目の面。「真剣な処世」は、マンにとってブルジョワという存在の柱石であった。倫理的な重々しさを越えて、専門家の職業上の没頭を越えて、真剣さがここで立ち現われるのはある種の昇華された商売上の誠実さとしてであり、ブッデンブローク家の戸籍謄本が示す「事実への敬虔な崇拝とほとんど変わらず」、それが生活全体へと拡張されるのである。信頼、規律、精密、「秩序と明晰」、リアリズム。もちろんこれは現実原則という意味だが、そこでは現実と関わることが、つねに変わらないその必要性から、ひとつの「原則」、ひとつの価値となる。誰かの直接的な欲望を押さえつけることは単なる抑圧ではない。それは文化なのだ。『ロビンソン・クルーソー』の以下の場面では、欲望（太字）、難題（傍線）、解決（傍点）が典型的に入れ替わり、ある考えを誘うことになる。

> 初めて外出したとき、この島には山羊がいることが間もなく判り、ぼくは大いに喜んだ。しかしそれからぼくにとってツイてないことが明らかになった。つまり、山羊たちはとても警戒心が強く、

敏感であり、脚もたいへん速いので、近づくのはまさに至難の業だったのである。しかしぼくはこれに挫けることなく、そのうち仕留められるだろうとしか信じていなかった。すると実際にそうなった。彼らの生息地を少し観察してから、こんなやり方で待ち伏せするようにしたからである。谷間を行くぼくの姿を見かけた山羊たちは、岩場にいても恐怖に駆られたように逃げだした。しかし向こうが谷間で食事をしていて、こちらが岩場にいると山羊たちはぼくにまったく気づかなかった。そこで判ったのは、山羊の視界は目の位置から下に広がっていて、上の物を見るのが苦手だということだった……。この動物たちに最初に放った銃弾でぼくは雌山羊を殺したが、この雌山羊のそばには乳離れしていない幼い子山羊がいたので、ぼくは心から悲しんだ。しかし親が斃れると、子山羊はそばをじっと離れず、ぼくが母親をつかみ上げるまで立っていた。それだけではなく、しかしぼくが親を肩に担いで運びはじめると、この子山羊は後を追い、ぼくの居住地にかなり近いところまでついてきた。そこでぼくは母親を降ろして子どもを腕にかかえ、ぼくの領土内にこれを運び入れた。育てたらなついてくれるかと思ったが、しかし食事を摂ろうとしなかったので、仕方なく殺してぼくが食べた。(34)

わずかな数の行のなかに六つの「しかし」。「意志、すなわち頑固一徹、不撓不屈の意志が、最上のイギリス的性質である」とは、一八五八年の『両世界評論』に見られる言葉だが、その記事の題名はわかりやすく「英米の生活における真剣なものとロマネスクなもの」となっていた。逆接節が満載されたこのページは、一方でロビンソンがその目的を達するのを妨げることはなく、論点をあますところなく実証してくれる。万事の検証はまさに怒りも興奮もなく、ウェーバーが合理化の過程を要約する際に好んで用いた、このタキトゥスの格言に則るかのようになされるのである。各々の問題は具体的な要素（山羊が見ている方向、この光景におけるロビンソンの位置）に分割され、手段と目的の規律に即した調整によって解決される。分析的散文が明らかにするその実践性の起源は、ベイコンの自然（これは従うことによってしか支配できない）と、「計算から逸脱する、愛憎、いっさいの個人的、非合理的、感情的な要素を排除する」ウェーバーの官僚制の中間にある。フローベールは、ウェーバーの官僚のもつ「『客観的』非個人性」――「完璧になるほどに『人間から脱することになる』」[35]――を終生の目標とした作家であった。

完璧になるほどに人間から脱する。この考え方を追究することには禁欲的な英雄性がある――分析的なキュビズム、セリー音楽、バウハウスが二〇世紀前半に行なったように。しかしエリート臭のある前衛の実験室で脱人間化された非個人性を追究することには、自分たちだけのファウスト的報酬があり、それと、ここで扱う文学が行なっているように一般的な社会の運命としてそれを提示することとは別のことだ。後者では、「思い込みが打ち消される」という現実原則が苦痛に満ちた喪失を喚起する傾向があり、そこでは埋め合わせとなるものは見えていない。これがブルジョワの「リアリズム」の逆説である。その美学の達成がより徹底し明晰になるほど、それが描き出す世界は住みがたくなるのだ。これが本当に幅広い社会への覇権の基礎になりうるのだろうか。

五　記述、保守主義、「レアルポリティーク」

「客観的」非個人性。これに一九世紀小説の分析的な様式＝文体は極まる。客観的というのは、もちろん、表象というフィルターが魔法のように透明になるという意味に由来するのではなく、書き手の主観性が後景に押しやられるという理由にもとづく。客観性が増大するのは、主観性が減少するからである。「客観性とは、自己のある側面の抹消である」と、『客観性』においてダストンとガリソンは書いており[36]、ハンス・ロベルト・ヤウスは次のように述べた。

> 一九世紀における歴史記述の隆盛の……根底にある原則は、歴史がそれ自体の物語を語り出すためには歴史家は自己を消去しなければならないというものだった。この方法が呈する詩学は、同時代における文学の最高峰、歴史小説のそれと何ら異なるところはない。……スコットの小説がティエリ、バラントら一八二〇年代の歴史家たちに強烈な印象を残したのは、歴史小説の語り手が完全に後景に退いているという点であった[37]。

後景に退いている語り手。ここで取り上げる、一八〇〇年のマライア・エッジワースによる（擬似）歴史小説『ラックレント城』は、スコットが一八二九年の「全体序文」において、自らの一連の歴史小説のモデルとして認めた作品である。『ラックレント城』の語り手であるアイルランド人の老家令サディ・クワークの存在によって、エッジワースは、過去と現在、大半はイングランド人である彼女の読者の「こちら」とアイルランドの物語の「あちら」のあいだに橋を架ける。相当に卑屈で、相当に信用がおけないとしても、つねに敏活であるサディはこの小説に大きく味わいを与えているが、それは「それ自体の物語を語り出」させることによってではない。以下はエッジワースの小説からの引用であり、続けてそれをお手本にした『ケニルワースの城』（一八二一年）からの引用を並べるが、そこで同じ中心となる対象の存在（悪人のユダヤ人であり、この人物像がおのずと喚起するあらゆる紋切型を帯びている）が、テーマ上の源泉を打ち消す一方で、文体の差異を浮かび上がらせる。

私は花嫁を初めて見た。馬車の扉が開いて彼女が段に足をかけたとき、その面前に私が焔を掲げ照らし出すと彼女は目を閉じたのだが、私がその全身をくまなく視野に収めて甚大な衝撃を受けたのは、その焔で黒ん坊とたいして変わらず、不具者のように見えたからだ。……(38)

その占星術師は小男であり、年長けて見えたのは、顎髭が長く白く、黒いダブレットを越えて絹の腰帯にまで達していたからだ。その髪は同じ聖人のような色合いだった。しかし眉毛はそれが覆っていた鋭く刺すような眼と同じように黒く、この特徴が、この老人の顔相に独特の野性味を与えていた。頬はつやつやと血色よく、すでに述べた眼は、その光の鋭さといっそ獰猛さのために鼠のそれに似ていた。(39)

『ラックレント城』でサディはこの場面に身を置いており（私は初めて見た……私が焔を掲げ……

私がくまなく視野に収めて）出来事に対して自らの感情を投射している（黒ん坊とたいして変わらず、……私が甚大な衝撃を受けたのは）。この文章で大事なのは、新しい登場人物を導入している点よりも、彼の主観的な反応を伝えている点である。対照的に、スコットにおいては、場面はその物理的細部を通しておおかたが客観化されている。髭は感情的には中立的な形容詞によって具体化される。髭の長さは普通の服との対比によって測定され、そしてその服の色彩と材質が伝えられる。そこここで感情の火花が散ってはいるが（野性味……眼は鼠のそれに似ていた）、『ケニルワースの城』において――スコットの占星術師はエッジワースの花嫁に比べて格段に大きな邪悪さを備えているのだが――決定的な点は、登場人物に関する感情的な評価ではなく分析的提示である。精確さであって、強烈さではない。だからヤウスは正しいのであり、スコットにおいて歴史家は自己を抹消し、歴史はそれ自体の物語を語り出している（ようにみえる）。しかし「物語」という語がここではさほど正しくはないのは、この分析的にして非個性的な文体は、スコットの本来の語り以上に描写においてはるかに典型的であるからだ。そしてこの事実は別の疑問を提起する。一九世紀の読者にとって、描写をこれほど興味深いものにしていたのは何だったのか。「埋め草」がすでに小説のリズムを減速していたのだとすると、ほかの減速が実際に必要だったのか。

この答えを見いだすことができるのは、スコットよりもむしろバルザックである。アウエルバッハによれば、マダム・ヴォケーにおいて、「身体と衣服、肉体的特徴と精神的特性の区別はない」。より一般的にいえば、バルザックは、人間の運命を、正確に定義された歴史的・社会的な設定のもとで論じたばかりでなく、この社会との結びつきを絶対不可欠のものと考えていた。彼はあらゆる環境が精神的・肉体的な雰囲気となって風景、住まい、家具、衣類、肉体、性格、四辺の状況、思想、行為、運命にしみこんでいる……とみた[40]。

ヒトとモノの関係は「絶対不可欠のもの」として捉えられる。バルザックの描写の論理は、彼の時代においてもっとも強力であった政治イデオロギーと一致する。保守主義である。アダム・ミュラーは「モノを人体の四肢の延長とみなしている」とマンハイムが書くのは、『ゴリオ爺さん』を論じるアウエルバッハを彷彿させる。「ヒトとモノの融合」。所有者と財産のあいだの「明瞭にして重大な相互関係[41]」。そしてこの融合が生じるのは、過去に対する現在の全面的従属という保守主義の別の鉄則からである。「保守主義者は［現在を］単に過去の到達した最新の段階とみなしている[42]」とマンハイムは書き、アウエルバッハはほとんど同じ言葉を用いて次のように書いた。「バルザックは『現在』を……歴史から帰結するものとして捉えている。……人物と雰囲気は、同時代のものであっても、歴史上の出来事と力から生じる現象としてつねに表象される[43]」。政治哲学と文学表現の双方において、現在は歴史の堆積物になっている。その一方で過去は、単に消え去るのではなく、目に見え、手で触れることのできる——保守思想および「リアリズム」のレトリックにおける別のキイワードを引用するならば——「具体物」に変わっている。

スコットがかつて述べたように、一九世紀の描写は分析的、非個性的、たぶん「公平」にさえなっていた。しかし保守主義との並行が示唆するのは――あれこれの個別の描写はたしかに相対的には中立であるのかもしれないが――形式としての描写はまったく中立ではないということだ。その効果によって、現在をきわめて深く過去へと刻みつけてしまうため、ほかの選択肢が想像できなくなってしまう。この考えを表わすために新たな語を挙げる。レアルポリティーク。「不確定の未来において作用するのではなく、現在あるものに向き合う」と書いたルートヴィヒ・アウグスト・フォン・ロハウが、この語を一八四八年革命の挫折の数年後に造った（時期をほぼ同じくして芸術上の「レアリスム」がフランスに出現した）。「安定の現実主義」と、ある逸名のリベラル派の人物が苦々しく付け加えている。安定と「既成事実」の現実主義。[44] もちろん、ここでバルザックがすべてというわけではないが、バルザックの物語の奔流がまた、「ブルジョワの時代［の］終わりなき動揺と昂揚」[45]についての『共産党宣言』の文章を喚起する。マルクスのバルザックと並んで、アウエルバッハのバルザックがいるのであり、この資本主義の激動と保守主義の根強さの奇妙な混淆は、一九世紀の小説に関して（そして文学全体に関して）重要なことを示唆している。そのもっとも深刻な使命は、多様な思想体系のあいだに妥協を産み出すことにある。[46] われわれの場合、妥協は、一九世紀ヨーロッパの二大思想を文学テクストの多様な部分に「貼り付ける」ことにあった。資本主義の合理化が、その「埋め草」の定まったテンポによって小説のプロットを再調整した一方で、政治の保守主義が描写の休止を命じ、そこでその読者（と批評家）がしだいに全体の物語の「意味」を求めるようになったのだ。

　ブルジョワの存在と保守主義の信念。これはゲーテからオースティン、スコット、バルザック、フローベール、マン（サッカレイ、ゴンクール兄弟、フォンターネ、ジェイムズ……）までのリアリズム小説の基礎である。この小さな均衡の奇蹟に、自由間接話法が最後の一筆を加えた。

六　散文Ⅳ――「主観の中への客観の転位」

一八八七年の『ロマンス文献学誌』。フランス語文法に関する長大な論考のなかで、文献学者アドルフ・トブラーがさりげなく指摘しているのは、疑問文における半過去の存在が、多くの場合「間接と直接の話法の独特の混合」に結びついており、「前者からは動詞の時制と代名詞を、後者からは文の声調と語順を引き出している」(47)という点である。この「混合」はここでは名前をもたなかったが、決定的な直観がなされた。自由間接話法がこの二つの話法の出会いの場である。以下は、これを体系的に用いた最初期に属する小説からの引用である。

髪のカールが終わると、メイドを引き下がらせ、エマは腰を下ろして、なんて惨めなことという思いをかみしめた――私の望んだことがすべて覆るとはなんという見込み違いだろう！――何もかもが世にも歓迎されない方向へ行ってしまった――ハリエットには大きな打撃だ――何が悪いといってこんな悪いことはない(48)。

エマは腰を下ろして、なんて惨めなことという思いをかみしめた。なんという見込み違いだろう！　傍点を付したこの文の箇所の声調と語の並びは、エマの直接話法を想起させる。エマは腰を下ろして、なんて惨めなことという思いをかみしめた。なんという見込み違いだろう！　一方で、時制の方は間接話法のものである。奇妙なのは（語り手の声という媒介が取り去られているため）エマとの密着感と、語りの時制が彼女を客観化していて、彼女をその自己から引き離しているために、エマからの距離感を同時に覚えるからだ。別の例として、『自負と偏見』の以下の一場面では、ダーシーとエリザベスの結婚の可能性が永久に遠ざかったと思われている。

今になってわかってきたのだが、ミスター・ダーシーは気質といい才能といい、自分にぴったり合う男性だった。彼の物の見方や性格は、こちらとは異なっていても、望みをすべて満たしてくれるもののはずだ。自分たちが結ばれていれば、お互いの利益になっていただろう。エリザベスの柔軟な機知があれば、彼のあの頑固さもやわらぎ、人当たりも柔らかくなったろうし、広い世界に関しての彼の判断力、知識、学問は、いっそう大きな利益をこちらにもたらしていたはずだ。

ひとつのコメントとして、ロイ・パスカルがバリーによる有名な自由間接話法論について説明する言葉がある。「バリーにとって、単なる間接話法はそこに登場する話者の個人色が濃い語法を払拭する傾向があるが、自由間接話法はその要素をいくらか保存する――文型、疑問文、感嘆詞、抑揚、個人的な語彙、その登場人物の主観的な観点などである」(49)。主観的な観点を払拭するのではなく保存する。パスカルはここで言語を論じているのだが、彼の言葉が記述しているともとれる近代の社会化の過程では、個人のエネルギーはたしかに「保存されて」、社会関係の安定性を脅かさないかぎりは表に出すことが認められる。自由間接話法の二大先駆者が、ゲーテとオースティンという教養小説の文豪だったのは理由のないことではない。この新しい言語装置は、その主人公に一定の感情の自由を与えつつ、同時にそれを個人の域を超えた語法によって「規範化」するのに最適だったからである。「彼の物の見方や性格は、こちらとは異なっていても、望みをすべて満たしてくれるもののはずだ」……ここで話しているのは誰なのか。エリザベス？　オースティン？[50]　おそらくはそのどちらでもなく、第三の声であり、両者の中間にあって、ほぼ中立を保っている。かすかに抽象化されており、達成された社会契約が産み出した徹底して社会化された声である。[51]

両者の中間にあって、ほぼ中立を保っている声。ほぼ、というのは結局、前記の文章の要点が、語り手の目から見て、ついにエリザベスが自分の人生を理解しつつある——「今になってわかってきたのだが」——ということにあるからだ。自分を三人称に擬して外部から自身を観察する彼女は（三人称という文法用語がここでは意味深い）、オースティンと一致している。それはゆるやかな技法、自由間接話法である。しかしそれは個別化ではなく、社会化の技法である（いずれにせよ一八〇〇年前後の技法ではない）[52]。エリザベスの主観性は、「客観的」な（つまり社会的に受け容れられた）世知に屈する。バリーが一世紀前に見事に表現していたように、「主観の中への客観の真の転位」がみられるのである。[53]

自由間接話法の始まりをこれまでみてきた。ここでその成熟した例を挙げておこう。最初の不倫行為の後、鏡の前のエマ・ボヴァリー。

しかし鏡に映る自分を見て、彼女はその顔に驚いた。こんなにも大きく、こんなにも黒く、こんなにも奥深い目をしていたことはなかった。口では言えないほど微妙な何かが全身を駆けめぐり、彼女を一変させたのだった。

彼女は、「私には恋人ができた！　恋人が！」と繰り返し、まるで第二の思春期がとつぜん訪れてきたみたいに、その思いを味わった。ようやく恋の歓びを、あきらめきっていたあの慄くような幸福をこの手にしようとしている。なにもかもが情熱であり、恍惚であり、熱狂であるような驚異のなかに入っていき、彼女は青みがかった広がりに包まれ、感情の連なる頂がきらめくその上を自分の思いは飛び越え、通常の生活ははるか彼方のずっと下方の、高みと高みのあいだの陰にかろうじて見えたにすぎなかった。(54)

一八五七年二月、ルーアン裁判所での陳述において、エルネスト・ピニャール検事は、このくだりのために、「堕落そのものよりもはるかに危険で、はるかに不道徳」というきわめて厳しい言葉を用意していた。(55)それももっともであるのは、以上の文は「表象された登場人物に対して常套である、あからさまな道徳的裁定という旧来の小説の慣習」(56)と真っ向から対立するからだ。ピニャールは続ける。

この女を裁くことになる人物が小説中にいるのでしょうか。いや、誰もいません。これが結論です。本書中にこの女を裁く登場人物が誰ひとりいません。美徳ある人物が、あるいは卑しい不倫に悪の烙印を捺す抽象的な原則だけでも——ひとつでいいのです——書き込まれているというならば、私が間違っていることになります。

間違っていたのか？　いや、一世紀にわたる批評は彼を全面擁護してきた。『ボヴァリー夫人』は、ヨーロッパ文学がその教育的機能を切り離し、それに代えて自由間接話法を自在に駆使する全知の語り手を導入してきたゆるやかな過程の論理的帰結である。(57) しかしこの歴史の行程は明瞭であるとしても、その意味はそうでもなく、解釈は二つの並び立たない陣営に分かれてきた。ヤウスらにとっては、自由間接話法がこの小説を主流の文化との対立関係に置くのは、読者を「単独での判定という不安定状態へと追い込み……[不倫への判断に関して]これまで公衆道徳上揺るがなかった問いを、開かれた問題に変えてしまう」(58)からである。この視点にしたがえば、ピニャールはこの裁判に持ち出したものに関して正しかった。フローベールは既成の秩序に対する脅威であったのだ。幸いにもピニャールは敗訴し、フローベールが勝訴した。

もう一方の陣営はこの構図を裏返す。自由間接話法は不確定を産み出すのではなく、一種の文体上のパノプティコンであり、語り手の「支配する声」が「語ることを許す他のあらゆる声を評価、抹消、支持、圧迫することを通して」(59)その権威を振りまくのである。この二番目の観点にしたがえば、ピニャールとフローベールは、各々が抑圧と批評ではなく、むしろ社会統制の頑迷固陋な形態とそのより融通無碍な形態を体現している。この裁判が二人を対立関係に置いたというのはたしかにそうだが、掘り下げてみると、当人たちが認める以上に互いに似通っている。結局、この二人は同一物の別の二つの現われなのである。

おおよそ私はこの後者の観点に賛同するものだが、ひとつ特定しておきたい。それほどまでにピニャール検事を憤激させた『ボヴァリー夫人』の文だが、これはいったいどこからきているのか。語り手の言葉が、エマの口を通して語られているのか。そうではなくて、エマが少女時代に読んで記憶に残っていた感傷小説からきているのである（文章は次のように続く、「そして彼女はかつて読んだ本のヒロインを思い出した……」）。これはありきたりの、万人の神話である。彼女の内部にある社会的なものの徴《しるし》である。『自負と偏見』において多く聴かれる声は、すでに記したように、おそらく達成された「社会契約」の第三の声である。フローベールに関して「おそらく」という語が不要なのは、この過程が行き着くところまで行っているからである。登場人物と語り手はその特異性を失って、ブルジョワの憶見という複合言説に従属している。感情的な声調、語彙、文型――私たちはこのすべての要素にもとづいて自由間接話法の客観的な側面から主観的なものを解放する――が、いまや通念というまさに「『客観的な』非個人性」のなかで混じり合っているのである。

しかしそうだとしても、やがてテクストの「支配する声」に関する心配は、浮薄なものとなっていった。エマの魂の支配――「評価、抹消、支持、圧迫」――は、語り手ではなく、憶見に委ねられている。フローベールによればブルジョワ的フランスがしだいにそうなっていったように、充分に均質化された社会においては、自由間接話法が示すのは、文学的技法の力ではなく、その無力である。そのエ「『客観的な』真剣さ」はこの話法を麻痺させ、反対を想定できないようにするのだ。ひとたびエントロピー変化が始まると、語り手の声は登場人物たち（および彼らが伝えるブルジョワの憶見）の声と入り交じり、あとには引き返せない。社会化があまりにも成功しすぎたのだ。広大な社会空間に飛び交う多くの声から唯一の「平均的な知性の水準」が残り、「その周囲にブルジョワ個々人の知性がひしめくことになる」[60]。まさに『ブヴァールとペキュシェ』の悪夢である。もはや愚劣についての小説を愚劣な小説から分かつすべがないのだ。

これはヨーロッパ小説の真剣な世紀にとって、それにふさわしい苦いエピローグである。文体がたゆまざる労働を通して、ブルジョワの散文を美的な客観性と一貫性の未曾有の高みにまで押し上げたのだが、そこで発見したのは、その対象について考えるべきことがもはやわからないということでしかなかった。存在理由をもたない完璧な作品。そこでは『プロテスタンティズムの倫理と資本主義の精神』においてのように、「自分の仕事を見事にやり遂げるという非合理的な感覚」[61]が唯一の手応えのある——ただし謎に満ちた——成果である。そしてだからこそ、資本主義ヨーロッパの中心から、より暖かみと簡素さをもった「人間らしい」文体が、ブルジョワの真剣さへの攻撃を開始することになる。

第3章　霧

一　裸で、恥ずかしげもなく、露骨に

近代のブルジョワジーが有名な賛辞を捧げられた『共産党宣言』において、言葉は次のように続く。「エジプトのピラミッド、ローマの水道橋、ゴシックの大聖堂を凌ぐ驚異を実現した。遠征を遂行し……人口を集約し、生産手段を集中化し……人民の大部分を土地からあざやかに引き離した」[1]。ピラミッド、水道橋、大聖堂、遂行、集約、集中化……。明らかに、マルクスとエンゲルスにとって、ブルジョワジーの「革命的役割」は、この階級が成し遂げたことにあった。しかしまた彼らの賞賛には、より抽象的な別の理由があった。

ブルジョワジーが権力を握ったところでは、封建的な、家父長的な、牧歌的な関係をひとつ残らず破壊した。人間を「生まれながらの上位者」に結びつけていたこまやかな絆を無慈悲にひきちぎり、

人間と人間のあいだに、裸の利害関係以外の、冷たい「現金勘定」以外のどんな絆も残さなかった。敬虔な法悦、騎士の情熱、町人の哀愁といった清らかな慄きを、利己的打算という氷のように冷たい水のなかに沈めた。……ブルジョワジーは、宗教的、政治的な幻影で覆われていた搾取を、裸で、恥ずかしげもない、露骨な、ぶしつけな搾取に置き換えたのである。

ブルジョワジーは、これまで尊敬すべきものとされ、畏敬の念をもって仰ぎ見られていたすべての職業からその後光を剝ぎ取った。……ブルジョワジーは、家族関係からその情緒的なヴェールを引き剝がし、それを純粋な金銭関係に還元した。……固定し、錆びついた関係はすべて、それにともなう古式ゆかしい観念や思想とともに消滅する。新たに形成されるものも、固まる暇もなく、古くさいものになってゆく。堅固なものすべてが霧散し、神聖なものはことごとく汚され、人びとは、ついには自分の生活の実情と自分たち相互の関係に、冷静な感覚で直面することを余儀なくされる。(2)

三つの明確な意味領域が、この熱烈な文章には織り込まれている。第一に喚起されるのは、ブルジョワジーの登場に先立つ時代であり、社会関係の本質は多種多様なまやかしによって覆い隠されていた。「牧歌」「ヴェール」「慄き」「情熱」「神聖なもの」「法悦」「哀愁」「観念」で構成される世界。しかしながら、この新しい支配階級が権力を握ると、第二段階として、次のような影を苛烈にも拡大する。「牧歌的な関係を破壊した」「ひきちぎり」「沈めた」「剝ぎ取った」「還元した」「消滅する」「汚され」。最後に、ブルジョワの時代に典型的な新しいエピステーメーが生じる。「裸の利害関係」「氷のように冷たい打算」「冷静な感覚」「実情に直面する」「裸で、恥ずかしげもない、露骨な搾取」。ブルジョワジーは、象徴的なまやかしを盛大に掲げてその支配を隠蔽するのではなく、社会に属する全員

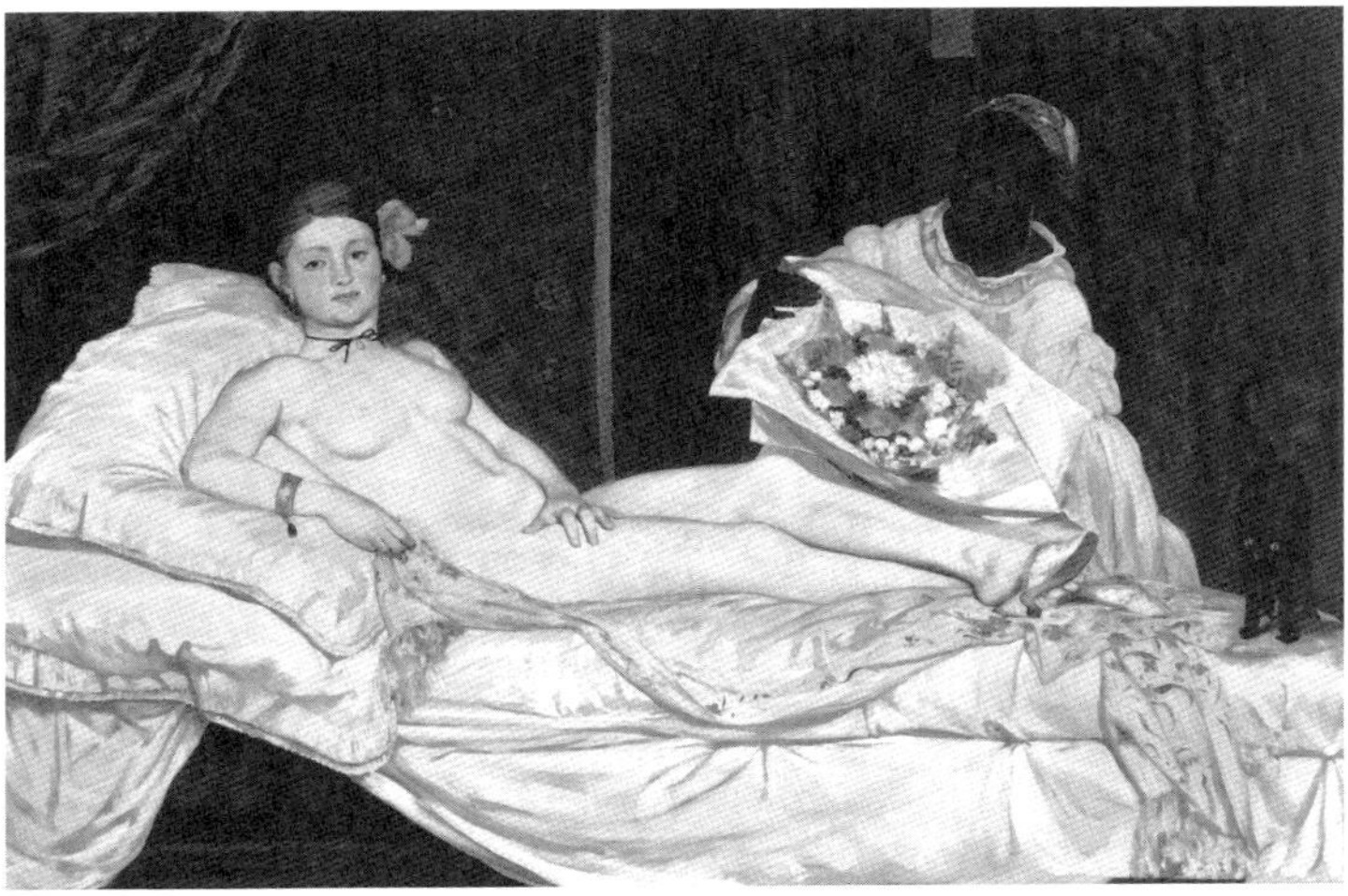

図版 **8**　E. マネ『オランピア』（1863 年）

を社会そのものの真実に直面させる。これは人類の歴史のなかで初めての現実主義的な階級である。

裸の利害関係。このブルジョワの世紀の傑作（図版8）が「鑑賞者を見つめているのだが、その見方に触発されて鑑賞者が想像せざるをえないのは……申し出、場所、報酬、特定の権力、そしていまだ交渉の余地のある地位といった総体である」[3]と、T・J・クラークは書いている。交渉、完璧な言葉だ。オランピアはあたかもなすことがないかのように懶惰に横たわっているけれども、実際は仕事をしている。彼女は頭を持ち上げて振り向き、耐えきれないほど強い眼差しをもって、潜在的な顧客としてのこの絵画の鑑賞者を値踏みしている。裸で、恥ずかしげもなく、露骨に。対照的に、アングルの『ウェヌス・アナデュオメネ』（一八四八年、図版9）を見ると、彼女は「ほとんど何も見ていないように見ている」（ふたたびクラーク）のであり、「隠すべきものは何もないので、この裸体は何も隠していない[4]」ことがひそかに示唆されている。『オランピア』が剝ぎ取ろうとしたのは、まさにこの種の絵画の「俗物的感傷主義」であったのだ。見まがうことなく、マネの描く女性はその手で性器を隠している。たしかにリアリズムである。

マネが『オランピア』を描いたのは、一八六三年、パリにおいてであった。七年後、ロンドンでミレイが、現代の裸体画の自己流解釈を展示した。『遍歴の騎士』(図版10)である。全身に鎧を装着した騎士が裸の女性の隣で、切尖が地面に向いている大きな剣で縄をねじ切ろうとしている。この絵を

図版 9　J.-A.-D. アングル『ウェヌス・アナデュオメネ』(1848 年)

図版 **10**　J. E. ミレイ『遍歴の騎士』（1870 年）

図版 11　J. E. ミレイ『ソルウェー湾の殉教者』の X 線写真

図版 12　J. E. ミレイ『ソルウェー湾の殉教者』（1871 年ごろ）

理解するためにはいくらか想像力を要する。騎士の兜の面頬は上げられているが、その視線は女性からそらされており、あたかも思索に耽っているかのようだ。そして縄を断ち切るのに、ほとんど大きな樹木の背後に身を隠すという奇妙な素振りをしている。女性に関しても、同じく奇妙である。アングルのウェヌスがとくにどこも見ていなかった一方で、ミレイの女性は露骨に視線をそらしている。より正確にいえば、視線をそらすようにされている。というのも、元の絵画では、目立つほどに、騎士その人の方を向いているからだ（図版11）。しかし批評は冷淡で、不道徳であるとの誹りもあって、絵画は売れなかった。……そこで、ミレイは彼女の上半身を切り取って新しく描き直したのだ。そして元版の髪を整え、視線を伏せさせ、ブラウスをまとわせてプロテスタントの殉教者として売却した。それが、図版12である。

抜身の剣——そして鎧という鉄檻。女性のありふれた髪[5]——そしてそむけられた顔。ここには相反がある。ミレイは裸体の女性を描きたかったが、そうするには躊躇があった。だからこそ裸体を物語化したのである。この女性が衣服をまとっていないのは、攻撃、抵抗、捕囚という流れに拘束されているからであり、騎士が間に合ってこの場に来なければ、ただちに陵辱され死が与えられただろう。刃に付着した血、右側の死んだ男、後景の駆け去る人物群、このいっさいが物語を構成する（「遍歴の騎士の使命は、寡婦と孤児を保護し、絶望する乙女を救助することと定められている」という、ミレイの感傷的な説明書きのとおりである）。そして状況をこのように見ていたのは彼だけではない。原型であるエッティ『フェア・アモレを救うブリトマート』（一八三三年）から、パワーズ『ギリシャの奴隷』（一八四四年）、ランドシーア『レイディ・ゴディヴァの祈り』（一八六五年）、ポインター

『アンドロメダ』（一八六九年）までの他の有名なヴィクトリア時代の裸体画も、同じメッセージを伝えている。裸体は強制の結果である。それは蛮人、盗賊、暴君などが女性に命じることである。『オランピア』では、性は日々の業務であった。ヴィクトリア時代の裸体画において、それは悲運である。暗黒、神話、死。マネが散文的に剝ぎ取ったものが、神話のヴェールによってもういちど包まれたのである。

ヴィクトリア時代の謎がこれだ。すなわち『共産党宣言』における文章とは反対に、この時代にもっとも産業化と都市化を進めた「先進的な」資本主義が、「熱血」と「感傷」を「一掃する」のではなく、復活させるのである。

なぜだろうか。

二　「ヴェールに隠されて」

なぜヴィクトリアニズムが存在したのか。しかしイングランドの裸体は、そのような大きな疑問に答えるのにはあまりにも小さな達成である。だから以下の引用。

そして彼は結局

人間　この自然の最後の作品は姿うるわしく見え
目にはかくも輝かしい目標をたたえ
凍てつく空に讃美歌を唱い上げ
空しき祈りの聖堂を築き上げ

神は愛なりと信じて
また愛こそ創造の最後の法と
――だが自然は人の信仰を嘲笑する
略奪で牙と爪を真紅に染めて――

愛を行ない　数限りなき惨禍に苦しみ
真理そして正義のために戦ったものだが
風に吹き散らされて砂漠の塵と消えるのか
鉄の山に閉じ込められるのか

テニソン『イン・メモリアム』五六

牙と爪を真紅に染めた「自然」。これは激烈なイメージであり、イングランド詩に与えられたダーウィンの影響の痕跡としてよく取り上げられるのだが、もちろん『イン・メモリアム』(一八五〇年)の刊行は『種の起源』より数年早い。イメージそのものと拮抗するほど呪縛力が強いのは、テニソンがその衝撃を弱めるために演出している文法上の驚異である。その強烈なイメージを埋め込んでいるのは、譲歩と挿入の語句として（――だが自然は……）、また四つのスタンザに跨がる疑問文のなかに（彼は結局／……／風に吹き散らされて）であり、さらにそれは六つの別の関係節に分割されている（見え……唱い上げ……築き上げ……）。迷宮のなかのミノタウロス。詩人の知性は人類の滅亡を捉えているが、それを錯綜する言語の迷路のなかに埋め込んでいる。ミレイの騎士より数段上を行く見事さである。鎧で装われた慎みの代わりとなる統語的複雑性。しかし根底にある欲望は同じだ。責任回避。姿を現わしつつある真実を取り上げて、それをひとまずカッコに括っておくことである。

……鉄の山に閉じ込められるのか

ほかにと問われるならば　怪物か夢か
不調和か　盛時の龍たちは
泥沼で互いを引き裂きあったが
人間と比せば穏やかな音楽だった

ああ　生は意味なく　そしてはかない
ああ　慰めと恵みとなる君の声を聞かせてくれ
答えの　あるいは救いの希望はいったい？
ヴェールに隠されている　ヴェールに隠されて

ヴェールに隠されて。シャーロット・ブロンテが博物誌の本を読んでいる。「これが真実であるのだとしても、神秘で守っておく、ヴェールで覆っておくのがよいだろう」。チャールズ・キングズリーが妻に書いている。「考えるんじゃない。しかし考えなければならない場合は考えすぎないことだ。議論を論理的に突き詰めないように気をつけなさい[6]」。一世代後もほとんど変わっていない。『人形の家』の匿名の評者が書いている。「イプセンは不幸にもわれわれが存在することを知っている悪を取り上げているが、日常の光のなかに引き出したところで何の役にも立たない[7]」。ここで言及されている「不幸」とは何だろう——たしかな悪が存在するという事実だろうか、それともそれが存在すると知るようにされていることだろうか。ほぼ間違いなく後者だろう。責任回避。ここでもその及び腰を示しているのは三文ジャーナリストだけではなかった。「内部の真実は隠されている——ありがたい、ありがたい」と『闇の奥』のマーロウは叫ぶ。隠されている?『地に呪われたる者』についてサルトルが書いているように、植民地は宗主国が呈する真実であり、実際、マーロウの旅はコンゴの奥深くに進むにしたがって、クルツと植民地事業の真実が(ほぼ)明るみに出される。「ヴェールが引き裂かれたかのようだった。私はあの象牙のような顔に、陰鬱な自負、仮借ない力、おどおどした恐怖……を見てとった[8]」。ヴェールが引き裂かれたかのようだった。『闇の奥』においてコンラッドが何度も見ることの困難を前面に出してきたのだから[9]、これは長く待ち望まれていた啓示の瞬間であるべきだった。しかしそうはならない。「私は蠟燭を吹き消すと、船室から立ち去った」。なんと見事な、この闇への回帰。持ち上げられたヴェールは「かつて見たことがなく、ふたたび見ることを望まないものであった[10]」とマーロウは結論を下す。

責任回避がイギリス特有のものではなかったのはたしかだ。『ドニャ・ペルフェクタ』で、ペレス・ガルドスが「一般の人びとの目から不快なものを覆い隠す、体の良い言葉や振る舞いといったヴェールが発明された世紀のおだやかな寛容さ」[11]についてやわらかな皮肉を込めて語る一方、ヴェルディ有数のすばらしい合唱の場面では、いわばオランピア的瞬間としての売春の暴露に、全出演者がふたたび隠すことを熱心に求めるという反応をする。[12]とはいえ、イタリア・オペラの時間が静止した舞台やガルドスの「ビリャオレンダ」という後進的な地方とは異なり、一九世紀半ばのイギリスの資本主義は、『共産党宣言』によって捉えられたブルジョワのリアリズムのための条件をすでに整えていた。実際、テニソンは牙と爪の紅い自然を、コンラッドは帝国主義の衰弱した先導者たちを見ていた。彼らは見て、蠟燭を吹き消したのだ。この自らに課した盲目が、ヴィクトリアニズムの基礎である。

三 「出来合い」としてのゴシック

一九世紀半ばのイングランド文学に特有の——その明白な理由はあるのだが——ひとつの小説の分野がある。そのいわゆる「産業」小説あるいは「イングランドの状況」小説は、「雇い主と雇い人」のあいだの葛藤を扱っている。しかしこの種の小説の多くは別種の葛藤にもまた表現の場を与えている。当時存在した、同じブルジョワ一家の世代間葛藤である。『ハード・タイムズ』(一八五四年)では、功利主義者グラッドグラインドは子どもたちがサーカスに行くことを好むと気づき裏切られたと感じる(「一も二もなくあいつらは詩を読んでいればいいと思うのだが」)。『北と南』(一八五五年)では、ソーントン老夫人は古典を罵倒するが(「古典なんていうものは、田舎や大学で暇潰しに人生を捧げる男どもに向いているものなのでしょう」)、一方、息子の工場主は初めに古典を学び、次いで自分の教師の娘と結婚する。クレイクの『ジョン・ハリファックス、ジェントルマン』(一八五六年)では、若き実業家ハリファックスは、飢饉が蔓延する時代にあって自分の利益を優先する自らの師匠フレッチャーと苦い衝突を経験する。細部は多様であるが、パターンは同一である。二つの世代が相争うなかで、旧世代が新世代よりもはるかにブルジョワ的であることが露わになる。厳格、狭量で計算高いが、自立心旺盛、一徹で、産業時代以前の価値観が許せない。コブデンのいうとおり「ジェントルマンであるには誇り高すぎる」。それに加えて、ここでは、自立が孤独と書き直される。ソーントン夫人は寡婦であり、フレッチャー、グラッドグラインド、『ドンビー父子』(一八四八年)のドンビー、ディズレーリ『コニングズビー』(一八四四年)のミルバンクもまた伴侶を失っている。皆が癒されない傷を抱えており、この傷が子どもたちの人生にまだらな影を落とすのである。『ドンビー父子』では、幼いポールが「生命力の欠乏」のために死ぬ。フレッチャーの息子は病弱で、父親の皮鞣し工場を毛嫌いしており、唯一の満足は「ジェントルマン」たるハリファックスの個人指導を受けていることである。ミルバンクの息子は、若いコニングズビー卿によって死から救われるが、グラッドグラインドの娘は不倫行為すれすれまでいき、息子は強盗になる。このような苦い呪縛が二つの連続する世代を結びつけている他のジャンルは、古代の悲劇を除いては思いつかない。そしてこのプロットが伝えるメッセージは間違えようがない。かつてはただ一つのブルジョワの世代があったが——

いまやそれは消えかけていて、自らの子どもたちの誤解か裏切りを被っている。その時代は終わったのである。

資本主義の勝利の局面でのブルジョワの消滅。これは単に虚構上での演出効果ではない。「これは文化史における逆説のひとつだ」と、イゴー・ウェッブがブラッドフォードの毛織物取引に関する研究で書いている。「一八五〇年と一八七〇年代初めのあいだの時期に、イギリス建築は産業資本主義に資するように決定的に転換したのであり、その支配的な建築様式はゴシックであった[13]」。中世を模倣する産業建築とは、たしかに逆説である。しかし簡単な説明が可能だ。ブラッドフォードの実業家たちは、社会的に劣っていて政治的に正統から外れている感覚があったので、それをゴシックの取引所が「過去への貴族的な懐古」として糊塗したのである。マーティン・ウィーナが付け加えるように、「一八五〇年代における中流階級によるゴシック様式の受け容れが分水嶺をなした。産業革命の新しい文化が最高潮に達し、その新しい人びとによる旧来の貴族の文化的覇権への屈服が始まったのである[14]」。「経済の領域では創造的破壊に挺身した新しい人びとであったが、文化の領域に参入すると、自らの功績と自身を歴史の幕で覆う……伝統的な建築、彫刻、絵画の熱狂的な賛美者となった[15]」と、アーノ・メイヤーは結論づけている。

歴史の幕で包み込まれた現代化する世界。〔一八三二年の〕選挙法改正の二年後、耐えきれなさが爆発して時代精神が国会議事堂を焼き滅ぼしたのは、あたかも過去との切断を求めるかのようであった。それに代わってゴシック・リヴァイヴァルの幕が切って落とされる。世界で唯一の産業国の「最重要の建築物」は聖堂と城郭の中間物と捉えられている[16]。この流れは世紀の終わりまで続く。国会議事堂の長さ八〇〇フィートの正面（内部についてはいうまでもない）の後を受けたのは、セント・パンクラスに覆いかぶさるキッチュなおとぎの国（「複数のフランドルの市庁舎と合成されたドイツの大聖堂の西側」とは、ふたたびケネス・クラークの言葉）であり、さらにアルバート記念碑の五〇メートルのチボリウムでは、「製造」と「工学」を寓意する人びとの集団が四人の枢機卿と三人の神学上の徳とともに天蓋を囲んでいる。呆れてしまう。

呆れてしまう。しかし小塔と礼拝堂の時代は、ヴィクトリア時代の安定の絶頂でもあった。かつてそう言われたように「平衡の時代」であり、[17]大国の覇権が極まった果てに典型的に生じるとグラムシがみなした内部の静寂が生じていた。[18]「アンダーソン、ウィーナらは、ブルジョワジーの文化と精神の退廃の時機を一九世紀半ばに定めている」と、ジョン・シードとジャネット・ウルフは『資本の文化』において書いているが、彼らはそれに反対して、これはまた「チャーティスト運動の死滅と労働者階級の取り込み」の時機でもある、と述べる。「この同時発生が示唆するのは、一九世紀半ばには、中流階級『気質』の喪失というよりも階級関係の再編という傾向が強かったということである」[19]。彼らは正しいが、またアンダーソンとウィーナも正しい。世紀半ばにはブルジョワの価値観の退潮がたしかにあったのであり、また覇権をめぐっての階級関係の再編もあった。この二者は別事だが、完全に両立する。リュック・ボルタンスキーとエヴ・シャペロが、ルイ・デュモンの卓説を発展させるかたちで書いている。「正当化の要請に直面した資本主義は、正統性が保証されている『既存』のもの（『出来合い』）を動員し……それに資本の蓄積の必要と結びつけた」[20]。彼らはここでヴィクトリアニズムについて語っているわけではないが、それについて記述しているともとれる。一九世紀半ば、資本主義は強大化しすぎて、それに直接関わる人びとだけの関心対象だけにはとどまりえなかった。それは万人に波及せざるをえないものになっていたのである。この点でそれは「正当化の要請に直面した」。しかしブルジョワ階級はそれを提供することのできる文化的な重みに乏しかったので、中世キリスト教の「出来合い」が代わりに「動員」されて、一方で自分たちの権力が脅かされにくいようにした上流階級と共有の象徴体系を確立したのである。これがヴィクトリア時代の覇権の秘密である。薄弱なブルジョワの身分——そして強大な社会統制。

四　ジェントルマン

「歴史の幕」で現代の資本主義を包み込む「出来合い」としてのゴシック。建築においてそれが意味するものは明らかであった。鉄道駅を建築したら、それを翼廊で覆えばよい。それでは文学はどうだろうか。もっとも近い事例は『過去と現在』の「産業の指導者」に関するページであろう。

> 戦闘の世界と同じく、労働の世界も、労働の高貴なる騎士道なしには導きえない。……お前の麾下の勇ましい軍人の隊列にして労働者の隊列を、他の者たちがそうしたように、忠実に自らのものとする必要がある。彼らを統制し、お前が行なった征服の、あくまでも分け前をきちんと確保できるようにしなければならない。そして、日々の一時の賃金の絆とはかなり異なるいっそう深い絆によ

って、真の兄弟関係、親子関係でお前と結びつくのだ。[21]

実業家であることは、イングランドの労働者の同意を確保し「忠実に自らのものとする」だけでは充分ではない。「軍人の隊列」がこの構図に入ってこなければならず、「征服の分け前」「騎士道」もまた……。この新しい人びとは、自分たちの覇権を確立するために、正統性の「出来合い」を、闘争する貴族階級に求めなければならない。しかし何に対する闘争なのか。

産業の指揮官は真の闘士であり、ゆえに唯一の真の闘士として認められる。混沌、必然、悪魔、巨人族ヨトゥンと戦う闘士だ。……たしかにこの仕事は苦しいものである。しかしいかなる高貴な仕事も易しくはないのだ。……難しい？ そう、難しいものではあろう。お前たちは山々を粉々に砕き、硬い鉄を柔らかなパテのように自分に合うかたちにしてきた。沼地のヨトゥンは黄金色の穀物の束を抱えている。海の魔物エーギルが背中を伸ばし、お前たちへといたる滑らかな順路とすると、火の馬と風の馬をお前たちは疾駆させる。お前たちは非常に強い。青い太陽の目の赤髭の雷神トールは、陽気な心と雷の槌をもっており、彼とお前たちが支配してきた。お前たちは非常に強い。お前たちは凍りつく北方の、極東の息子たち――その険しい東方の荒野から、時の灰色の黎明から此処へはるばる行進してきたのだ。[22]

海の魔物エーギルとは？ 穀物の束を抱える沼地のヨトゥンとは？ これは「カネの縁」という冷ややかな隠喩をマルクスが引き出してきたのと同じ作家なのか。過去に多くのものを求めすぎると生じることの症候ではあるが、カーライルの書き物でもっとも現代的な部分――新たな指導階級への提言――が奇怪なものになっており、そこでは陽気な心の赤髭の雷神トールが、産業の指導者を正統的なものにするよりもむしろ不可解なものにしている。よくも悪くも、ヴィクトリア時代文学の主流においてゴシック・リヴァイヴァルはなかったのであり、一九世紀のブルジョワはより慎ましやかな実体変化を遂行した。指揮官ではなく――騎士でももちろんない――単なるジェントルマンである。

産業小説人気の絶頂期である一八五六年に刊行された、ダイナ・クレイクのベストセラー『ジョン・ハリファックス、ジェントルマン』の最初の場面で、クエーカー教徒の皮鞣し工場経営者であるフレッチャーが、一四歳のハリファックスに職を提供することで飢えから救う。つねに自分の庇護者に深い感謝の念を抱いていたハリファックスが、一八〇〇年の飢饉の際、フレッチャーと衝突するのは町の労働者の側に立っていたからだが、労働者たちはフレッチャーが小麦を大量に抱えていることを知って、その家に押し寄せる。フレッチャーはクエーカー教徒であり、軍隊の救援を求めることを拒絶したため、足を踏み入れたハリファックスがただちに群衆に「ジェントルマンの家を焼き打ちするのは、絞首刑だ」[23]と指摘する。次いで、ピストルをカチリと鳴らすのを聞かせる[24]（もっと後の場面では空中に発砲する）[25]。この時点でハリファックスは一介の会計係だが、すでに正真正銘の資本主義者のように語っている。「これは彼の小麦であって、君たちのものではない。人が仲間と一緒になって自分の好きなことをすることのないように願いたい」[26]。これで幕引き。

何十年か遡ってみよう。「一八世紀の群衆行動をみると、飢饉のときに物価が調整されるべきであるという考えは、群衆を構成する男女の深い信念だっただけではなく、共同体の幅広い同意によって支持されてもいたことは明白だ」[27]と、E・P・トムスンが書いている。しかし、『ジョン・ハリファックス、ジェントルマン』において言及されているものも含む、一八世紀最後の一連の蜂起は、

われわれを異なる歴史の軌道へと導く。これまで検証してきた行動の形態が依拠していたのは、社会関係の特定の一組、保護主義的な政府と群衆とのあいだの特定の均衡である。この均衡は一連の戦争のなかで破れたのだが、それには二つの理由がある。第一の理由として、痛烈な反ジャコバン主義を掲げていたジェントリが、いかなる形態の大衆の自主的行動にも新たに怖れを感じるようになっていたことがある。……第二に、中央と地方の政府要人の考え方において、政治経済学という新たな思想が勝利を収めることにより、抑圧が正当化されたことが挙げられる[28]。

政治経済学の勝利。これは彼の小麦であって、君たちのものではない。しかしハリファックスはそれだけではない。実力行使をちらつかせて私有財産の絶対的権利を是認したハリファックスは、完全に異なる領域へと移行する。暴動が治まると、フレッチャーの台所を飢えた労働者たちに開放するのである（ただしビールを飲むことは禁じるが）。後に彼は、地主であるラックスモア卿に追い立てられた織工たちを庇護し、経済不況にもかかわらず十全な額の賃金を支払いつづける（ただしここでも、「『機械を壊せ』という旧来の切羽詰まった雄叫び」に工場主はただちに応えて「ぎらりと光る眼差しを向ける」[29]）。「エイベル・フレッチャー万歳、クエーカー万歳」[30]と声を上げる挫折した労働者たちをもってパン暴動が終息しなければならなかったことは、もちろん馬鹿馬鹿しいのだが、完全に正当な問題に対するひとつの誇張された解答ではある。すなわち、闘争を本質とする産業社会の性格を前提

とすれば、実業家は労働者の同意を得るためには何をなすべきなのか。

ハリファックスの解答は明瞭だ。「フレッチャーのところに来て、『ご主人、もう限界です、このお給料では食えないです』と言えば、お前たちが盗もうとした食べ物でも与えてくれただろう[31]」と、彼はパン暴動の際に、そして後には失職した労働者たちの集団に述べる。「私の家に来て、正直に食事と半クラウンを求めたらいいじゃないか[32]」。フレッチャーのところに来て、私の家に来て。この表現がなんとも示唆的である。物乞いとしての労働者。邸宅の扉を叩いて、仕事でさえなく、食べ物と施しを求める。しかし、まさにここに至って、ハリファックスが以前以上に労働者の管理を行なっている――いわば「覇権をふるう」ようになっているのだ。「何か食べ物をあげるとすれば、後で私の言うことを聞いてくれるか[33]」と重要な局面で述べている。さらに、「微笑んで見渡しながら『みんな、充分に食べ物をもったか[34]』と訊ねると、『はい』と皆が声を上げた。そして一人が付け加えた。『どうもありがとうございます！』」

実業家は労働者の同意を得るためにはどうすればよいのか。この小説による解答は、ボルタンスキーとシャペロの「出来合い」の線に沿って、ハリファックスによる労働者たちの掌握を、彼が前資本主義的な価値観を採用した点を挙げて説明する。とりわけ「主従関係という家父長制特有の把握」を採用したとするが、これは一九世紀の資本主義が、「賃金労働契約の不平等性を思想のうえでもっとも簡便にして適切に埋め合わせる[35]」として、新たに延命させたものである。主従関係。こうして一方的であったブルジョワが、覇権をふるうジェントルマンへと変容する。労働者の面倒を一生みると約束する主人の保護主義――「みんな、充分に食べ物をもったか」――が引き換えに手にしたのは、労働者のおとなしさなのである。しかし、トムスンの「モラル・エコノミー」の保護主義との違いはある。この保護主義は支配階級の無視しえない一部も共有していたものであり、時に公文書に残されてさえいる。衰退したにせよ、それは政府の政策の一形態だったのだ。一方でクレイクの保護主義は、純粋に倫理的な選択である（同時代の記事において「正しさ」という語が氾濫していることがそれを証明する）。ハリファックスがそのように振る舞うのは、彼が優しい男《ジェントル＝マン》、キリスト教徒、福音主義者だからだ。これはクレイクの側では重要な選択であるが、また問題含みの選択でもあった。重要なのは、キリスト教倫理を実業家の人物像に平然と重ねる『ジョン・ハリファックス、ジェントルマン』が、ヴィクトリア時代文化のモザイクに欠かせない破片——この章の流れのなかでふたたび出会うことになる——を嵌め込んでいるからである。しかしながら、ハリファックスが立派に振る舞うほど、彼はまた支配階級から浮いてしまう。実際、他の上流階級の登場人物たちと彼のあいだの数えきれない軋轢でそれがよくわかる。倫理が社会における覇権の一部でなければならないとすれば、この純真な主人公よりも融通の効く解決策が見つからなければならなかった。だからこそ、『ジョン・ハリファックス、ジェントルマン』と同年に、別の産業小説が、問題の核心を、個別の登場人物の道徳的純潔から、登場人物間の関係の特定の性質へと移すのである。

五　キイワードV——「影響」

世界中でこのような都市はないと、『マンチェスターの貧困労働者の現状』においてカノン・パーキンソンは述べている。

富める者と貧しき者のあいだの懸隔は非常に大きく、また両者間の障壁も乗り越えるのが難しい。複数の階級間の分離、そしてその結果である互いの習慣と状況への無知は、この場所にあっては、ヨーロッパの旧国のいかなる地方よりも、またわれらが王国の農業地方よりもはるかに完全なものになっている。綿紡績工場主とその労働者のあいだの個人としての意思疎通は……ウェリントン公爵とその領内のもっとも卑賤な労働者のあいだよりもはるかに乏しい。[36]

個人としての意思疎通。「どんなに誇らしく自立している男であっても、感じとられることのない影響を自分の性格に与えてくれる点で周りの人びとに負っている」[37]と、『北と南』の主人公であるマーガレット・ヘイルは工場主ソーントンに言い、この小説に関する研究においてキャサリン・ギャラハーはまさにこの文章を取り上げて、この小説の象徴的中心としての「影響」(influence)について考察している。[38]元来は星辰が人事に及ぼす力を指し示していた、天文学に発する「影響」という興味深い語は、一八世紀末に「物質的な力や公式の権威を駆使することなく、感じとられたり目に見えたりしない手段で効果を産み出す能力」(OED)という、より一般的な意味を獲得した。力と公式の権威の不在という点で、両者の特性を本質とする「権力」とは異なっており、むしろグラムシのいう意味での「覇権」(hegemony)に近い。「覇権」は、「感じとられたり目に見えたりしない手段」——『獄中ノート』における「覇権と民主制」に関する記載が喚起する「微視的な変移」[39]——が、実際に決定的な役割を果たす支配の形態なのである。

覇権（の一側面）としての影響。しかし「感じとられない手段」と「微視的な変移」とは、マンチェスターのような場所では正確には何を意味するのか。エイサ・ブリッグズによれば、「村や小さな市場町」では、「影響」がよるのは「個人的な接触」、そしてすでに根を下ろしている「宗教権力」ということになるが、都市が成長し、「中流階級地区と労働者階級地区の分離がしだいに明確になると」、その効果は決定的に損なわれた。[40] マンチェスターのような都市には新聞がいくつもあり、ありとあらゆる種類の「意見」を（ブリッグズの比喩にしたがえば）「製造」していたが、個人的な接触の強さに比べれば、表面的で不安定であった。[41] だからこそ、「影響」のための空間をふたたび創り上げる試みとして、『北と南』は歴史の潮流を逆転させる。この小説は、工業と農業、古典的教養と実学的知識、雇い主と雇い人といった多種多様な「意見」が前面に出される一連の挿話から始まり、やがて社会の危機を防ぐのが不可能であることが明らかになる。そして、普段はおとなしい登場人物が歯で新聞をずたずたにちぎってしまうという驚くべき場面の後、[42] この小説は、産業「問題」の唯一可能な解決策としての「個人的な接触」という旧来の戦略へと反転する。正確には、三角形の接触である。実業家ソーントンとマーガレット・ヘイル（この小説の媒介者である教養あるブルジョワ女性）のあいだ、そしてマーガレットと（元）労働組合員ヒギンズである。結局は、パーキンソンのいう「綿紡績工場主とその労働者」――すなわちソーントンとヒギンズ――「のあいだの個人的な接触」が回復する。「いくら賢明であっても単なる制度だけでは……あるべきかたちで階級と階級を結びつけることはありえません」と、ソーントンが小説の終盤で述べる。「制度によって多様な階級に属する個々人を個人どうしの現実の接触に導き入れなければならないのです。そのような交流がまさに生の活力になるのです」[43]。「そうすると制度がストライキの再発を食い止めるとお考えですかね」と、相手がずばりと核心を衝く。「もっと楽観的な人であれば、そう考えるかもしれません」とソーントンは応える。「しかし私は楽観的な人間ではありません。……私の最大の望みはせいぜいこんなものです——制度によって、ストライキがこれまでそうであったような苦渋と悪意にあふれる憎悪の源泉でなくなるかもしれないということです」[44]。苦渋と悪意にあふれる憎悪の源泉でなくなる……。ここに語り手が新しい事態をどのように記述しているのかに関する例がある。

かくしてこの交流が生じたのだが、意見と行動をめぐる将来の衝突のいっさいを抑止する効果をもつことはないかもしれないが、その機会が発生したとして、いずれ、雇い主と雇い人の双方がはるかに多大な慈愛と共感をもって互いに接し、より我慢強く親切に互いと付きあうことを可能にするだろう[45]。

「……ないかもしれないが」「いずれ……だろう」「はるかに多大な慈愛」「より我慢強く」。「影響」と「交流」が実際に行なうことを述べるのは容易ではない。「雇い主と雇い人」はいまだ雇い主と雇い人であり、両者間の「将来の衝突」は完全にありえるのだ。唯一の違いはその副詞（句）——「いずれ」「はるかに多大な慈愛をもって」「より我慢強く親切に」——であり、そのために社会関係という苛酷な現実に麗しい風味がまぶされている。だから、レイモンド・ウィリアムズが、ギャスケルのエピローグを「『産業における人間関係の改良』とでも言うべきもの」[46]と一刀両断したのは正しかった。しかしそれが正しいとして、このイデオロギーによる解消が大して機能していないこともまた注目に値する。つぎのように屈曲する動詞の連鎖。物語的過去（「かくして生じた」）、否定に置かれた未来の条件節（「効果をもつことはないかもしれないが」）、直接法と仮定法とも定めがたい過去形（「その機会が発生したとして」）、そしてまた別の、ためらいを倍加する条件法（「いずれ……可能にするだろう」）。ここにいたって私たちは小説のイデオロギー上の「核心」に到達している。この文は現実の法と単なる可能性の法とのあいだにあって決断を下しえないでいる。「その人の周りの群衆の中から個人として、そして（留意されたい）何よりも雇い主と労働者という性格から脱して、ひとたび顔と顔、人と人が接するのならば、彼らは互いに気づきはじめることになるだろう、『われわれはすべて皆ひとつの人間の心をもっている』と」(47)。ここで言語はさらにいっそう身をよじらせている。三人称単数での開始（「その人の周りの群衆」）、そして移行する二人称の命令形（「留意されたい」）は明らかに――ぎごちなく――読者に向けたものだが、次いで三人称複数（「彼らは互いに」）、そして最後はワーズワスの孤独な田舎乞食を産業国イングランドの集団性へと変えている（「われわれはすべて皆」）。言葉がギャスケルの政治意識と歩調を合わせることを完全に拒んでいるのだ。前の文が現実的なものと可能性であるものとのあいだで選択できないでいるのだとすれば、この文はその主語がどうあるべきなのかを決めることができない――その声調は報告と命令と感傷のあいだを定まりなく移行する。

「現実の矛盾の想像上の解消」とは、アルチュセールによるイデオロギーの有名な定式である。しかしこのぎこちない不協和音の時代は、解消の対極にある。とはいえ、『北と南』はもっとも知的な産業小説といってよく、影響なるものがその重力の中心にある。そしてそれに理解可能な意味を与えるのに失敗していることは、「知性と道徳の覇権」――グラムシの別の表現を借りるならば(48)――が新産業社会においてどのように具体的に存在するのかを思い描くことのより大きな困難を示す兆候である。次の節では、分析の尺度を縮減して、真に「微視的な」水準でのその伝播の「目に見えない手段」を探ってゆく。

六　散文V――ヴィクトリア時代的形容詞

実業に異様なほど敏感な書物として、サミュエル・スマイルズのベストセラー『自助論』(一八五九年)が奇妙な執着をみせているもの――それが形容詞である。序文には次のように書かれている。「失敗とは、新しい努力を促し、最大に強い力を引き出すものであるから、正しい労働者にとっては最高にすばらしい訓練である……(49)」。あたかもスマイルズには、修飾語を直接付すことなく名詞を用いることは思いもよらなかったようなのである。長い目標、熱い働き、堅い誠実、永い名声、巧い手さばき、激しい労働者、心強い実務家、辛抱強い忍耐、男らしいイングランドの訓練、やさしい強制……。

最初、これはスマイルズひとりの執着だと思っていた。やがて、私が読むヴィクトリア時代のテクストのどれにもおびただしい形容詞を目にすることになった。この時代の文体上の秘密に突き当たったということなのだろうか。構文解析プログラムを用いてスタンフォード大学文学ラボの三五〇〇点の小説を調査したところ、結果はノーであった。ヴィクトリア時代人は、他国の一九世紀の作家たちと同程度の頻度で形容詞を用いていた。頻度は一〇〇年のあいだにそれほど極端に振れずゆるやかな波を維持しており、五・七から六・三パーセントの狭い帯域に収まる（ただしスマイルズは七パーセント超と比較的高かった）。しかし計量上の仮説が明白に否定されたのだとしても、何か別のことが意味論の水準で生じていた。クラスターがスマイルズの散文の内部で形成されている。たとえば、「厳しい個人の精励」「激しい労働者」「凄まじい努力」は激烈な肉体労働の領域を喚起する。「厳しい」「激しい」「凄まじい」。次いでその対極にあって倫理の領域を具体化している表現は、「勇ましい精神」「清い性格」「男らしいイングランドの訓練」「やさしい強制」である。しかし『自助論』に独特の味わいを与えている形容詞の型は、以上の二つの中間のどこかに落ち着く。「強い決意」「長い目標」「たゆみない労働」「粘り強い精励」「固い忍耐」「巧い手さばき」「心強い実務家」……。以上の形容詞は何を指し示しているのだろうか。仕事だろうか、それとも心持ちだろうか。おそらくは、両者同時に。身体と精神のあいだには実際の違いがいっさい存在しないかのようである。事実、この大きな中間の集団を見つめた後では、以前の分類が曖昧になってきてしまう。「厳しい個人の精励」は、実践に関わる性質なのか、それとも精神上の性質なのか。そして「男らしい」イングランドの訓練が実践上の結果をともなうのは明白ではないのか。

『自助論』の形容詞に関して、何が生じていたのか。一世紀さかのぼって、『ロビンソン・クルーソー』の「強い」について考えてみよう。この小説では「強い考え」「強い性向」などの表現はわずかにあるが、この語はほとんどつねに完全な具体物と結びつけられている。「筏」「潮流」「杭」「柵」「手足」「堰」「垣」「茎」「籠」「囲い地」「男」。一世紀半後の『北と南』――人間と機械についての小説であり、物理的な力が明らかに問題となる――では、このパターンが逆転している。具体物は「強く巨大な炎」、そして「強い腕力」の二例があるばかりで、無数にあるのは、「強い意志」、願い、誘惑、自負、努力、反対、感情、愛情、真実、言葉、知的性向などである。『自助論』では「強い」がもっとも多く修飾するのは、意志であり、次いで、発想力、愛国心、本能、傾向、魂、決意、常識、気質、寛容心と続く。『教養と無秩序』がそれに加えているのは、強い閃き、個人主義、信念、貴族気質、機敏性、趣味である。別の形容詞「重い」はどうだろうか。『ロビンソン・クルーソー』では、「重い気持ち」など少数の例を除けば、重いものは、樽、材木、品物、所持品、碾臼、小枝、擂り粉木、長艇、熊、それに類するものである。『ジョン・ハリファックス、ジェントルマン』では、重い表情、配慮、ため息、荷物、調子、報せ、不幸であり、このうちの多くが複数回登場する。『北と南』では、重い圧力、痛み、涙の湿り、生活、恍惚、苦痛の心拍であり、『われらが共通の友』では、しかめ面、目、理解できないこと、ため息、責任、失望、悪意、反省。最後に「暗い」を取り上げる。『ロビンソン・クルーソー』では、それは光の不在を示すが、暗い時期という用例はある。『北と南』では、暗くぼんやりとした眼差し、心の暗い場所、彼女の心の暗い聖域、彼の顔に浮かぶ暗い雲、怒り、時間、彼の現在の運勢の罠。『われらが共通の友』では、暗く深い陰謀、注視、眠り、結合、しかめ面、主人、現世という控えの間、微笑み、仕事、眼差し、疑いの雲、魂、表情、動機、顔、取引、物語の面。『ミドルマーチ』では、暗い時代、時期、病理学の領域、沈黙、時間、悪い前兆の擦過、彼の言葉の記憶という小部屋。

ほかの例を付け加えるのは簡単だが（硬い、真新しい、鋭い、弱い……）、要点は明確だ。ヴィクトリア時代において、それまで物質的特徴を示すのが普通であった形容詞という大きな集団が、感情、倫理、知性、さらには形而上の状態に広く適用されはじめるのである。[50]この過程で形容詞は隠喩的になり、この言い回しに典型的な感情にまつわる響きを獲得したのである。もし「強い」と「暗い」が、「柵」と「洞窟」に適用されれば、頑丈さと光の不在を示すことになり、「意志」と「しかめ面」に適用されれば、修飾の対象となる名詞に対して、半ばは倫理的、半ばは感覚的なものである肯定か否定かの判定を示すことになる。その意味が変わったのである。そしてさらに重要なことに、その性質も変わった。その目指すものは、もはやヘーゲルの散文が示す「精確、明解、達意」[51]に寄与することではなく、微細な価値判断を伝達することになった。[52]描写ではなく、評価である。

そして価値判断だが、ただしかなり特殊なものだ。最近の研究で、ライアン・ハイザーとロング・ル゠カックが、一九世紀イギリス小説における「抽象的価値」「社会的拘束」「道徳的評価」、そして「感情」という意味領域の頻度の減退について詳細に図表化した。[53]彼らが最初に成果を発表した際に、私は疑わしく思った。感情と道徳的評価が、ヴィクトリア時代に頻度を減少させただって？　ありえない。しかし彼らが示す証拠は有無をいわせぬものであった。そして彼らの別の発見が謎を解き明かした。頻度が上昇している意味領域のなかに、形容詞の一群があって、これは一九世紀のあいだにほぼ三倍近くに増えたものであり――「硬い」「粗い」「平たい」「丸い」「明るい」「鋭い」――ほとんど例外なしにここで私が記述してきた語群のなかに含まれる（さらには私がこれまでに記述してきたものにも含まれるが、「鋭い」の連語についての未刊行の図表では、同じ隠喩的な修飾関係を明らかにしている――鋭い目、声、眼差し、痛み……)。

ハイザーとル＝カックの研究が示すところによれば、価値判断が一九世紀小説においてとった形式はひとつにとどまらなかった。第一の型は、判断が完全に目に見えるとともに、その語彙は公然と価値を担っているものであり(「恥」「美徳」「原則」「優しい」「道徳」「価値がない」)、これは一九世紀のあいだに疑いなく減少した。しかしその同時期に、「ヴィクトリア時代的形容詞」が隆盛となり、判断の第二の型が可能になった。これはより浸透力が強い(形容詞はほとんどどこにでも関わるから)と同時に、かなり間接的なものである。形容詞は「評価する」――これは明白に言葉として表わされる言語行為である――ことはあまりせず、対象そのものに帰属する所与の特性を指示するものだからだ。そしてもちろんそれらが二重に間接的であるのは、判断が隠喩の形態をとり、事実に関わる陳述と感情的な反応が渾然一体となっている場合である。

ヴィクトリア時代的形容詞によって表わされた「判断」がいかなる型のものかについてできるかぎり明晰に述べてみたい。ギャスケルが『北と南』において「彼女の表情は、つねに厳しく、暗い怒りが濃かった」と記し、スマイルズが『自助論』においてウェリントンの「強い常識」について語った際に、実際の判断者を見いだすことのできない判断をそのテクストは表現している。あたかも世界がおのずとその意味を告げているかのようだ。そして問題となる判断を伝える言葉――この場合であれば「濃い」「暗い」「強い」――は、限定された評価の色を帯びている。以上の語が各々示すのは、ソーントン夫人の表情とウェリントンの常識についての否定と肯定の意見であるが、「恥」と「美徳」

はもちろん、「価値がない」「道徳」といった言葉の力よりもかなり下にとどまる。ヴィクトリア時代的形容詞は、さりげない微小な感触を与えつつ機能し――どれだけ頻繁に登場するかを考えれば、それで充分というものだ――それが目立たずに集積して、いかなる明示的な形成の表明も見当たらない「心性」を構成するのである。この心性の典型的な特徴は、道徳的価値観がそのものとしては（一九世紀初めの判断においてのようには）前景化されないが、感情と渾然一体となっている。『北と南』でソーントン夫人を描写する「暗い」を取り上げてみよう。この語にあるのは、活力が失われている感覚、そして個人のもつ厳めしさの感覚、また幾分かの醜さがあり、そして突然爆発するのではないかという怖れ。（ソーントン夫人の気持ちの状態を描写する）「客観的」側面と（語り手の感情を報告する）「主観的」側面がある。しかし以上の多様な要素の階層関係は定義されないままであり、客観的なものと主観的なものとのあいだの境界もまたそうである。この倫理と感情の混合がヴィクトリア時代的形容詞の真の「意味」を構成しているのである。

ヴィクトリア時代的形容詞。倫理的な明晰さはさほどないが、より大きな感情の力はある。『道徳の系譜学』においてニーチェが書いている。「現代の魂と現代の書物のもっとも明確な特徴は、人物と物事に対するいっさいの現代の判断を下卑たものにしだいにしてきた、恥ずかしいほど道徳化された語り口である(54)」。下卑た、というのはやや言葉が過ぎるだろう。しかしこの「道徳化された語り口」というのは、たしかにヴィクトリアニズムの真実である。道徳的である以上に「道徳化された」ものである。ここで大事なのは、倫理上の規定の中身（福音主義的キリスト教、旧体制幻想、労働倫理の目新しくはない混合）ではなくて、その未曾有の遍在性なのである。事実として、ヴィクトリア時代の世界では、すべてのものがいくらかの道徳的意味合いを含む。おそらくさほど多くはないが、見落とすことができないくらいには。この事実関係への価値判断の粉飾こそが、ヴィクトリア時代的形容詞を、全体の文化をこれほどよく示すものにしている。

　これはまた、近代散文の歴史における大きな転回点をよく示してもいる。不可逆性の文法、寓意の排除、精確さを求める冗長な探究、現実原則「重視の見解」、細部の分析への偏重、自由間接話法の厳しい客観性といった大小の選択を通して、ブルジョワの散文は、現在までウェーバーのいう呪術からの解放の方向へと推移してきた。精確、多彩、一貫という点においてめざましい進歩があったが、それはもはや「世界の意味に関する何事かをわれわれに教えてくれる」[55]ことのない進歩である。そう、ヴィクトリア時代的形容詞は、すべて意味に関わる。その世界においては、すべてのものがいくらかの道徳的意味合いを含む、と私は先に書いたばかりであり、大きく考えを示していたのは「いくらかの」と「道徳的」であった。しかし強調点は容易に移すことができる。ヴィクトリア時代的形容詞を用いて、すべてのものがいくらかの道徳的意味合いを含む。それが何であるのかについて私たちは漠然とした考えしかもたないかもしれないが、それに出会うとどのような感じがするのかはたしかに知っている。世界の再呪術化が始まっていたのである、もっとも「微視的な」水準で。

　意味よりも精確さをより重要としてきたものについて、前章「真剣な世紀」において私は問うてきた。ここで問題を逆転させるべきだ。精確さよりも意味を重要なものとしてきたものは何か。ひとたびそれが生じるならば、何が起こるのか。

七　キイワードVI——「真面目」

ヴィクトリア時代の価値観の目立たない伝達者としての形容詞。しかしそのなかで目立っていなかったとはまったくいえないものがある。ラグビー校を舞台にした小説『トム・ブラウンの学校生活』(一八五七年)について批評した一八五八年の『エジンバラ・レヴュー』の記事では、次のように書かれている。「アーノルド博士とその賛仰者たちのおかげで、われわれは以前の『真剣』(serious)に置き換えて『真面目』(earnest)という語を使うようになった」。置き換えというのは、実際に起こったことを表わすには強すぎる言葉だが、世紀半ばにこの二つの語のあいだの距離が大幅に縮まったことは間違いない。(56) 明らかにヴィクトリア時代人は、「真面目」にこそ、自分たちが重要だと考え、かつ「真剣」が欠いているものがあると思ったのだ。しかしそれは何か。ムハンマドは「真面目であらざるをえないという人だった」と、カーライルは『英雄と英雄崇拝』において書いている。「地の性格が誠実だった……」(57) 人。誠実、これが鍵である。「真剣」が不誠実を含むのではないことはもちろんだ。しかし誰かの行動の実際の結果が重視されることで——シュレーゲルの「明確な目的の絶え間ない追求」——誠実さが完全に除外された。一方で「真面目」に関しては、ある行動の客観的な成果は、それをなす精神に比べれば重要ではない。また「行動」が適切であるともいえないのは——「真剣」がたしかに行動に左右され時間的な性質をもつのだとすれば(人は何事かを行なうために真剣になる）——「真面目」はより永続的な性質を示すからだ。人間がそうである状態であり、限られた機会にたまたま行なっていることではない。カーライルのムハンマドはつねに真面目なのであった。

二つのほぼ同義の言葉だが、そのひとつは、もう一方が欠いている道徳的要素を保有している。同一の狭い意味空間に押し込められて、「真面目」と「真剣」はその違いを増幅させて、管見のかぎり、英語にのみ存在するひとつの対照を作り上げたのであり、[58]その結果、「真剣」は中立性を失い、「悪い」ものになった。[59]しかし「真剣」という語が一種の言語の煉獄に追放されたのだとしても、現代生活の客観的な「真剣」——信頼第一、事実尊重、職業意識、公明正大、時間遵守——はもちろんかつてと同様に求められており、ここにおいて、「真面目」はその小さな意味上の奇蹟を実現した。たいていは「真面目に」（in earnest）という語法でブルジョワの存在の基本となる音調は保持する一方で、それに感傷と倫理に関わる意味合いを付与したのである。これはほかのヴィクトリア時代的形容詞と同じ意味の重層決定だが、ただし近現代社会の中心面に適用されている。「真面目」がヴィクトリア時代イギリスの符牒となったのは不思議ではない。

ヴィクトリア時代イギリス……。おおよそこの捉え方は二つ主要な段階を経てきたのであり、その各々はおよそ半世紀続いた。初めのものはおおかた——ニーチェの見事な罵倒を再度引用すると——ヴィクトリア時代人の「道徳観の偽り」に関わる。次のものは、その社会の権力構造に関わる。スティーヴン・マーカスによる二冊の本が、この二つの解釈の枠組みの標識として際立っている。一九六六年の『もうひとつのヴィクトリア時代』は、ヴィクトリア時代の偽善に関する最後の打ち上げ花火のような告発であった。一九七四年の『エンゲルス、マンチェスター、労働者階級』が切り開いた新たなパラダイムでは、ヴィクトリアニズムという分類が自明性を失い、「ヴィクトリア時代（の／人）」（Victorian）という語が——世紀前半には『偉大なるヴィクトリア時代人』から『ヴィクトリア時代の精神構造』『ヴィクトリア時代の都市』『ヴィクトリア時代の人びと』、そしてもちろん『もうひとつのヴィクトリア時代』まで非常に目立っていた——「階級」「警察」「身体政治」「産業改革」「政治史」「身体経済」につぎつぎに置き換わっていった。ヴィクトリアニズムが消滅してしまったとまではいえないが、概念としての価値を失ったのは明らかであり、世紀中盤の資本主義、あるいはより一般的に権力を表わす年代的なラベルとしてのみ、かろうじて生き残っている。

ヴィクトリアニズムについて語ることは資本主義について語らないひとつの方法でありうるかぎりにおいて、この四〇年の著作は私には意味がある。しかし明らかに、この章で伝えたいのは、この概念がいまだに権力の批判的分析に提供できるものを多く含んでいるということである。だがまず、私たちはヴィクトリアニズムをイギリス史の流れから「抽出」し、一九世紀ブルジョワのヨーロッパの比較の文脈に置いてみるべきである。それは、ヴィクトリア時代の（半）ヨーロッパという疑わしい結論にいたる『ブルジョワの経験』においてピーター・ゲイが行なったように、この捉え方を他国に「輸出」することとは関係ない。私にとって、ヴィクトリアニズムは明確にイギリス的特性をとどめているが、ただしヨーロッパ全体に共通の問題系へのイギリス特有の回答であるという意味においてである。この国の特異性は保存されるが、ただし歴史的母胎のひとつの可能な産物としてのみである。

ヴィクトリアニズムは、ヴィクトリア時代研究者とまさに同じように比較研究者の題目になるのだ。この特異性はもちろん一九世紀の資本主義のなかでのイギリスの突出であり、それこそがリアニズムを近現代史における文化的覇権の第一の実例とした。ヘッベルの傑作悲劇中でマリアンネは言う。「誰にもその時は来るのでしょう、その男の星を司る者に自ら力をふるうことを許される時が。ただ恐ろしいのはその時を人が知らないことなのです」。ブルジョワにとって、決定的な機会は一九世紀半ばのイギリスにおいて訪れたのであり、そこでなされた選択は、「現実主義的な」（マルクス）また「呪術から解放された」（ウェーバー）近代性の表象を損なうことに関して独特の重要性をもった。本章で論じた文体上の装置を考えてみればよい。性的欲望という物語の「動機」、不都合な真実に対する統語上のカッコ入れ、古代の正しさを用いての現在の力の装飾、社会関係についての倫理重視での書き換え、現実の上に形容詞が投げかける隠喩のヴェール。これほど多彩な手段が駆使されて、近代社会が「意味ある」ものにされた（無意味にあらざるもの、といった方が妥当かもしれない）。意味が精確さよりも重要なものになった――はるかに重要になったのである。初期のブルジョワは、大まかにいえば、知識の人であったが、責任回避と感傷主義のヴィクトリア時代的混合が、知識に恐怖と憎悪を抱く存在にブルジョワを変えた。この存在に、ここで私たちは出会うことになる。

八　「知を愛さないものなどいない」

『トム・ブラウンの学校生活』は、『エジンバラ・レヴュー』によってその「真面目」についての考察ゆえに選ばれた小説である。「立派な学者になるために学校に行くのだ、とあいつに言うのかだと?」と地主であるブラウンは、息子トムがラグビー校入学のために家を離れる際に問いかける。「まあそうだな、いやだけど、そのためにあいつは学校に行くのではないよ」と彼は修正する。「ギリシャ語の不変化詞やディガンマ」はさして重要ではない。「あいつが勇敢、率直で憐れみ深いイングランド人、ジェントルマン、キリスト教徒になってくれるならば、それで充分だ[60]」。勇敢、誠実であるジェントルマンにしてキリスト教徒、それがラグビーに行く理由というのだ。そして校長(現実の存在であり虚構の存在ではない)が同意する。彼は自分の権威を分かちもってもらいたいと望む上級生に次のように述べる。「われわれがここで求めなければならないのは、第一に、宗教と道徳の原則。第二に、ジェントルマンらしい振る舞い。第三に、知的能力」。第三に、知的能力。「物理学を息子の精神に植えつけるよりも、太陽が地球の周りを回るとむしろ進んで思わせたい[61]」と彼は雑談中で付け加えている。

　太陽が地球の周りを回る。学生トム・ブラウンはこれよりはよほど常識的だったが、それでも小説の結末において、ラグビーで「自分のものに」したいと思うものを訊ねられて、自分には何も思い浮かばないと気づく。「『クリケットとフットボールで、そして他の全部の試合でも、一番になりたい。……先生を喜ばせたい。そしてオックスフォードで恥ずかしくなくやってゆける程度には、ラテン語とギリシャ語を自分のものにしたい[62]』」。スポーツ、そして先生の承認、最後に、添え物のように、別の適当な教育過程に見合う「程度」の学問が挙げられている。それゆえ少なくとも一事に関しては、地主、先生、少年のあいだにおいて意見が一致している。知識が教育の階層の最下位にある点である。これは、旧エリート層の軍事とキリスト教が結びついた世界観に起源のある、ヴィクトリア時代の反知性主義の第一の特徴であり、一九世紀半ばにたいていの名門校によって（そして後に帝国の担い手によって）賦活された。しかしこれがこの方向に圧力を加えていた唯一の力ではなかった、とカーライルは『過去と現在』において書いている。「この鈍感、一見愚鈍、おそらく鈍重、ほとんど愚昧な実務の人が、小器用な理論の人と競り合うのを見物するのを好むのは[63]、確実にまもなく、ほとんど愚昧な実務の人が、その器用な相手に煮え湯を飲ませることになるからだ[64]。「才能は必要ではないだろう」と、「精励と忍耐[65]」という章でスマイルズは付け加えている。「学校、学院、学寮」に関しては、これらもまた過大評価されている。はるかによいのは、「家、町、店、工房で、織機や鋤を操りながら、また会計室や工場で、日々施される人生教育である[66]」。

学校と学院の代わりに、工房と織機。「産業革命が科学理論に負うものはほとんどなかった」とホートンは論じており、結果として「初期の技術の成功こそが、科学研究の奨励ではなく、実務精神に固有の反知性主義を確証した[67]」。反知性主義が、「実務家の反ユダヤ主義」であるとは、ヴィクトリア時代イギリスから戦後アメリカ合衆国への流れを跡づけたリチャード・ホフスタッターがそれを受けるかのように指摘している[68]。しかしながら、これはもはや、ギリシャ語の不変化詞とディガンマに関する地主ブラウンの陽気な蛮行ではない。産業社会は知識を必要とする。しかし本当に必要とするのは、それが役に立つかぎりにおいてである。またこの言葉である。ヴィクトリアニズムの鬨の声を一斉に上げたのは、有用知識普及協会から、『北と南』の実業家の言葉（「読み書きができれば誰でも実際に役に立つ知識を一定量もっているということだから、気持ちよく私のところで仕事を始められる[69]」）、ニューマンの『大学の理念』（「精神文化は絶対に役に立つ[70]」）、バジョットによるスコット賛

――「これほど役に立つ知性をもった人物はいなかった」[71]――まで、その数はかぎりない。「役に立つ」という語は、影のような知識を支えて、それをひとつの道具へと変える。知識はそれ自体が目的ではなく、この修飾語に威勢よく導かれて、既定の機能と既知の地平へと向かう。役に立つ知識、すなわち自由のない知識である。

以上が、ヴィクトリア時代の振れ幅の「散文」的、大衆的な極である。そこでテニソン。

知を愛さないものなどいない　誰が誹謗しようか
知のもつ美を　人と知が
交わり栄えるように　そして誰が
知の柱を建てるのか　その業よ普く広まるのだ[72]

知を愛さないものなどいない。もちろんだ。しかし――

しかし知のその額には焔ゆらめいて
顔をひたと正面に向けて
未来の好機へと跳躍する
万物がそれを求めるように従わせつつ

未成熟な子どもで　頼りない

死の恐怖とは戦えない
愛と信からは隔絶し
放恣な女神パラスではないのか　飛び出してきたその脳髄
は悪魔のもの　力を求めて前進するその
障害をことごとく焼き滅ぼすほど
燃え立っているが　その場所を知らしめるのだ
第二番であって第一番ではないと(73)

頭文字を大文字とする「知」（Knowledge）。しかしそれが「愛と信」から「隔絶」しているとしても——トマス・アーノルド校長であれば「偉大であり善良であるもの」を喪失している、と言うだろう——「知」は「未成熟」で「野蛮」である一方で、「脳髄」（「悪魔の」とあるが、アーノルドの「メフィストフェレスの精神」）は「頼りない」と韻を踏んでいる。句跨がりがかなり稀である一篇の詩で、ここでは連続して三回生起しており(74)、それが統語構造の把握に大きく干渉しているため、「その場所を知らしめるのだ」という上流階級風の侮蔑が韻律上の息抜きを生じている。そして、もちろん「第二番であって第一番ではないと」。小さな違いだろうか。「真実を第一に置くのか第二に置くのかで世界におけるあらゆる差異が生じている」という言葉が、ジョン・モーリーの『妥協について』（一八七四年）のエピグラフとして置かれた格言にはある。第一の場所が自律を意味し、第二は従属である。

……第二番であって第一番ではないと

いっさいが頼りないのでなければ
高みからの手がそれをやわらげ
幼児のように　叡智をもって
その足取りを寄り添いつつ導くのだ

なぜなら知は精神にして地にある
叡智は魂にして天にある[75]

高みからの手。哀れな知。「役に立つ」ことを強いられなければ、善であらねばならない。その唯一の慰めは、美がそれを悪いものにしているということ。『イン・メモリアム』の二万語のなかで、「美」が現われるのは――ただの二回である。すでにみた引用箇所で一度であるが、そこでは知の属性として（「誰が誹謗しようか／知のもつ美を」）天上の叡智へとそれ自体が駆り立てられている。そして以下がもう一カ所。

私のほの暗い生が教えてくれる
生はずっと生きつづけるのだ
地球の核は暗黒

万物は塵と灰ではあるが

この緑の円球も　この焔の球体も
幻想的な美
書き散らす　良心も目的もない
放恣な詩人のなかに潜伏するもの(76)

幻想的な美。しかしテニソンにとって、この修飾語は今日のような幸福感あふれるものではない。それは『天路歴程』の無知者の「幻想的な信仰」と同じような意味だ。幻影、刹那、危険を意味する。(一一四の「放恣な女神」のように)「放恣な詩人」に「潜伏する」――「潜伏する」とは!――、「良心」なしに作用する何ものか。そのような詩人がこの続くスタンザの主人公でなければならなかったのは、彼の息子によれば、「『芸術のための芸術』という呼号」に触発されてそれを書いたからということである。

芸術のための芸術!　真正の地獄の王者万歳!
天才にして道徳意志の支配者万歳!
なんと「巧みに描かれた絵画のなかで下劣この上なくても
不完全に描かれた純真な絵画よりも力強い(77)」!

一八五〇年代に『悪の華』と『ボヴァリー夫人』がその登場を告げた自律的な文学の世界では、テクストが「美しくありうるのは、それが善ではないという面にもかかわらず、というだけではなく、いやむしろその側面においてこそ」[78]という状況が生じていた。ゆえに、そう、「巧みに描かれた絵画のなかで下劣この上なくても不完全に描かれた純真な絵画よりも力強い」ということになるのだ。『オランピア』と『遍歴の騎士』にそこで戻る。そして芸術にとって正しいことは、科学にとっても正しい、とウェーバーは続ける。「美麗、神聖、善良でなくても、それは真でありうる」[79]。たしかに、美麗、神聖、善良でなくても。いかなる特定の内容以上に、この知的領域の分割の徹底こそが、ブルジョワ文化の新しさを規定し、「職業としての学問」をその見事なマニフェストにしている。学問と芸術はどちらも「役に立つ」ことも「叡智にあふれる」ことも必要ない。ただその内部の論理にしたがってさえいればよいのだ。自律。しかし自律は、次の項で扱うヴィクトリア時代のマニフェストがまさに反対していたものだ。

九　散文VI――「霧」

「これまで私が主張してきたのは、主として美について……」。『教養と無秩序』（一八六九年）の第二章冒頭でマシュー・アーノルドは書いている[80]。そうだったか？　たしかに、「美」（beauty）という語が、わずか一二ページのなかに一七回登場しているが、そこであらためて調べてみると、「完成」

(perfection) はすでに一〇五回、「教養／文化」(culture) は一五二回である。さらに重要なことだが、アーノルドの「美」は、美であることのみを許されてはいない。それが言及される際は、いつでも倫理に関わる補足がともなっている。「神聖な美」「知恵と美」「人間本性の美と価値」「美と人間本性がそのすべての面において完全であるという考え」(二度)、「美、調和、完璧な人間の完成という考え」(これも二度)、さらに美と甘やかさに関して七つの微妙に異なる表現がある。

道徳化された美。『イン・メモリアム』と同じ。しかしまだ続きがある。「これまで私が主張してきたのは、主として美について、すなわち甘やかさであり」と、アーノルドは続けている。美、すなわち甘やかさ。甘やかさ？「……主として美について、すなわち甘やかさであり、完成という性格としてである……」。美、甘やかさ、完成。まるで入れ子の箱である。「甘やかさと光明を完成の性格となす際に、教養は詩の精神に類するものを帯びる……」[81] という箱の中には、「宗教――完成を求める別の試み――のように[82]……」という箱があり、ようやくすべての箱の箱に達する。すなわち、「……というのは、宗教――完成を求める別の試み――のように……甘やかさと光明のために働く人は、理性と神の意志を普く広めるために働くのだと……教養が証明するからである[83]」。

霧だ。

「煙霧は知恵の母である」と、『妥協について』(一八七四年) でモーリーが皮肉を交えて書いている[84]。モーリーはたぶんアーノルドのことは考えていなかっただろうが、考えていた可能性もある。美、甘やかさ、光明、完成、詩、宗教、理性、神の意志……。これはいったい何なのか。アーノルドの思想があまりにも斬新だったため、間接的な類似語を通して現われるしかなかったということなのか。

いや、まったく新しくはないし、一定の曖昧さが意味の条件になっている「子ども」「堆積」「赤い」といったタイプの語ではない[85]。むしろそのすかすかのあり方は、教養の盤石不変の一体性を評価する作法なのである。美しいものはまた優良にして神聖にして真実でなければならない。ケネス・クラークによれば、ゴシック・リヴァイヴァルの始まりは、新国会議事堂に関する議論から「技術的な用語を排除し」、「人間中心の簡素な価値観に場を与える[86]」という判断であった。人間中心の簡素な価値観。教養ある人は「知識から、粗雑、無粋、難解、抽象、専門、狭量であるものいっさいを取り除くように、そして知識を人間化し、教養と学識を有する集団の外でもそれを使えるように努めてきたのである[87]」と、アーノルドは書いている。それはニューマンの『大学の理念』の「リベラルな教養を身につけた人びと」の「余裕、優雅、多才[88]」であり、ラスキンによる「機械的」精確さへの反対運動であり、またふたたびアーノルドのその「もっとも顕著な性質」としての「会話での魅力的な存在感[89]」である。

これらすべての結果は、といえば……

この結果は、教養は職業であってはならないということである。これは『教養と無秩序』の各ページに浸透している霧の発生源である。ディレッタントの余裕と優雅は、専門家が提供することを義務づけられている機械的な定義に屈従することなく、人間に関わる偉大な価値観のあわいを漂う。それゆえアーノルドの曖昧さは、手がつけられないということはない。たとえば彼が「教養／文化」という語で意味していたことを理解するためには、それによって彼が有名になった気の抜けた定式「これまで思考され理解されてきたもっとも優れたもの」を忘れる必要がある。それが霧であるからには、代わりにこの語の用例一覧を見なければならない。そして教養と無秩序の対立の内部から二番目の対立が具体化するのであり、そこでは教養は国家という観念という核の周りに引き寄せられ、無秩序は労働者階級を核とする。[90] だから、そう、霧を蹴散らして、その向こうに隠されたメッセージを解読することができる。しかし霧がそれ自体メッセージだとしたらどうだろうか。ドロー・ワーマンの引用。

> (急進派の) 分割されない包括性と鋭敏な (保守派の) 排他性のあいだに「中流階級の用語法」がある。その中間を歩むことの提案者の能力は、……社会的意味作用の観点から「中流階級」の言語は本来的に曖昧であるという事実にもとづく。[91] 言語を定義したりその対象物を具体化したりすることを選ぶその提案者は、まずいないのである。

本来的に曖昧。中流階級という分類は「社会構造との関係において本来的な曖昧さ」を有していた、と彼は別の場所で付け加えているのであり、「実際この曖昧さはその使い手の目的に資することが多かった」[92]。この曖昧さのレトリックと英語から「ブルジョワ」を駆逐したこの用語のあいだの選択的親和性は、完璧だ。この意味上の選択が象徴的変装の行為であったことは、すでに「序章」で書いた。しかしそこでまたヴィクトリアニズムは、ゴシックの小塔からキリスト教的ジェントルマンへ、テニソンの従属構文からコンラッドの逸脱、カーライルの指揮官、万人が用いた道徳化する形容詞と熱心に推奨された真面目さへといたる、長い変装の物語なのである。曖昧さゆえにこれらの亡霊は、日中の光を凌いで生き延びた。散文の「達意明確」を葬り去るための霧、そしてそれにともなったのが、ブルジョワ文学の知の大博打だったのだ。[93]

第4章 「各国での変形」——半周縁における変容

一 バルザック、マシャード、金銭

『幻滅』の主人公リュシアン・ド・リュバンプレは、パリ到着後まもなく、出版者ドゲローが気に入り刊行してくれるという期待を抱いて、最初の小説の原稿を彼に託す。この若い作家の才能に驚いたドゲローは一〇〇〇フランを彼に提供することを決める。しかしながら、リュシアンの下宿に着いて心変わりする。「こんな住まいにいる若い男ならば、地味な趣味だろう……八〇〇フラン払うだけでよさそうだ」(1)と、彼は考える。下宿の女主人から四階の屋根裏部屋に住んでいることを知らされると、それが六〇〇フランになる。扉を叩くと「痛ましいほど何もない」部屋が現われ、あるものといえばミルクのボウルとひとかけらのパンでしかない。「これはまさにジャン＝ジャック〔・ルソー〕の住まいですな。このような住まいでこそ才能の炎は燃え上がり、傑作は書かれるのです」。そして彼は四〇〇フランを差し出す。

半世紀後、マシャード・デ・アシスの『ブラス・クーバスの死後の回想』(一八八一年)において、ほぼ同じことが生じている。コインブラからリスボンへの旅の途上で、乗っている驢馬が鞍からブラスを振り落とす。彼の足が鐙に引っかかる一方、驢馬は駆け出そうとし、「何の苦労も何の危険も冒さなかったわけではなく」驢馬を取り押さえてくれた驢馬引きがいなかったら、事態はひどいことになっていただろう――「頭が割れるか鬱血するか、何らかの脳内の障害」。この巡り合わせに促されて、ブラスは驢馬引きに持ち合わせの五枚の金貨から三枚を与えることにする。しかし一息入れて落ち着きを取り戻すと、「礼として多すぎはしないか、二枚で十分ではないか」と考えはじめる。もう少し時間がたつと、「実際、一枚でもじゅうぶん喜びに震えるだろう」となる。結局、ブラスは驢馬引きにクルザード銀貨を一枚握らせて、驢馬に跨りゆっくり歩を進めはじめるのだが、「いくぶん恥ずかしくもなった」。彼は「じゅうぶんに支払ったか、いやむしろ払いすぎたかもしれない。身につけていたチョッキのポケットに指を突っこんで……数枚の銅貨の感触をたしかめた。驢馬引きにはこっちをやるべきだったか、銀貨ではなく」。結局、彼の存在は、彼が「神の摂理の単純な道具」であった徴《しるし》であって、その行為の「意義」は実質ゼロなのではないか。ブラスは結論づける。「そう思ったらとたんに落ち着かなくなり、自分はなんと浪費家なのだろう。……私は(もう何もかも言ってしまえ)、後悔した」(2)。

誰かの働きに対していかにしてできるだけ少なく払って済まそうかという二つの挿話。しかしその論理はこれ以上ないほど異なっている。ドゲローは、文学の登場人物が得ることになる「人格化された資本」にきわめて近い存在であり、個人的感情はその計算式に入ってこない。通りを、建物を、部屋を観察したうえで、リュシアンの市場価値の客観的評価へと進む。誰であってもその男が屋根裏部屋でパンとミルクだけで生活しているならば、その価格は下落する。対照的に、ブラスの衝動の連続において客観的なものは何もなく、ロベルト・シュワルツがマシャード作品の核心として指摘した「個人的な恣意性へのブルジョワの現実の従属」[3]がただあるばかりだ。「何であれ目的の持続はない」[4]状態の「気まぐれの勝利」[5]。気まぐれ（caprice, *capricho*）。この語は、イタリア語'capra'つまり予測不可能な動きをする山羊に由来があり、また幼稚さの意味合いもあり、それをこの語は完全に失ってはいない。マシャードの永遠に成熟しない主人公においては、小さな物事が大きくなり、重要な物事が無に帰してしまう。『キンカス・ボルバ』（一八九一年）の登場人物は、巡り合わせに促されて、単に暇潰し目的で絞首刑を見にいくことになる。一方で、『ドン・カズムッホ』（一八九九年）の主人公ベントは、自分の白昼夢の午後がある友人に煩わされたと言う——その友人は、死んだのである。「あるいはマンドゥッカがもう何時間か死ぬのを待ってくれていたら、どんな不愉快な音符も、私の心のメロディを止めることはできなかったのだ。なぜぴったり三〇分前に死ななければならなかったのか？　どんな時間だって、死にふさわしいはず[6]」。

何も正しい基準をもたない場所では、「均衡を失った」（シアン・ンガイ）焦燥の感情が優勢となる[7]。『ブラス・クーバス』の第三一章では、黒い蝶がブラスの部屋に入り込み、絵画の上にとまり「羽を動かしはじめ、その悠然とした態度が……何やら人を小馬鹿にしているようで、私はひどく不愉快になった[8]」。数分後、彼は「しゃくにさわり」、タオルに手をかけ、蝶を叩き落とす。殺すためか。いや、実際はそうではないのだが、人間がタオルで蝶を叩き落とす以上、明らかにそうなる可能性は高い。

しかしブラスは結果を考えない。そして、いかにもだが、蝶は死なず、ブラスは自らの行ないを「後悔」し――マチャードの登場人物はつねに後悔している――そして、自己免罪の温かい気持ちに浸る。だが、駄目だった。蝶は死んでしまう。ここで焦燥の第二波が襲いかかり、第二の免罪が後に続く。「私は少しいやな気分になり、心のなかにしこりが残った。『ちくしょう、何で青くなかったんだ？』私はつぶやいた。その考えは――それは蝶が創造されて以来なされた、もっとも深遠な思考のひとつだ――悪事を働いた私を慰め、自分と和解させてくれた(9)」。

「黒い蝶」は八〇〇語ほどの長さである。驢馬引きの章は九〇〇語。『ドン・カズムッホ』のマンドゥッカの死は七〇〇語。物語のテンポに気まぐれの影響が著しい。シュワルツの言葉を繰り返すならば、「目的の持続はない」。小説のプロットは断章の集合へと解体されていて――『ブラス・クーバス』は一六〇、『ドン・カズムッホ』は一四八、『キンカス・ボルバ』は二〇一――各章では、一、二ページのなかで、ひとつの主題の生起、展開、誇張、落着がある。挿話の終わりには、気まぐれに起こったばかりのことが振り返られ、肩がすくめられる。別のあり方があっただろう。むしろ別のあり方であるべきだった。何で青くなかったんだ。なぜ三〇分前に死ななければならなかったのか。このブルジョワの現実原則への正面攻撃が絶頂に達するのは、ベントによる複式簿記の見事な変奏である。完全に正確なバランスシートの貸方は――神だ。

かなり小さいころから私は叶えてくれたら祈りを唱えることと引き換えに、天に願いごとをする習慣がついていた。最初のいくつかは唱えるものの、残りは先延ばしにされ、それがどんどん積み重なるうちに忘れられていくのだった。こうして私は、二〇、三〇、五〇という数に達していた。そして百の台に入り、いまは千の台まで行っていた。……私は不履行の約束を多く抱えていたからだ。いちばん最近のものは、サンタ・テレーザへの遠足があった午後、雨が降らなかったら祈ると約束した。主の祈り二〇〇回とアヴェ・マリアの祈り二〇〇回だった。雨は降らなかったが、私は祈りを唱えなかった。(10)

不履行の約束を多く抱えていた。初めての子どもが死んだとき、ベントの母親は、もし次の子どもが生き延びるならば、司祭にさせますと誓う。男の子が産まれて、生きている。そこで母親は「借金を返す」(11)ことをしなければならない。しかしもはや彼女はそれを望まない。試行錯誤ののち、ある一家の友人が完璧な解決策を見つける。彼女が「神父を一人捧げると約束した」ならば、ベントではなくても一人捧げればよい。「男の子の孤児をもらい、彼を神父にすればよい」(12)と彼は説明する。「金銭的な面から考えても、問題は簡単だ。……孤児にそんな贅沢はいらない……」。さらに重苦しい――さらにグロテスクである――ペレス・ガルドスの描き出す非情な高利貸しトルケマダは、息子の差し迫った死に際して、その机から一巻きの硬貨を摑み取り、それを貸し付ける貧乏人を必死に求めて夜の闇のなかに駆け去る。後に自分自身の死が迫ったときには、司祭に単刀直入に訊ねる。「何をすれば救われるんだ。仕事で使うような飾らない言葉で、早く説明しろ」(13)。そして中世キリスト教の死の床の場面が反響している、高利貸しと聴罪司祭とのあいだに長い押し問答が続くが、(14)ついにトルケマダは最期に「変える！」と叫び、誰もが意味をとりかねる。これは改宗の意味で自分の魂のことを考えていたのか、それとも国債から得られる利益のことを考えていたのか。

宗教の教えが金銭についての思惑と入り混じる。近代世界システムの周縁へと向かうのは、旧来の形而上学と新興の金銭関係のこの奇妙な抱合が、またシュワルツの言葉を引用するならば、「グロテスクにして破れかぶれの資本の行進」[15]によって産み出された「各国の変形」のひとつの徴《しるし》であるからだ。マドリッドと小さなシチリアの町、またはポーランドやロシアから現われた各々の物語のあいだには、もちろん懸隔はある。しかし、資本主義と旧体制の争いをはらんだ共存は——少なくとも一時的には——後者の勝利が、全体において共通しており、それらのあいだに強い家族的類似性を創り出している。本章は、ブルジョワの敗北の年代史である。

二　キイワードⅦ——「ローバ」

「私の次の小説の主人公は『ブルジョワ類型』になるだろう」と、ジョヴァンニ・ヴェルガが『マラヴォリア家の人びと』(一八八一年)の序文で書いているが、これは当時のシチリア島においては新しい社会類型だった。そして事実、『マストロ・ドン・ジェズアルド』(一八八九年)の主人公が、この小説の前半のパーティにおいて町の旧エリート層に初めて立ち交じる際、新人種に属しているようにたしかに見える。周りを取り巻く羨望と悪意にあふれる名士たちが、彼の最初の大きな借り入れについて、偽善的な心配を示しながら訊ねると、「静かに」彼は答える。「幾夜もまったく眠れませんでした」[16]。眠れなかった。それは感情が強烈だからだ。しかしジェズアルドの明晰さも強烈である。ほかの人びとが遊興に身を委ね、けちくさい金銭欲、ひそかな性欲、底なしの食欲に耽る一方で、ジェズアルドは「真剣なままで、顎に手をあて、一言も喋らなかった」[17]。同じことが数章後に生じるのは、この町の公有地の年次オークションの際である。「一ギニー一五！ ……一！ ……二！ ……」。『二ギニー！』とドン・ジェズアルドが平然と応じた」[18]。名士たちは怒号し、立ち上がり、脅しと呪いの言葉を投げつける。ジェズアルドは着席のまま、黙って姿勢を崩さず、「膝の上に拡げた帳面で自分の出費の総額の計算を静かに続けていた。やがて彼は頭を持ち上げて、落ち着いた声で言葉を返した……」[19]。

シチリアのブルジョワ。ユルゲン・コッカによれば、「後発国にあっては、前産業期から産業期への展開に連続性は比較的乏しく」、最初期の企業家たちは、「早い段階で産業化した国に比べて大幅にいいい、新しい人間となる」[20]傾向がある。たしかに、ジェズアルドは、イングランド文学においては想像もできないほどに新しい人間である。ディケンズ『ハード・タイムズ』のバウンダービーがその権利を主張するとしても、実際はそうでもなく、またクレイクのハリファックスは、貧しいが、「ジェントルマンの息子」である。しかし問題は、完全に「新しい」だけという新しい人間は皆無だということだ。旧い世界は彼に抵抗し、ありとあらゆる手段を用いてその計画を歪めるのであり、ジェズアルドの場合、その圧力は、本書の題名「マストロ・ドン・ジェズアルド」に刻み込まれている。「マストロ」とは、零細職人——ジェズアルドが当初そうであった石工のような肉体労働者までも含む——が一九世紀シチリアで呼ばれていた名称である。しかし、マストロ・「ドン」であるので、旧支配層に慣例的に用いられていた敬称（「サー」とだいたい同じ）もそこにはある。「主人公にはマストロ・ドンという称号をしっかり与えてください」と、ヴェルガはフランス語翻訳者に書き送っている。「なぜならこの称号は、豊かになった労働者に対して一般の悪意によって与えられた皮肉めいた愛称そのものだからです(21)」。豊かになった労働者。ヴェルガ自身、労働者をジェズアルドの実質として、彼の財産を偶然の産物として位置づけている。そして実際、ジェズアルドは当初そうであった「労働者」よりはるか上の地位に出世するが、そのケンタウロスのように異物を継ぎ合わせた愛称は、生涯の最期まで彼に付きまとう。事態が変化するかとみえる時機もあるけれども(22)、「マストロ」から「ドン」への移行が決定的に生じることはなく、彼の財産が反感を招くときはつねに、また残酷にも彼の死の間際にも、即座にそれは否定されるのである。町の名士たちが彼に直接話しかけるときには注意深く「ドン・ジェズアルド」を使い、彼が聴こえない場所に離れるやただちに軽侮を込めて「マストロ・ドン」に戻る、その初めのパーティから、彼が立ち去ることがあたかもなかったような感がある(23)。

　マストロ、そしてドン。二つの旧体制上の呼称。ではブルジョワは？　この小説の初めの方で、ジェズアルドが搾油器での労働を監督するために出かける。雨が降っており、労働者たちは屋根の下でコイン投げをして遊んでいる。「上等だ！　……おれもやりたいなあ……楽しみなさい……続ければいい、給料は変わらないよ(24)」とつぎつぎと侮辱の言葉を投げた後、彼はその場の人びとのなかに入っていくのだが、持ち上げなければならない石臼の下というもっとも危険な場所に身を置く。

　棒を貸せ！　おれは恐くない！　……無駄口を叩いているあいだに時は過ぎていくんだ！　だけど

給料は同じだと言ったろう？　……君たちにあげたカネをおれが盗むようなものじゃないか！……持ち上げろ！　そっちの方だ！　構うな、おれは皮が厚いんだ！　行くぞ！　持ち上げろ！……イエス様がおれたちについている！　マリア様万歳！　……もう少し！　マリアーノ！　一体全体お前はおれを殺す気か！　持ち上げろ！　……マリア様万歳！　……命をかけろ！　命をかけろ！　……持ち上げろ！　……そこで何してるんだ、バカか？　……持ち上げろ！　……もう少しだ！　……よしやったぞ！　……もう一度！　……そっちの方！　……教皇さまが死んだって恐くないぞ！　……足りなければ……そこだ、いまだ！　……足りなければ狼も……もう一度！　……持ち上げろ！　……狼も森から出るというじゃないか[25]！

この息つくいとまもない呼号が続く驚嘆すべき言葉の織物において、ジェズアルドは労働者の一員として語り（もう少しだ！　……よしやったぞ！）、また皆が根底においてもっている宗教的感情（イエス様がおれたちについている！　……マリア様万歳！）と慣用句の知識（足りなければ狼も森から出る）に訴えかけ、衆目の一致する、口の悪い親方と役割を交換する（マリアーノ！　一体全体お前はおれを殺す気か！　……そこで何してるんだ、バカか？）。真剣、寡黙、意志強固、冷静沈着といった「ブルジョワ類型」の「第三の性格」が、従来の二つの分類へと解体されてしまっている。彼の静かな抽象作用が、非合理な衝動によって粉々になっている。「お前はたんまりカネを持っているが、魂は悪魔にくれてやっているんだよ[26]」と彼と付き合いのある律修司祭ルーピが叫ぶが、その言葉は正しい。石臼の下で生命を危険にさらす（そしてまた後の方で、彼の橋を押し流したばかりの川に飛び込むこともする）ジェズアルドには何か説明不可能なものがある。しかしそれは彼だけではない。半周縁の別の労働者にして企業家であるゴーリキーのイリヤ・アルタマノフは、労働者たちと祭礼を祝ったばかりであるが、大きなボイラーが砂に沈んでいることに気づき、ジェズアルドと同様に自らの手でそれを持ち上げようとする。だがジェズアルドとは違い運がなく、血管が破裂し、死んでしまう。(27) ここで問わざるをえない。重力に逆らうシジフォスの苦闘めいた、ほとんど神話のような粗暴さが露わになるこのような場面がなぜ書かれているのか。島に独りで生きていたロビンソンさえ、これに類することは行なっていない。なぜジェズアルドはこのように自らの生命を危険にさらすのか?

彼がそうするのは、自分の財産が消滅するのを怖れるからである。つねに彼とともにあるこの恐怖は、小説全体で唯一平穏な場面である、いわゆるカンツィリーアの「牧歌」においてさえもある。町からやや離れたこの小村において、ジェズアルドは「心が広々と感じられる。多くの快い思い出がよみがえってくる」(28)。快い? それはこの小説が言わんとすることではない。「この物置小屋を建てる前、どれだけ多くの石を彼は背中に背負ってきたことか」と語りは続く。どれだけ「パンのない日々」が続いたのか。

晴れの日も、風の日も、雨の日も、東奔西走して、いつも恪勤精励、いつも疲労困憊、いつも自立自存。頭は考え事で重く、心は心配事で膨らみ、骨は倦み疲れて砕けんばかりだ。眠るのは二時間ほど、いつでもどこでも、馬小屋の隅でも生け垣の陰でも庭でも背中に石が当たっても。食べるのはどこでも固い黒パンひとかけら、騾馬の荷鞍の上でも、オリーブの木陰でも、溝の脇でも、無数

のブロンドの「肉食獣」——のことを考えるのは、この語に関してはおそらくはやや過剰であろう。しかしマルクスのいう「本源的蓄積」の「血と汚物を滴らせる資本」の痕跡が、たしかにここには存在する。「牡蠣のように自分のローバにへばりついている」[33] ルビエーラから、「自らのものであるローバに貪欲である人間らしく、すばらしいお菓子を味わったかのように舌なめずりをする」[34] ジェズアルドまで、捕食性の生命力がこの小説を通して「ローバ」を牽引する。これは、アウエルバッハがバルザックの見事な描写に関して指摘した「ヒトとモノの融合」以上のものである。ローバは、ヴォケー夫人の衣裳のような第二の皮膚ではない。それは、橋の崩壊によって「水中に消散した」とジェズアルドが考えた「血」である。「ローバ」は生命なのだ。このエネルギーの過剰こそが、周縁国における資本主義の離陸に際しては、いかなる形態であれ必要とされた。「ローバ」は生命なのだ。だからこそまた、生命を左右する死でもある。それを失うことへの過剰なほどの非合理な恐怖がそこから生じる。「人殺し！」とルビエーラは、ベッドから動けずに、放蕩息子に向かって叫ぶ。「いやだね。私のローバを好きにさせてたまるもんか！」死に瀕しているジェズアルドは、「無駄なあがきではあるが、ローバとともにあること」[35]を望む。そして短篇小説「ローバ」の主人公マッツァーロは、「自分のローバとお別れして、魂について考えるときがきた」と告げられると、杖をもって、狂人のようによろめきながら中庭に歩み入り、「自分の家鴨と七面鳥を殺して回りながら叫ぶ、『私のローバ、私のローバ、ずっと一緒だよ』」。

「ローバ」は抽象的な財産ではない。ジェズアルドは、一人の興味深いブルジョワ主人公を想像しがたいものにする「人格化された資本」といったものではない。両者はともに具体物であり、生きている。それがこれほどまでに忘れがたく、もろい所以である。ジェズアルドが死に、その「思いやり深い」義理の息子、レイラ公爵が彼の「ローバ」を手中に収めることになったとき、旧体制の海がその底にヴェルガの「ブルジョワ類型」を永遠に沈めてしまったように思われる。

三　旧体制の持続I――『人形』

ボレスワフ・プルス『人形』(一八九〇年)の主人公スタニスワフ・ヴォクルスキがこの小説の初めの章で読者に紹介されるのは、ワルシャワのレストラン通いの名前のない人びとによってであるが――ヴェルガのパーティの名士たちと同じで信頼できない唱和の声として機能している――彼らが前代未聞の目新しさについて大声で疑問を投げかかるこの男は、「定収があるにもかかわらず」、「戦争で一儲けすべく」全財産をもってポーランドを去ったというのである。「彼が求めたのは億万の金だ[36]」。「銃弾とナイフとチフスのただなかで[37]」自分は億万の金を稼いだのだと、彼はイグナツィ・ジェツキという、『人形』において時に語り手の役割を担う臆病な事務員に語る。しかしヴォクルスキは単なる資本主義冒険家にはとどまらない。給仕として働いていた若年時に、大学への道をつけ、ポーランドとヨーロッパの文学を勉強すると、後にパリに向かい、そこで近代科学技術への関心を研ぎ澄ませる。財産あるブルジョワにして教養あるブルジョワでもある。さらにそれだけではない。一八六三年に、ヴォクルスキはロシアによるポーランド支配反対の蜂起に加わり、シベリア送りとなる。すべてを併せ持った彼は、一九世紀小説のなかでもっとも完璧なブルジョワ像であろう。金銭感覚は鋭敏、知的能力は活発、政治行動は大胆。しかしひとつ致命的な欠陥がある。貴族階級の令嬢イザベラ・ウェンツカへの熱愛である。「迷信といえなくもないものが、彼の現実的な精神のなかに萌しはじめた」[38]と語り手が述べるのは、ヴォクルスキが、ありとあらゆる互いに無関係な出来事を、自分に対するイザベラの感情の予兆と受け取りはじめるからである。ヴォクルスキは自己を省みる。「私のなかには二人の男がいる。一人は理性優先で、もう一人は狂人だ[39]」。そして『人形』の展開の果てに、狂人が勝利する。

狂人としてのヴォクルスキが勝利するのは、世紀転換期のヨーロッパの半周縁地域には狂気がはびこっていたからである。「ローバ」におけるマッツァーロの家禽虐殺から、ガルドスの『ブリンガス夫人』（一八八四年）におけるロザリア・ブリンガスの「買物熱」や『フォルトゥナータとハシンタ』（一八八七年）におけるギジェルミーナ・パチェコの「闘争的慈善」まで、例に事欠かない。トルケマダは、その四部作の始まりと終わりにおいて心神を喪失する。マシャードのキンカス・ボルバは、飼い犬が「人間と同じように」扱われることを求める遺書を残す。マティルデ・セラオの『クッカーニャの土地』は、籤引きをめぐる多彩な迷信の万華鏡である。またドストエフスキーの精神の均衡を欠いた登場人物たちはあまりにも多すぎて、ここで挙げることはできない。狂気が半周縁ではびこっていたのは、資本主義の中心部において生じた経済の波が思いもよらぬ強烈な激しさで打ちつける、この板挟みとなった社会において、非合理な行為がある種の反射作用となり、個人の存在の幅において世界の流れを再生産するからである。しかしそうだとしても、ヴォクルスキの場合は独特である。

「恋する実業家！」と記したフレドリック・ジェイムスンは、その信じがたさをエクスクラメーション・マークに込めている。[40] しかも甘やかされた子どもでしかない人間を愛するのである。「彼女はあらゆる自分の記憶、憧憬、希望が収斂する神秘の焦点であり、それがなければ自分の人生は方向も意味も失うであろう拠り所だ」[41]と、ヴォクルスキは「黙想」と題された重要な章のなかで述べるのだが、『人形』の読者は、このような言葉に信じがたい思いで接するだろう。イザベラが神秘の焦点？　これこそまさに狂気だ。

　ここでもまたヨーロッパの文脈が解答を示す。コッカによれば、『人形』の時代は「中流階級の上層部が、婚姻関係その他の混淆［の手段によって］、貴族階級にきわめて接近していた」[42]。旧来の貴族の家系との婚姻というのは、まさにジェズアルドとトルケマダが行なうことであり、それらはともに第三者（『ジェズアルド』ではルーピ、『トルケマダ』ではドノソ）によって媒介された二件の業務上の優良な取引であり、あたかもその婚姻の選択の根本的に「社会的な」性質を際立たせるかのようだ。しかし、ヴェルガとガルドスがブルジョワ資産への旧エリート層の（うわべの）浸透ぶりを示すために上昇婚を用いているとするならば、プルスの場合、この挿話が強調するのは、対照的に階級感の障壁の分厚さである。自分が「独力で財産を築いて、パリの貴族の若い婦人を愛した」とするならば、「これほどまでに多い障害には出くわさなかっただろう」[43]と、彼はしみじみ考える。しかしワルシャワでは、自分の貴族とのロマンスを想像することができるほどには西欧に近いけれども、それを実現するのにはあまりも遠い。彼は自らの属する生態系から拒まれた突然変異のようなものだ。「自分が適合していない環境」との考えられない闘争のなかで、「力と命を消散させる」にいたる奇妙な生物であり「……このとき、初めて、ポーランドには戻らないという考えが彼にははっきりと訪れた」[44]。

ポーランドには戻らない。セルジオ・ブアルキが別の周縁の近代について書いている。「遠隔地から生活形態、制度、世界観を持ち込んできた私たちは、故地での追放者である」[45]。「私が知っているすべてが……この地に由来するものではない」と、ヴォクルスキの言葉にはその反響がある[46]。彼が「唯一自由に息をついたのは、シベリアに到着した際である」と、小説の最初の方には書かれている[47]。それは実際の追放の際である。ポーランドに戻ると、彼はただちに戦争のためにふたたび故国を離れる。戻るとすぐにパリに向けて出立する。そしてワルシャワで過ごしたさらなる短期間の後は、完全に消息を絶つ（噂ではモスクワ、オデッサ、インド、中国、日本、アメリカ……にいるという）。故国での追放。最後にひそかに戻ってきた彼は、イザベラの田舎の邸宅に来て自爆死を選ぶ。「封建主義の廃墟の下で死んだのだ」と、ある友人がこれを簡潔に評する[48]。

追放者としてのブルジョワ。そしてヴォクルスキが自分の事業の「一切合切」を売却しようと決めたのは、原型としての追放者に従ってのことである。ユダヤ人だ。「君と同じように軽蔑と悪待遇を受けてきた唯一の人びとだ」[49]と、自身がユダヤ人である友人のシューマンが述べる。そしてヴォクルスキにもそれがわかっていた。「国中を探してみても自分の発想を展開できる人はいない。誰もいない、ユダヤ人以外は」[50]。ユダヤ人が東欧で果たしてきた金融に関わる役割を考えれば、この挿話はプルスがもっていた歴史的精確さの現われともいえそうである[51]。しかしそれだけではない。「誰もいない、ユダヤ人以外は」、たしかにそうだ。しかしさらに引用は続く。「ユダヤ人以外は——彼らは、この民族のもつ傲岸さ、狡猾さ、仮借なさを掲げて前進してきた」[52]。「このように眺めると、商売、貿易会社、いかなる種の利益にも恐怖を感じることになって、自身で愕然とした」とヴォクルスキは思うにいたる。商売、貿易、利益は、ヴォクルスキの人生だった。しかし今ではそれらが恐怖の対象になるのは、シュラングバウムらのユダヤ人が――『ジョン・ハリファックス、ジェントルマン』でのクエーカー教徒の工場主フレッチャーやイングランド小説の他の第一世代の実業家たちのように――ありのままの自分たちとしてそれらを見せつけるからである。いいかえれば、彼らがブルジョワの真実を突きつけているからである。より正確にいえば、イザベラ・ウェンツカの視点からの真実である。ヴォクルスキはシュラングバウムを、まさにイザベラがヴォクルスキ自身を見るように見るのである。彼の反ユダヤ主義は、自身に逆らうブルジョワのものである。

私はこの項を偉大なブルジョワとしてのヴォクルスキの肖像から始めた。ヴェルガの「マストロ」と「ドン」の不可能な接合と同じくらい破壊的な自己矛盾をもうひとつ論述したところで、この項を締めくくることにする。旧来の世界は、このような新人種の人生に不調和を、その死に様に残酷さをもたらしている。嘲笑する下役たちによってドゥカーレ宮に囚われるジェズアルド。「封建主義の廃墟の下」に埋葬されたヴォクルスキ。次の項では、同じ主題でさらにもうひとつのヴァリエーションに出会うことになる。

四　旧体制の持続Ⅱ——『トルケマダ』

ペレス・ガルドスによる一九世紀スペインの濃密なフレスコ画である『トルケマダ』四部作（一八八九〜九六年）がそのために際立っている焦点となる主人公は、高利貸しにして不動産投資家トルケマダであるが、庶民的なマドリッドの「いかがわしい取引」から、彼を「国家そのものと手を結ぶ」ところまで導く金銭的な大成功と貴族との結託まで、読者はその姿を追ってゆくことになる。しかし彼の出世は、自己疎外の感覚の高まりと並行している。死の間際の友人ドニャ・ルーペ（彼も高利貸し）に零落した貴族の一家であるアギラ家の姉妹の誰かと結婚することを約束したトルケマダだが、彼が最終的に支配に服した義理の姉であるクルースに説き伏せられて、大邸宅と画廊を備えた侯爵領を獲得する。まさに旧体制の持続である。精力的な叩き上げの男が「旧支配階級の優位性に対抗するのではなく、相手に接近する」[53]。この「接近」は、ジェイムズ、シュニッツラー、プルーストの洗練された共生とも違う。ジェズアルドの手の罅割れがドンの下に潜む石工の本性を明かすのと同じように、元来の庶民的な食欲のためにトルケマダは——自分の結婚式の数時間前に——生のタマネギの料理を貪るのだが、これはその貴族の行事の「取り繕った言葉とは折り合いが悪かった」[54]。この小説の末尾では、別の食事が、彼の出自への回帰の最後の試みとなる。「煮豆をくれ、なぜかって、頃合いとして、自分は庶民の一員だ、つまり庶民に、ありのままに戻るのだ、そんなところだ」[55]——この結果、盛大な下痢と絶え間ない苦痛が訪れる。

しかしトルケマダは単なる粗野な動物的存在とはまったく違う。「あなたは大仰そのものの人ですね」とクルースが侯爵領のための運動を始めたとき、彼は語りかける。「自分は中庸そのものの人という事実に得意淡然で、すべてを正しい場所に定めるので、現在の歴史の時点ではあなたの意見に反対します」[56]。彼の身体よりもその言語が、トルケマダを忘れがたい存在にしている。それが奇妙であるのは、通常、後ろ暗い商取引に関わる人物――ゴプセック〔バルザックの同名小説〕、マードル〔ディケンズ『リトル・ドリット』〕、バルストロウド〔エリオット『ミドルマーチ』〕、ヴェルレ〔イプセン『野鴨』〕……――は秘密主義にいたるまで口数が少ない傾向がある。トルケマダはまったくそのようではない。

「四の五の言わせませんよ。偉いさんを意のままにして、法律を破っちゃいないというので私は得意淡然なんだ。ギリシャ人もトロイア人もどっちも偉いものだ、貢ぎ物のオボロス銀貨に関しては言い争わない。実業家だから、原理原則どおりの反対意見も呈さない、どんな種類のマキャヴェリズムにも関わりません。私は陰謀には耐性があるのでね……」[57]

ぎこちない古典的教養のひけらかし（「ギリシャ人もトロイア人も」「マキャヴェリズム」）、古くさい言い回し（「四の五の」「得意淡然」）、重々しい自明の理（「歴史の現在の時点では」）。金銭によって、ドン・フランシスコは自分の言葉に耳を傾かせる機会を得てきている。そしていまや彼は「大音声で」[58]話をするのであり、その先輩的存在であるムッシュー・ジョルダンのように、「上流人士に立ち交じって諸事を議論する」ことを望んでいる。だからこそ、必然的に嘲笑の的になる。この嘲笑という武器は「階級間の闘争において用いられることが多く……豊かなブルジョワをその位置に押しとどめておくのに絶大な効果を発揮する」[59]。トルケマダの場合、嘲笑はまさに特異な口癖に集中する。

「私の意図は、いいですか！　示唆を与えることなんです。……私は慎重な人間で物事の分別をわきまえております。信じてください。私は出た後に自分の間違い、自分の……麻痺状態に気づいて、かなりひどい状態にあったのです。」

ドン・フランシスコが、もつれた性急な文の連なりで答えたのは、何ら具体的なことではなく、自分が……という確信を大事にしているということ、憐憫……いや品格の高い感情に突き動かされたセニョール・ドノソにその表明を行なったということ（この時までわれわれはあまりにも品格に囚われて言葉を選んでいた）、そしてアギラ家の令嬢方に受け容れられたいという欲望がいっさいの熟慮を超えているということのみだった。

「文体は貧弱で言葉は荒削りであったとしても、感謝の気持ちの誠実な表現である表明を、表現は拙いながらいくつか私は表明せねばなりません。……言葉よりも行動に注目しようではありませんか。もっともっと働いて、少なく語るのです。つねに働きなさい、われわれの必要と、われわれの具備するあらゆる要素の貴重な具備と合致させて、です。この厳粛な場に私が存在することで私に求められていると信じるこのような表明を行ない、このような宣言を行ない……」[60]

意図、暗示、分別、麻痺状態、反対意見、確信、表明、熟慮、表現、宣言……。蠟燭の周りを飛ぶ蛾のように、トルケマダは名詞化表現に魅了されている。動詞によって通常は表現される「行動と過程」を扱いつつ、それを「抽象的な対象［と］一般化された過程」[61]を指示する名詞へと転化する一群の語である。この意味特殊性のために、名詞化は学問的散文に頻出する——そこでは抽象的な対象と一般化された過程が通常は重要である——一方で、具体的なもの、単一的なものに焦点を絞る傾向のある口頭でのやり取りでは、対照的に稀少である。しかしそうだとすれば、なぜトルケマダは口を開けばつねに名詞化表現を用いるのか。

「一七世紀フランスにおけるブルジョワとは正確には何だったのか」と、エーリヒ・アウエルバッハは問いかける。その社会的地位の観点からは、もちろん多種多様ということになろう——医師、商人、弁護士、店主、役人その他。しかし彼が何であれ、この時代にもっとも高い象徴的価値——それが「正直」である。「上流ブルジョワジーが憧れるようになっていた普遍性という理念」のために、ブルジョワが、その経済的存在を「押し隠す」ことを強いられたのは、あらゆる特定の性格を削ぎ落とした人間だけが、人間に値すると考えられていたからである[62]。二〇〇年後のトルケマダの名詞化表現は、これと比較しうる社会的要請に対する反応である。その表現は、具体性を抜去った抽象性の高みへと万事を引き上げることで、なじみの「地獄の会計係[63]」を自らの言語から消し去ろうとする試みなのである。試みということなのであって、それはむろん失敗する。それはフレドリック・ジェイムスンが最近トルケマダ連作において指摘した「主人公性の失調」である。ほかのガルドスの小説では——「序列では脇役」であるにもかかわらず——ひそかな主人公であったのと同じ人物が、自分が名目上は主人公である小説において、「フラットな脇役」に突如としてなってしまうのである[64]。奇妙な反転であることはたしかだが、すでに出くわした他の形式的な逆説に関しては、トルケマダの「失調」は単なる形式の問題ではなく、近代社会における高利貸しの客観的弁証法の帰結なのである。つまり、近代の銀行業の代役（ただし悪辣にして寄生的）――「序列では脇役」――として日陰で長く生きて行動力と洞察力に満ち溢れている、この地獄の会計係は、人前に顔を見せることを強いられると方向性を見失ったおしゃべりになってしまう。これが君たちのひそかな英雄だ、とガルドスがスペインのブルジョワジーに語りかけているようである――そしてこの英雄が普遍性の言語を喋ろうとする際には、空虚な状態にあるのだと。トルケマダの「熟慮」と「麻痺状態」において、階級全体の覇権への野心は、嘲笑のなかで葬り去られるのである。

五　「算術からいっても明瞭じゃないか！」

完全無欠のブルジョワの性質を求めようとするならば、一九世紀の偉大なロシア小説のひとつに登場する若き経営者シュトルツ――ドイツ語で「誇り」を意味する――が、上々の選択になるだろう。この完璧に効率的であるシュトルツは「たえず活動している」が、「無駄な動き」をすることは絶対になく、その活動ぶりに鼻白んだ旧友がおとなしく「いつか君も働くのをやめるのだから……」と遮ると、彼はぶっきら棒に答える。「それはない。ぼくがやめるって？」（そしてファウストばりの言葉を続ける。「二〇〇年、三〇〇年生きられれば……どれだけ成果を残せるかなあ」）父方がドイツ人である――だから ロシア貴族出身の母親は彼が「市民になってしまう」ことを怖れる――シュトルツは、経営する会社が常時取引している西欧の激動と活発な関係を維持している。小説の中途で彼はパリに行き、友人に対して彼もすぐここに来て共に新しい生活を始めるように約束させる。これは東欧のブルジョワにとって、すばらしい人生だ。シュトルツは活発、穏和、理知的である。美しい土地を購入し、愛する女性と結婚し、幸せである。……この小説の著者から望むものすべてを受け取っているが、最重要のものだけ与えられていない。彼は『オブローモフ』の主人公ではないのだ[65]。

彼が主人公でないのは、ゴンチャロフが驚嘆すべき大人物オブローモフに魅了されているからだ。それでもシュトルツの教科書的なブルジョワ性がこの小説が主題とするものでは明らかにあるべきではないということは、より大きな問題を指し示している。ロシア文学が、新しい金銭の力に無関心だったということではない。『罪と罰』のペテルスブルクにおいて、金を持っていることは、ディケンズのロンドン、あるいはゾラのパリと（少なくとも）同様には決定的である。しかしそれはかなり特異なあり方である。高利貸しの老婆アリョーナ・イワーノヴナの強欲から、元学生ラスコーリニコフによる彼女の殺害に関する冷徹な長広舌まで、さらにマルメラードフの酒浸りの極貧状態、ソーニャの無言の売春、ドゥーニャの婚約への金銭の影響（「自分を大事にしてくれる人にならば自分を売るつもりなのです」）まで、はたまた富籤券を偽造する「世界史担当の大学講師」にいたるまで[66]、あくまでも一部であるこれらすべてを通して、金銭のなしうることは、近代的な経済行為の誇張された歪みを産み出すことに尽きる。西洋では金銭は物事を簡素化する傾向にあるが、当地では複雑化するのだ。金銭が周りにあまりにも少ない――そしてあまりにも価値が高いのである。西欧の安定した低金利に代わって、ドストエフスキーの書き物から聞こえてくるのは、ラスコーリニコフへのアリョーナのささやきである。「ひと月一〇パーセント。ひと月一〇パーセントになるわねえ。前払いもできるよ」[67]。

ひと月一〇パーセント。このような耐えがたい圧力のもとでは、「各国での変形」は必然的である。功利主義を取り上げてみよう。「文学と詩、詩と文学の普遍的な追究がどうしたら綿紡績に貢献をなすものなのかを教えてもらえるならば幸甚である」と一八二五年に、『ウェストミンスター・レヴュー』のある記事の匿名著者は「地味な功利主義者の悲哀に包まれて」[68]述べている。一世代後にほとんどそのままの反響を見いだす俗物の最終通告はツルゲーネフの『父と子』(一八六二年)においてみられ、そこでバザーロフは彼特有の高飛車な調子で、「まともな化学者はどんな詩人よりも二〇倍は役に立つ」[69]と単刀直入に述べた。役に立つ。しかしバザーロフにとって、これはもはや『ロビンソン・クルーソー』とヴィクトリア時代人たちの具体的にして実践的なキイワードではなかった。それは変革の力――もっといえば、破壊の力なのである。「われわれは役に立つと認識するものを基礎として行動する」と、彼は後の場面でニヒリズムの論理を説明するために付け加える。「今の時代、すべてのなかでもっとも役に立つのは、拒絶である――だからわれわれは拒絶する」[70]。

ニヒリズムの基礎としての功利性。『ウェストミンスター・レヴュー』ならば仰天したことだろう。そしてバザーロフは始まりにすぎなかった。

いいかい――一方には無知で無意味な、なんの価値もない、いじわるで病身なばばあがいる――だれにも用のない、むしろ万人に有害な……。すると一方には、財力の援助がないばかりにむなしく挫折する、若々しい新鮮な力がある。しかも、それが至るところざらなんだ! ……たった一つの生命のために、数千の生命が堕落と腐敗から救われるんだぜ。一つの死が百の生にかわるんだ——え、これは算術からいっても明瞭じゃないか![71]

明瞭な算術! ベンサムの「幸福計算」が殺人に至りつく。鈍感な西欧派ルージンが進歩礼賛を論じ立てた後、ラスコーリニコフは述べる。「君の思想を極論までもっていけば、いわば、さらなる批判、さらなる効率へと進み、最後には人びとを殺して回ってもいいじゃないかということになるだろう」[72]。批判と効率から、人びとを殺して回ることへ。置き違えられた思想。ドストエフスキーのロシアでは、西洋のモデルとブラジルの現実の不適合に関するシュワルツの見事な比喩は、おそらくは本家本元よりはるかによく機能している。マシャードにおいて、この二者の不調和はおおよそ無害にとどまっている。口達者なだけの無責任の氾濫だが、大きな結果はまず生じない。しかしロシアではプロレタリアート化した急進的なインテリゲンツィアが西洋思想をあまりにも真剣に受け取り、それを実際に「極論まで」突き詰めてしまう。

ローマン・ヤコブソンは、日常を意味するロシア語——'byt'——が、西欧の諸言語には文化的に翻訳不可能であると主張する。ヤコブソンによれば、ヨーロッパ諸国民のなかでロシア人のみが、「日常という要塞」に戦いを挑み、日常に対する根本的な違和感を概念化することができるのである[73]。

日常。アウエルバッハにとっては、それは一九世紀リアリズムの疑いようのない堅固な基礎である。

ここロシアでは大襲撃に見舞われる要塞である。「ドストエフスキーは『突然』［vdrug］という語を好んでいる」と、ヴィクトル・シクロフスキーが書いている。「生活の断片的な本質、生活の過程の不均衡性を表わす語である」[74]。ドストエフスキーの詩学が求めるのは「哲学的観念を喚起し、それを検証する非日常的な状況の創造である」と、バフチンは付け加える。「危機の時点、転換点、破局では、日常生活、『通常』の成り行きで判断しようとしても万事が予測できず、ところを得ず、調和も許容も受けつけない」[75]。ドストエフスキーの登場人物に典型的であるのは、妥協に対する憎悪である[76]。ロシア文化における「中立的」領域の不在とは、ロトマンとウスペンスキーがその二元論的文化モデルの研究において発見した事項である[77]。『ミメーシス』のロシア小説についてのページに記述されているのは、極度の振幅である[78]。ここで目にするのは、すべての「各国での変形」のなかでもっとも徹底されたものである。破壊の力を解放する、西洋思想の異常なまでの徹底化。バザーロフのドイツの学問が、そのニヒリズムを驚くほど苛烈なものにしている。イングランドの算術が、近代文学のなかで最高に謎めいた重要性をもつ犯罪を産み出した。これは私たちの眼の前で行なわれている極端な実験のようだ。ブルジョワの価値観をできるかぎり元来のコンテクストから引き離して、その偉大と破滅の独自の混合を捉えること。直後の時期において、イプセンの「リアリズム」連作が、そのまさに対極の実験を遂行した——そして同一の結論にいたるのである。

第5章　イプセンと資本主義の精神

一　灰色の領域

まずは、イプセンの連作で描き出される社会の全体像から。造船業者、製造業者、金融業者、商人、銀行家、土地開発業者、行政官、判事、経営者、弁護士、医師、校長、教授、技師、牧師、ジャーナリスト、写真家、デザイナー、会計士、店員、印刷業者……。ほかの作家でこれほどまでにブルジョワ世界に焦点を絞り込んだ作家はいない。マンはどうか。しかしマンにおいては、ブルジョワと芸術家（トーマスとハンノ、リューベックとクレーガー、ツァイトブロームとレーヴァーキューン）の絶えざる相克がある。イプセンにはそれはあまりない。彼の創造した偉大な芸術家である『われら死者が目覚める時』（一八九九年）における彫刻家ルーベックは、「死ぬその日まで働きつづけ、素材を支配する主人であることを好む人物」であって、ほかの芸術家たちと同様に一人のブルジョワである。(1)

時に社会史家は、銀行家と写真家、あるいは造船業者と牧師が、実際のところ同じ階級に属しているのか疑問を投げかける。イプセンにおいては、間違いなく属している。あるいは少なくとも彼らは同じ空間を共有し、同じ言語を話す。ここにはイングランドの「中流」階級の偽装はいっさいない。イプセンでは、中間にあって、その上の階級の影を色濃く受けていて、世界の動向に無縁であるというような階級ではない。これがまさに支配階級なのであり、世界が現在の状態にあるのは、彼らがそのように作り上げたからなのである。これがイプセンが本書の終章である所以である。その戯曲は、彼の比喩を使わせてもらうならば、ブルジョワの世紀の見事な「収支決算」なのである。彼はブルジョワを正面から見据えて、次のような疑問を呈した唯一の作家であった。それで結局、君たちは世界に何をもたらしたのだ?

もちろん、あとでこの問いに戻ってくることにする。さしあたり言わせてもらいたいのは、これほど広大なブルジョワのフレスコ画である一方で——若干の召使いを除いて労働者がいないのが、なんとも奇妙だということである。連作の最初の戯曲となった『社会の柱』(一八七七年)は、この点において異なっている。冒頭で、労働組合指導者と造船所経営者のあいだに、安全か利益かどちらを優先するのかについての衝突がある。この主題はプロットの中心ではないけれども、終始消えることはなく、結末の行方に与っている。しかし『社会の柱』以後は、資本と労働のあいだの衝突はイプセンの世界から消滅する、一般的には、たとえここでは何も消滅しないのだとしても。『幽霊』(一八八一年)がおあつらえ向きのイプセン劇の題名であるのは、その登場人物の非常に多くが幽霊だからである。あるひとつの戯曲の脇役が別の戯曲の主役として戻ってくるのであり、そのまた逆のことが起こる。ある戯曲の結末では妻が家庭を去るが、次の戯曲では最後までとどまることになる……。イプセンが行なったのは二〇年にわたる実験のようなものだ。可変因子をあちこちで変えて、システム全体に生じることを観察するのである。しかし、この実験には労働者はいない——この時代、労働組合、社会主義政党、アナーキズムがヨーロッパ政治の表舞台を一変させてしまったのではあるが。

労働者がいないのは、イプセンが焦点を絞る闘争が、ブルジョワジーそれ自体の内部のものだからだ。四つの作品がこれをとくに明らかにしている。『社会の柱』、『野鴨』（一八八四年）、『棟梁ソルネス』（一八九二年）、『ヨーン・ガブリエル・ボルクマン』（一八九六年）。同一の前史をもつこの四つの戯曲では、二人の共同経営者にして（または）友人が凄まじい闘争を繰り広げ、その過程でどちらか一人が破産し、身体に不具を負う。ここではブルジョワ内部の競合が命がけの闘争であり、それは容易に苛烈なものとなる。だが、これは生命が懸かってはいるが正々堂々の勝負でないとしても、実際にはっきり非合法であることはあまりない。ただし数少ない場合においてそのようなこともあり、たとえば『人形の家』（一八七九年）の署名偽造、『民衆の敵』（一八八二年）の水質汚染、ボルクマンの金融操作のいくつかなど。しかし、通常は、イプセン戯曲での悪事は、その性格が不分明である融通無碍な灰色の領域において行なわれる。

この灰色の領域は、イプセンのブルジョワの生態に関するすばらしい直観であるので、それがどのようなものなのか、二、三の例を挙げておきたい。『社会の柱』では、盗難がベルニックの会社で起こったとの噂が生じる。彼は噂が間違っていると承知はしているが、それによって自分が破産から救われることにもまた気づいている。だから、その噂がある友人の評判を台無しにするものではあるけれども流布するままに任せる。のちに彼は合法とは明言できない手段で政治的影響力を用いて、それ自体合法とは明言できない投資を守る。『幽霊』ではマンデルス牧師が、アルヴィング夫人に彼女の孤児院に保険をかけないよう説得するのだが、「私もあなたも神の摂理への適切な信仰をもたない」(2)と世間で思われないようにということなのだ。神の摂理が何だったかといえば、孤児院は焼け落ちてしまう——たしかではないが、おそらくは放火のために——そしてすべてが失われる。『野鴨』の前史では、ヴェルレが共同経営者のために設えたと思われる（そうでないかもしれない）「罠」があり、『棟梁』の前史ではソルネスと彼の共同経営者とのあいだで不明瞭な問題がある。『棟梁』ではまた修理しなければならない煙突があるのだが修理されず、その家は焼け落ちてしまう——だが保険の担当者たちは火事の原因としてまったく違う理由を挙げるのだ……。

灰色の領域とは以上のようなものだ。緘黙、背信、中傷、無視、怠慢、まだらな真実……。私の知るかぎり、以上の行為すべてを覆う一般的な言葉はない。ブルジョワの価値観を解き明かす鍵としてキイワードにこれまで頼ってきたので、まずはかなり苛立たしい。しかしこの灰色の領域によって、言葉ではなく物事を手にしているのである。そして実際、物事は手にするものなのである。まったく新しい生の領域に進出することで——場合によっては、金融という並行世界の流儀に倣って、それを創造することで——ひとつの資本増加の手段とはなるが、その領域では法律が必然的に完備しておらず、行為が容易に曖昧になってしまう。数年前を（あるいは、ついでながら、今日を）考えてみればいい。銀行が非常識な危険資産比率をもっていることは違法だったろうか。違う。この言葉のあらゆる可能な意味に照らして「正しい」といえただろうか。これもまた違う。あるいはエンロンを考えてみればいい。破産にいたる数カ月間、ケネス・レイは自社株を大幅な高値で売抜けたのだが、それを自分で百も承知だった。刑事裁判において、政府は彼を有罪にできなかった。民事裁判ではそれができたのは、証拠の基準が低かったからである。[3] 同一の行為が、起訴になりまた不起訴になる。これはほとんど光と影が綾なすバロックであるが、典型例ではある。法律そのものが灰色の領域を認めているのだ。人が何かを行なうのは、それに対する明瞭な規範が存在しないからである。しかし正しいとは思われないので、説明可能であるかどうかの恐怖が、終わりなき隠蔽を触発する。灰色の上に灰色。糊塗の言葉で覆われた疑わしい行為。当初の「実体的な行為はいくぶん曖昧かもしれないが、妨害行為は明らかだろう」[4]と、数年前に検察官は述べた。最初の動きは永遠に未決定のままとどまるかもしれない。しかしそれ——イプセンの言葉では「嘘」となる——に続く事柄は明白なのだ。

当初の行為は曖昧かもしれない……。それがまさに、灰色の領域における物事の始まり方である。計画されていない機会がまったくそれ単独で生じる。失火、構想から突然外される共同経営者、出所不明の噂、意外な時と場所に現われる競争相手の紛失した書類。偶発事。しかしこれほど頻繁に発生し、これほど長期の効果をもたらす偶発事は、存在の隠された基礎になる。当初の出来事は通常は反復不可能であるけれども、嘘は、何年にも、場合によっては何十年にもわたり持続する。それは「生」になる。それがおそらくここにキイワードがない理由だ。ある種の銀行が大きすぎて潰せないのと同じく、灰色の領域はあまりにも広く浸透しているので、認定しがたいのだ。せいぜい隠喩の連鎖が——「金融化の霧」「不透明なデータ」「ダークプール取引」「影の銀行」——中身を実際に説明することなく、その灰色性を繰り返す。このように半ば目を閉ざしている理由は、この灰色の領域が、あまりにも陰惨な影を、世間を前にしたブルジョワジーの依って立つ価値に投げかけるという事実である。正直という価値だ。正直がこの階級にとっては、名誉が貴族階級にとってもっていたのと同等の意味をもつ。語源的に、'honesty' は 'honour' から派生しており——事実、女性の「貞操」(名誉と正直が同時に関わる)においてそれらのあいだには歴史上接合があり、これが一八世紀のブルジョワ劇においては中心にあった。正直であることによって、ブルジョワジーはほかの全階級とは異なるという意識をもちえた。商人の言葉であり、金、透明性(「自分の会計簿は誰に見せてもよい」)、徳義(マンの破産は「恥辱、不名誉で、死よりもひどいもの」)と同じくらいすばらしいものだった。マクロスキーによる六〇〇ページに及ぶ『ブルジョワの美徳』についての奔放華麗な大作でさえ——ブルジョワジーの本質として、勇気、節制、慎重、正義、信仰、希望、愛情などを挙げている——そこにおいてさえ、議論の中核では、正直を扱わなければならなかった。正直がこれぞブルジョワの美徳であるのは、それが資本主義に合致しているからとされている。市場取引は信用を必須とし、正直であればそれが得られるのであり、市場はそれに報いる。正直ならばやってゆける。「悪をなせば、うまく立ちゆかなくなる」——金銭を失う——「そして善をなせばうまくゆく」と、マクロスキーは結論づける。

悪をなせば、うまく立ちゆかなくなる……。これはイプセン戯曲が演じられる劇場のなかでも、その外でも正しくない。金融資本の「難解な仕組み」を記述する彼の同時代人であるドイツ人銀行家の言葉を引用する。

銀行業界は驚くべき、非常にゆるやかな道徳観に支配されていたし、現在もされている。善良な市民が良心をもっていたら受け容れられないある種の操作が……賢明であるとして、才気の証として是認されている。二つの道徳観の矛盾はまず解消しがたいと思われる。(5)

仕組み、操作、良心の欠如、ゆるやかな道徳観……灰色の領域だ。その内部には「二つの道徳観のあいだに解消しがたい矛盾」がある。ほとんどそのままヘーゲルの悲劇の定義を繰り返しているような言葉だ。そしてイプセンは劇作家である。これが彼を灰色の領域に引き込んだものなのか？　正直な市民と権謀術数に長けた金融家のあいだの闘争にひそむ演劇性が？

二　「指示と指示が折り合わない」

幕が上がると、そこに現われる世界は揺るぎない。部屋には肘掛け椅子、書棚、ピアノ、ソファ、机、ストーヴがひしめいている。人びとの動作は静かで折り目正しく、語る声は低い……。揺るぎない。その旧来のブルジョワが重視する価値の重みで縛りつけようとする運命の女神は、車輪と波頭の上に危なっかしく立ち、目隠しされて、衣裳は風になびいている……。イプセンの時代に建てられた銀行を見るがいい。円柱、壺、露台、地球儀、彫像。重厚だ。劇が展開すると、安心安全な事柄はない。虚ろに響かない言葉はない。人びとは恐れおののく。病んでいる。死んでいる。これがヨーロッパの資本主義の最初の全般的危機である。一八七三年から九六年にかけての長期不況の時期に、イプセンの一二の戯曲がほぼ毎年、陸続と現われた。

この危機がブルジョワの世紀の犠牲者たちを明るみに出す。「挫折者」、これが『社会の柱』の一年後、『マストロ・ドン・ジェズアルド』が第二巻（結果的には最終巻となった）である小説連作の計画にヴェルガが冠した名称である。『人形の家』のクロッグスタット。『野鴨』の老エクダルとその息子。『ソルネス』のブローヴィクとその息子。『ヨーン・ガブリエル・ボルクマン』のフォルダルとその娘、くわえてボルクマンとその息子。エクダルと息子、ブローヴィクと息子……。この自然主義の四半世紀において、敗北はひとつの世代から次の世代へと梅毒のように伝染する。そしてイプセンの挫折者に関して、何ら報いはない。彼らはたしかに資本主義の犠牲者であるが、その抑圧者とまさに同じ素材でできているブルジョワの犠牲者なのだ。ひとたび闘争が終われば、敗者は彼を打ち負かした者に雇われ、食客、客員、顧問、幇間の役割をそれぞれ備えたグロテスクな道化になる……。「そのなかにいる誰もが間違っているこの小さな箱に自分も入らなければならないなんて」と、ある学生がかつて『野鴨』について評した。彼女は正しい、それは息が詰まるのだ。

いや、正直なブルジョワとペテン師のブルジョワのあいだの解消しがたい矛盾が、イプセンの強調点ではない。多くの劇の前史において、誰かが詐欺師であり、その敵は正直というよりも多くの場合は愚かである――いずれにせよ、後者はもはや正直でも敵対者でもない。善良な市民と腐敗した金融業者の唯一の闘争は、『民衆の敵』にみられる。イプセンの唯一の凡庸な劇だ（ゆえにヴィクトリア時代人は好んだ）。しかし概して、ブルジョワジーからその曖昧な側面を「一掃すること」は、イプセンの企図にない。それはショーのものだ。『ウォレン夫人の職業』でヴィヴィー・ウォレンは、母親、恋人、金銭、ありとあらゆるものから離れて――最後のト書きが示すように――「猛然と仕事にとりかかる」。『人形の家』で同じことをするノラは夜の闇の中へと歩み去るのだが、彼女を待っているのは素敵なホワイトカラーの仕事ではない。

イプセンを灰色の領域に引き込んだもの……。それは善良なブルジョワジーと悪辣なブルジョワジーの衝突ではない。犠牲者に関心がなかったのはたしかだ。では勝者の方か、おそらくは。『野鴨』の老ヴェルレを取り上げてみる。彼は『ハムレット』のクローディアス、あるいは『ドン・カルロ』のフィリッポと同一の構造的位置を占めている。彼は劇の主人公ではないが（それは息子のグレーゲルスである――ハムレットやカルロと同じように）、間違いなく最大の権力をもっている人間だ。彼は舞台上の女性をことごとく支配し、民衆の黙認を、愛情さえをも手に入れる。これをすべて軽々と目立たないように行なうのだ。しかしその過去には後ろ暗いことがある。はるか昔に「いい加減な調査」(6)の後で、その共同経営者エクダルが「国有地での不法な森林伐採」(7)を行なった。エクダルは破滅する。ヴェルレは生き延び、やがて羽振りがよくなる。いつもどおり、当初の行為は曖昧だ。森林伐採は本当に「いい加減な調査」の結果なのか。詐略だったのではないか。エクダルは単独で行動したのか。グレーゲルがほのめかすように、ヴェルレは知っていたのではないか――エクダルを「罠にはめ」(8)さえしたのではないか。劇は何も語らない。「しかしエクダルが有罪、自分が免罪になったという事実が残っている」(9)と、ヴェルレは言う。はい、と息子は答える、「証拠がないとは承知していますす」。そしてヴェルレの言葉、「免罪は免罪だ」。

「ラシーヌはラシーヌだ」というロラン・バルトによる同語反復の傲慢についての「神話作用」が

ある。この比喩形象が「思考に抵抗する」のは、「犬をつないでいる紐を引っ張る飼い主」のようだと彼は書く。紐を引っ張るというのはまさにヴェルレの遣り口であるが、それはここでは重要ではない。免罪は免罪だというのは、つまり以下のようなことになる。適法行為というのが裁判の結果であり、適法性はグレーゲルが求める倫理上の正義ではない。それは形式的観念であり、実体的観念ではない。ヴェルレはこの二つの領域のあいだの不整合を受け容れるのであり、イプセンもまたそうだ。すでにみたように、彼の戯曲の大半において不道徳性と適法性の混在が、ブルジョワの成功の前提条件である。ほかの作家たちは多様な反応を見せている。ブルジョワ英国の傑作を取り上げよう。『ミドルマーチ』で、銀行家バルストロウドはある母と子どもからその遺産を騙しとる。灰色の領域にいる銀行家――そして、実際、敬虔なキリスト教徒銀行家なのだ。ブルジョワの曖昧さの勝利をいっそう引き立たせるエリオットの自由間接話法の使用は、バルストロウドを批判する立場を見いだすことをほとんど不可能にしている。

> 地獄に堕ちた者から儲けた金――とはいえ、それと区別して、どこから先が人間どうしの取引から儲けた金と言えるのか？　神がその選民をお救いになるときだって、同じようなものではなかろうか？　……誰が財力や地位を彼が意図したほど善用するだろうか？　誰が彼ほど自己を嫌悪し、神の大義を崇拝しただろうか？(10)

曖昧さの勝利――エリオットはここで止まることもできただろう。しかし彼女にそれはできなかった。小悪党ラッフルズがこの昔の話を聞きつけるのであり、偶然の出来事が積み重なり、この「過去の亡霊[11]」が、エリオットの見事なイプセン的配置において、バルストロウドとその当の子どもの居場所を突き止める。強請《ゆす》りのためにバルストロウドの家を訪れたラッフルズは病のため卒倒する。バルストロウドは医者を呼び、その指示を仰ぎ、それに従う。しかし後に女中頭にそれを守らないようにさせる。彼はそれを指示したのではない。彼はそれが起こるのに任せただけだ――そしてラッフルズは死ぬ。「バルストロウドがこの男の魂の旅立ちを早める何かをしたと証明することは不可能だった[12]」と、語り手は述べる。証明することは不可能。「証拠はない」。しかし証拠は必要ない。バルストロウドが故殺を黙諾していることを私たちは知ってしまっている。灰色は黒に、背信になり、流血を強いられた。「強いられた」というのは、エリオットのような因果関係を深く知的に尊重している人物がこれを実際に書いたとは信じがたいほどありえない物語の凝集力であるからだ。

しかし彼女はたしかにこれを書いた。偉大な小説家が自分の原則にこれほど公然と反している場合、たいていは何か重要なことが問題になっている。たぶん、次のようなことだ。適法性の外套によって護られた不正という把握は――若い頃の行為によって罪を犯しながら、富を蓄え、無傷のままでいるバルストロウド――エリオットにとってあまりにも陰惨な社会観であった。だが留意しておきたいのは、これが資本主義のあり方なのである。収奪と征服が、「改良」と「文明」（金銭と地位をこれ以上うまく誰が用いることができようか……）に書き換えられる。過去の力は現在の権利になる。しかしヴィクトリア時代の文化は――その最高の達成においてさえ（ウルフが『ミドルマーチ』について述べた言葉を借りれば、「大人のために書かれた数少ない英語の書物のひとつ」）――完全な適法行為としての不正に支配されている世界観を受け容れることはできない。この矛盾は耐えがたい。適法は正当、不正は犯罪でなければならない。形式と実体は再編されなければならない。資本主義がつねに道徳的に善でありえないのならば、それは少なくともつねに道徳的に判読可能でなければならない。

イプセンにはこれは当てはまらない。『社会の柱』でその方向への傾斜が認められるのは、バルストロウドが女中頭に対して行なったように、ベルニックが、沈没することがわかっている船に彼の「過去の亡霊」を乗船するのに任せるときである。しかしそこでイプセンは結末を変えて、そのようなことを二度と行なわない。彼は、ブルジョワの曖昧さを無理に解決しようとはせずに見つめることができるのである。「指示と指示が折り合わない」とは『海の夫人』(一八八八年)にある言葉だ。道徳上の指示ではあることが伝えられても、法律上の指示では別のことが伝えられる。

指示と指示が折り合わない。しかしイプセンの犠牲者とその抑圧者とのあいだに真の対立があるのではなく、この「折り合わない」という語は、通常の演劇的意味における対立を示すものではない。それは逆説により近い。「合法な」と「不正」、「不公平な」と「適法性」。修飾語は名詞と軋み合う、黒板に押当てたチョークのように。大いに不快ではあるが、行動はない。イプセンを灰色の領域に引き寄せたのは何だったのかという問いを呈しておいたが……それはこれだったのではないか。それはこの上ない明晰さでブルジョワの生活にひそむ解消不可能な不協和音を暴き出す。不協和音であって、闘争ではない。耳障りで、落ち着きがない——ヘッダとそのピストル——それはまさにほかに仕様がないからだ。不協和音についての名理論家によれば、『野鴨』はブルジョワ道徳の矛盾を解決するのではなく、その解消しがたい本質を明示する。[13] これがイプセンの閉所恐怖の由来である。そのなかにいる誰もが間違っている箱。イプセンの非常な賛美者であった初期ジョイスの比喩を借りるならば、麻痺である。ボードレール、フローベール、マネ、マシャード、マーラーといった一八四八年以後の秩序への断固たる敵対者と同じ牢獄である。彼らすべてが行なったのは、ブルジョワの生活への批判である。彼らすべてが見ていたのは、ブルジョワの生活である。「偽善者たる読者――わが同類――わが兄弟！」（ボードレール『悪の華』「読者に」）

三　ブルジョワの散文、資本主義の詩

これまでイプセンの登場人物が戯曲において「行なっている」ことについて語ってきた。ここで彼らの話し方、とりわけ彼らがどのような隠喩を用いているかについてに話を転じてみよう（結局、連作初めの五作の題名――『社会の柱』『人形の家』『幽霊』『民衆の敵』『野鴨』――これらはことごとく隠喩なのだ）。『社会の柱』を取り上げる。柱、それはベルニックとその仲間たちである。搾取者を隠喩は慈善活動家に転化するのだが、これはイデオロギーに典型的である意味の反転だ。そこで第二の意味が現われる。柱とは、ベルニックを過去において破産から救い、いまふたたび自らの投資を守るのに必要としている（見せかけの）「道徳的信頼性」(14)である。そしてこの戯曲の最後の数行において、二つのさらなる変容が生じる。「私が学んだもうひとつのことは、社会の柱とは君たち女性なんだとね」とベルニックは語る。そしてローナの言葉。「違います――真実の精神と自由の精神――それこそが社会の柱です(15)」。

一つの言葉で四つの異なる意味。ここでの隠喩は柔軟である。既存の意味の堆積があって、それを登場人物は自分たちの多様な目的に都合のいいように撓めるのである。別の場所では、死ぬことを拒む世界のより恐るべき兆候がある。

でも考えてみれば、私たちはみんな幽霊なのよ、牧師さん。私たちのなかにたえず戻ってくるのは、父や母から受け継いだものだけじゃなくて、古い死んだはずの考えや信仰とかいうもの。この胸のなかで、息をしているのではないのに、やっぱり潜んでいてどうしても追い払うことができないもの。新聞を読んでいても、行と行のあいだに幽霊が潜んでいるような気がする。国中に幽霊がひしめきあっている……(16)

幽霊たちが取り憑いて、私たちは追い払うことができない。イプセンの登場人物の一人がそれを振り払おうとする。

私たちの家庭はお遊戯場のようでした。私が実家でパパの子ども人形だったのと同じように、私はあなたの奥さん人形でした。そして子どもたちは私の人形。あなたが私と遊んでくれてうれしかったのは、私が子どもたちと遊んでうれしいと思ってくれるのと同じ。それが私たちの結婚です、トルヴァルド(17)。

お遊戯場のようだった。これはノラにとっては啓示である。この隠喩を真に忘れがたいものにしているのは、それが完全に異なるスタイルへの引き金になっている点である。ノラはタランテラの衣裳から普段着に着替えて口を開く。「私たちがお互いに真剣に話をするのが初めてだっていうこと、気づきません？」[18] 真剣、ここでいかにもブルジョワらしい言葉だ。この苦々しい場面は陰鬱であるのと同じほど真剣であるが、また沈着、本気、精確でもある。真剣なノラは「義務」「信頼」「幸福」「結婚」といった倫理的な言葉遣いの偶像を手に取って、それらを現実の行為と引き比べて測定している。「世界でもっとも驚異的なこと」（あるいは「最大の奇蹟」とも翻訳可能）という、ひとつの隠喩が現実となるのを何年もかけて彼女は待っていたのだ。いまや夫という人間のかたちをとった世界は、彼女を「現実的」[19]であるように変えた。「私たち解約することにしましょう、トルヴァルド」、何を言っているのだ、と彼は反応する。お前の言うことはわからない。それは何だ、何を意味するのだ、とんでもないことだ……もちろん彼が彼女の言うことを理解していないのではない。彼にとって言語はこれほど……真剣であってはならない。それは散文であるべきではないのだ。

ここまできて、本書の読者は、散文が唯一の真の主人公だと了解する。それは初めから狙っていたものではなく、ブルジョワ文化の達成を正当に評価しようとしたらそうなってしまったというしかない。広義のこれぞブルジョワ様式という散文。世間を単に表象するのではなく、そのなかにいるという様態。何よりも分析としての散文。ヘーゲルの「明確達意」、あるいはウェーバーの「明晰」。霊感——この神々からの当てにならない賜物——ではなく、労働としての散文。一生懸命、試行錯誤（「そうね、トルヴァルド、言うのは簡単ではありませんけれど」）、決して完璧ではない。そして合理的問題提起としての散文。ノラの感情は、思想によって強化される。それがイプセンの自由の思想だ。隠喩のまやかしを理解しつつそれから離れる様式。男を理解しつつその男から離れる女。

『人形の家』の結末でのノラによる虚言の拒絶は、ブルジョワ文化を代表する輝かしいページである。啓蒙についてのカントの言葉、自由についてのミルの言葉に匹敵する。これほど重要であるのだから、その機会は持続するべくもなかった。『野鴨』以降、隠喩は多様化し――これがいわゆる後期イプセンの「象徴主義」である――前期の散文が想像も及ばないものになる。そしてこの時期、隠喩は過去の「空理」でも経験の浅い若い女性の幻想でもなく、ブルジョワ活動そのものの創造物となる。ベルニックとボルクマン――共に金融業者であるが、一人は連作の冒頭、もうひとつは掉尾に登場する――から二つの類似する文章が、私の言わんとすることを説明するだろう。以下はベルニックが、鉄道が経済に何をもたらすのかを述べる箇所。

鉄道が町全体をどれだけ上向きにするのか考えてみなさい。広大な森林が切り開かれることだけでも考えてみなさい。鉱山には豊かな鉱脈だ。そして川には、滝また滝。産業の発達が産み出す可能性は天井知らずだ。[20]

ベルニックはここで興奮している。短く、絶叫調で「考えてみなさい」を連発する文で読者の想像力を掻き立てようとする一方で、複数形（「鉱脈」「滝」「可能性」）が眼前にある結果を増殖させる。これは熱烈な文章だが、根本においては描写的である。以下はボルクマン。

あの向こうの山なみが見えるか……あれが、おれの広大無辺の王国だよ！　その風がおれには生命の息吹だ。地下に埋れている精霊から、おれに送られてくる挨拶の言葉だ。囚われの身の巨万の富、おれにはそれがわかる。曲った、枝葉のように分かれ、誘いの眼差しでおれに腕をさしのべている鉄の鉱脈。おれはそれを感じる。あの晩おれには生命を吹き込まれた影法師に見えた——明りを手にして銀行の地下室に立ったとき。あのとき、おまえたちは自由にしてくれとおれに叫んでいた。おれはそうしてやろうと思った。だが力が及ばなかった。財宝はまたもや底深く沈んでしまった。(手を広げて) しかしおれは、この夜のしじまのなかで、おまえたちに囁く。おれはおまえたちを愛している、闇の底深く、死んだように横たわっているおまえたち! おれはおまえたちを愛している、生誕を願っている財宝よ——力と栄光の輝く後光に包まれて。おれは愛している、愛している、おまえたちを![21]

ベルニックでは森林、鉱山、滝の世界であったが、ボルクマンでは、精霊と影と愛の世界。資本主義が非物質化される。「鉱脈」が王国、息吹、生命、死、後光、生誕、栄光……になった。散文が比喩形象に圧倒されている。地下に埋れている精霊からの挨拶、腕をさしのべている鉄の鉱脈、財宝はまたもや底深く沈んでしまった、生誕を願っている財宝……。この場面が連作全体において最長の隠喩の羅列であるが、ここで隠喩はもはや世界を解釈しない。世界を抹消し、次いでそれを造り直す、棟梁ソルネスに道を照らし出す夜の焰のように。創造的破壊。灰色の領域が魅惑を帯びる。ゾンバルトが記すように「企業家に典型的であるのは、黄金の土地の魅惑的な絵図を聴衆の眼前に喚起する詩人の才能——隠喩を駆使する才能——である。……彼自身が全身全霊を賭けて、自らの企図が成功した暁の夢を夢見るのだ[22]」。

夢を夢見る……。夢とは嘘ではない。しかしまた真実でもない。「投機」＝「思惑」（speculation）は「憶測というその元来の哲学的意味を何ほどか保持している。すなわち確固とした事実の基盤なく省察または理論化すること」[23]と、ある歴史家が書いている。ボルクマンは、南海会社（近代資本主義最初のバブルを惹き起こした）の経営者に典型的であったのと同じ「預言者の文体」で語っている[24]。死にゆくファウストの華麗な――盲目的な――幻像。「黄金時代は人類にとって昔にあったのではなく、前方で待っている」という信念を、ガーシェンクロンは経済の離陸に際して必要である「強力な薬」とみなしていた。

フョルドを走る大きな蒸気船の煙が見えるか？　いいえ？　おれには見える――入るのも出ていくのも……聞こえるだろう、川のほとりから響いてくる音！　工場が動いている！　おれの工場だ！　おれが作りたいと願っていたものだ！　ほら、あれが聞こえるか。夜勤だよ。昼も夜も働いている[25]。

幻視、独善、破壊。それも自己破壊。これがイプセンの企業家である。ボルクマンが金を取って愛を断念するのは、『ニーベルングの指環』のアルベリヒと似ている。ボルクマンは収監され、さらに八年間、自宅で蟄居生活を送る。そして夢想の狂喜に包まれて、雪中に出て命を落とす。この企業家は倨傲をふたたび世間に持ち出す――そして悲劇が訪れる、これが後期イプセンにとって彼が重要である理由だ。彼は近代の暴君なのである。一六二〇年であったならば、『ヨーン・ガブリエル・ボルクマン』は『銀行家の悲劇』という題名であっただろう。ソルネスのめまいは事態の完璧な兆候である。身体は、王国の創立者に求められる死とすれすれの剛胆から我が身を守るべくあがく。しかし精神はあまりにも強い。彼は自分で建てたばかりの塔の上に自らの意思で登って、神に問いかける――「神様、聞こえますか……これからあまねくこの世のなかで飛び抜けて美しいものだけを建てますよ」[26]――、そして眼下の群衆に手を振り……落下する。この凄まじい自己犠牲の行為は、私の最後の問いへの正当な導入となる。それでは、ヨーロッパのブルジョワジーに対するイプセンの判決はどのようなものなのか。この階級は世界に何をもたらしたのか。

その解答は、一八八〇年代と九〇年代を超えた長い歴史の円弧にある。この円弧の中心にあるのは、一九世紀の大きな産業の変容である。それ以前は、ブルジョワが望むものは、フリードリヒ二世への有名な返答にあるように、自由にさせてくれということに尽きた。あるいはせいぜい存在が認められ、受け容れられさえすればそれでよかった。ブルジョワはいずれにせよ、野望においてあまりにも慎ましく、またあまりにも視野が狭かった。ロビンソン・クルーソーの父親やヴィルヘルム・マイスターの父親がそうである。その願望は「快適」であり、このほとんど医療的観念は、労働と休息の中間に位置していた。快楽は単に居心地のよさであった。運命の女神フォルトゥーナの気まぐれに対する終わりなき闘争にとらわれていたこの初期のブルジョワは、端然として、丹念で、初代ブッデンブロークの「事実に対するほとんど宗教的な信仰」を奉じていた。細部の人である。資本主義の歴史という散文である。

これまで考えられてきたよりもよほどゆるやかな産業化の後に――年代的には、イプセンの全作品がアーノ・メイヤーの「旧体制の持続」のなかに収まる――ブルジョワジーが主要階級となる。そしてそれは莫大な産業の手段を意のままにできる階級である。現実主義的なブルジョワは、創造的破壊者から排除される。分析的散文は、世界を変容させる隠喩から排除される。演劇が小説よりもこの新しい地平をよく捉えているのは、時間軸が、過去の淡々とした記録――『ロビンソン・クルーソー』と『ヴィルヘルム・マイスターの修業時代』の複式簿記――から劇的対話に典型的である未来の大胆な形成へと移行するからである。『ファウスト』において、『指環』において、後期イプセンにおいて、登場人物は「投機」を行なって、はるか遠くの来るべき時間へと眼差しを向ける。細部は想像力によって、現実的なものは、可能であるものによって矮小化される。これが資本主義の発展という詩である。

可能であるものの詩……。偉大なブルジョワの美徳は「正直」である、と私はすでに述べた。しかし正直とは回顧的である。過去において、間違ったことを何もしていなければ正直である。未来形――これは企業家の時制である――において正直であることはできない。石油価格あるいはそれに類する何かについて、今後五年間の「正直な」予想などありえない。たとえ正直であることを望んだとしてもそれができないのは、正直が揺るぎない事実を必要としているからであり、これこそが「投機」――そのもっとも中立的な意味においてさえ――が欠いているものだ。たとえばエンロンの物語において、大ペテンへの決定的な一歩は、いわゆる時価評価会計の採用である。すなわち、まだ未来(時に何年後もの未来)にある現存する所得を記載すること。証券取引委員会がこの未来の資産価値への「投機」を公式に認定した日、ジェフ・スキリングは職場にシャンパンを持ち込んだ。古典的な定義によって規定されるような「専門的懐疑」としての会計は――そしてこれはリアリズムの詩学のような響きが多分にある――これで終わったのだ。いまや、会計は幻像となった。「それは仕事ではなかった——使命だったのだ。……神の御業をこなしていたのだ」[27]。そう言ったのは、起訴された後のスキリングである。ボルクマン、すなわち推測、欲望、夢、幻覚と、単純な詐欺のあいだの区別がもはやつけられないこの主人公の言葉でもおかしくない。

ブルジョワジーは世界に何をもたらしてきたのか。極度の合理と極度の非合理のこの異常な分裂が社会を支配する。二つの理念型——ひとつは産業化以前、もうひとつはそれ以後——については、ウェーバーとシュンペーターによって記憶にとどめられた。資本主義の到来が遅れて、それがほぼ障害に出会わなかった国の出身であるイプセンは、数世紀にわたる歴史を僅々二〇年に圧縮するという機会——彼の才能といってもいい——をもった。現実主義的なブルジョワが初期の戯曲には登場する。ローナ、ノラ、そして『幽霊』のレジーナを挙げてもよい。女性としてのリアリスト。この当時にしては、異様な選択である（『闇の奥』には、「それにしても女というものが、いっさい真実を見ようとしないのも、妙なものだ」とある）。ミルの『女性の従属』の精神に照らしても、これは過激な選択だ。しかしまたブルジョワ「リアリズム」の視野に関して深刻な不信があった。核家族とその嘘の溶媒としてこの親密な圏域内では想像可能だが、社会全体には通用しない。『人形の家』の結末のノラの散文には、ウルストンクラフト、フラー、マーティノーの著作の反響が認められる[28]。しかし彼女たちの議論は、いまや居間（イングリッド・バーグマンの有名な舞台では、寝室）に封じ込められている。何たる逆説、ヨーロッパの公共圏を震撼させる演劇が、公共圏を実際には信じていないとは。そしていったん創造的破壊が出現すると、ボルクマンやソルネスの破壊的隠喩に対抗するノラは残っていなかった。対極のヒルダが「私の棟梁[29]」を自殺の幻覚へと誘惑する。リアリズムが不可欠なものになるほどに、リアリズムは思考不可能なものになる。

善良な市民と節操のない金融業者のあいだの「解消しがたい矛盾」を身に帯びていた、ドイツの銀行家を思い出そう。イプセンも、もちろんその二者間の落差を熟知していた。そして劇作家であった彼は、自分の作品を基礎づけるための客観的な衝突を求めたのである。このブルジョワ内部での矛盾を使わない手はないではないか。いかにもそれは、たいへん理にかなっていたことだっただろう。ただしそれはイプセンにとって、ショーであることであって、イプセンであることではなかった。しかし彼が実際行なったように行なったのは、この二つのブルジョワ像の落差はおそらく「解消しがたい」のかもしれないが、実際は矛盾ではないからだ。創造的破壊者に耐え抜き、その意志を撥ねのける力を、善良な市民は決して有することはない。資本主義の誇大妄想を前にしたブルジョワのリアリズムの無能力を認識すること。ここに今日の世界にも通用するイプセンの滅びない教訓がある。

原　註

序　章　いくつもの捉え方、いくつもの矛盾

（1） Max Weber, 'Der Nationalstaat und die Volkswirtschaftspolitik', in *Gesammelte politische Schriften*, Tübingen 1971, p. 20.

（2） Immanuel Wallerstein, 'The Bourgeois(ie) as Concept and Reality', *New Left Review* I/167 (January-February 1988), p. 98.

（3） Ellen Meiksins Wood, *The Pristine Culture of Capitalism: A Historical Essay on Old Regimes and Modern States*, London 1992, p. 3. 1番目の文章は、Ellen Meiksins Wood, *The Origin of Capitalism: A Longer View*, London 2002 (1999), p. 63 より。

（4） Max Weber, *The Protestant Ethic and the Spirit of Capitalism*, New York 1958 (1905), p. 24 (強調は引用者).

（5） Eric Hobsbawm, *The Age of Empire: 1875–1914*, New York 1989 (1987), p. 177.

（6） Perry Anderson, 'The Notion of Bourgeois Revolution' (1976), in *English Questions*, London 1992, p. 122.

（7） Jürgen Kocka, 'Middle Class and Authoritarian State: Toward a History of the German *Bürgertum* in the Nineteenth Century', in *Industrial Culture and Bourgeois Society: Business, Labor, and Bureaucracy in Modern Germany*, New York/Oxford 1999, p. 193.

（8） Hobsbawm, *Age of Empire*, p. 172.

（9） Peter Gay, *The Bourgeois Experience: Victoria to Freud. V. Pleasure Wars*, New York 1999（1998）, pp. 237–8.

（10） Peter Gay, *Schnitzler's Century: The Making of Middle-Class Culture 1815–1914*, New York 2002, p. 5.

（11） Peter Gay, *The Bourgeois Experience: Victoria to Freud. I. Education of the Senses*, Oxford 1984, p. 26.

（12） Ibid., pp. 45ff.

（13） Aby Warburg, 'The Art of Portraiture and the Florentine Bourgeoisie'（1902）, in *The Renewal of Pagan Antiquity*, Los Angeles 1999, pp. 190–1, 218. 同様の対立物の結合が、'Flemish Art and the Florentine Early Renaissance'（1902）, in ibid. における寄贈者肖像についてのヴァールブルクの文章に現われる。「両手は、天の加護を祈る忘我の身振りを示している。しかし視線は、夢想状態なのか警戒状態なのか、離れた地上の方を向いている」（p. 297）。

（14） Simon Schama, *The Embarrassment of Riches*, California 1988, pp. 338, 371.

（15） Bernard Groethuysen, *Origines de l'esprit bourgeois en France. I: L'Eglise et la Bourgeoisie*, Paris 1927, p. vii.

（16） Reinhart Koselleck, '*Begriffgeschichte* and Social History', in *Futures Past: On the Semantics of Historical Time*, New York 2004（1979）, p. 86.

（17） Wallerstein, 'Bourgeois(ie) as Concept and Reality', pp. 91–2. ウォーラーステインの二重の否定の背後にはさらに遠く離れた過去があり、それは『インド＝ヨーロッパ諸制度語彙集』の「無名の職業、商業」の章においてエミール・バンヴェニストによって明らかにされている。簡単にいえば、バンヴェニストの説は次のようなものだ。商業――「ブルジョワ」活動の初期形態のひとつ――は、「少なくとも始まりにおいては、伝統的な聖なる活動のいずれにも対応しない職業であり」、結果的には、それが定義されるのは、ギリシャ語の 'askholia'、ラテン語の 'negotium'（nec-otium、すなわち「閑暇の否定」である）のような否定的な語か、ギリシャ語の 'pragma'、フランス語の 'affaires'（'à faire' という表現を名詞化したものにすぎない）、英語の形容詞 'busy'（ここから抽象名詞 'business' が生じた）のような包括的な語によってのみである。Émile Benveniste, *Indo-European Language and Society*, Miami 1973（1969）, p. 118 を参照。

(18) 一七〇〇年前後の「市民」から、一八〇〇年前後の「国民」を経て、一九〇〇年前後の非プロレタリアートとしての「ブルジョワ」へ、というドイツ語の'Bürger'の辿った軌跡の印象がとりわけ強い。Koselleck, '*Begriffgeschichte* and Social History', p. 82を参照。

(19) Kocka, 'Middle Class and Authoritarian State', pp. 194-5.

(20) James Mill, *An Essay on Government*, ed. Ernest Baker, Cambridge 1937 (1824), p. 73.

(21) Richard Parkinson, *On the Present Condition of the Labouring Poor in Manchester; with Hints for Improving It*, London/Manchester 1841, p. 12.

(22) Mill, *Essay on Government*, p. 73.

(23) Henry Brougham, *Opinions of Lord Brougham on Politics, Theology, Law, Science, Education, Literature, &c. &c.: As Exhibited in His Parliamentary and Legal Speeches, and Miscellaneous Writings*, London 1837, pp. 314-15.

(24) 「一八三〇から三二年の状況において喫緊であったのは、中流階級と労働者階級のあいだの垣根を取り払うことで成立する急進的な提携関係を打ち破ることであると、ホイッグ党の大臣たちは考えていた」と、F・M・L・トムスンは書いている(F. M. L. Thompson, *The Rise of Respectable Society: A Social History of Victorian Britain 1830–1900*, Harvard 1988, p. 16)。中流階級の下に設けられたこの垣根は、中流階級の上との提携関係によって造りあげられたものである。「中流階級を社会のさらに高い階層と結び合わせることが大事だ」とグレイ卿は述べている。一方でドロー・ワーマン——中流階級についての長きにわたった議論を類いまれな明晰さで再構築した——の指摘によれば、ブルームの有名な賛辞もまた「非妥協よりも政治的責任、人民の権利よりも王室への忠誠、自由の侵害に反対するよりも革命に備える防波堤としての価値」を強調していた(Dror Wahrman, *Imagining the Middle Class: The Political Representation of Class in Britain, c. 1780–1840*, Cambridge 1995, pp. 308–9)。

(25) Perry Anderson, 'The Figures of Descent' (1987), in *English Questions*, London 1992, p. 145.

(26) Georg Lukács, *The Theory of the Novel*, Cambridge, MA, 1974 (1914–15), p. 62.

(27) 社会的な矛盾に対する構造化された反応としての美学的形式。文学史と社会史のあいだのこの関係を前提とすれば、拙論「真剣な世紀」(Franco Moretti, 'Serious Century', in Franco Moretti, ed., *The Novel, vol. I: History, Geography, and Culture*, Princeton, NJ, 2006) は、もともとは文学論集のために書かれたものだが、本書にそれほど無理なく溶け込むと判断した(結局、その仮題は長いこと「ブルジョワの真剣さについて」だったのだ)。しかしこの論文を再読してみてただちに気づいたのは(ここで「気づいた」という言葉には、理性を越えたところで、否応なく、という意味がある)、その元版の多くを削除し、その残りも再調整しなければならないということだった。編集作業が済んで認識したのは、その作業の多くがブルジョワの真剣さの形式が成立した幅広い形態空間の概略を示した三つの項——元版ではすべて「岐路」と題されていた——に集中していたということであった。いいかえれば、削除の必要を感じた部分は、歴史的に可能であった形態上の変種の広がりである。残った部分は、一九世紀の選別の過程の結果である。ブルジョワ文化についての書物において、これは妥当な選択であるように思われる。しかしそれは、「文学」の歴史としての文学史——そこでは形式に関わる選択の複数性、もっと言えば分散性が全体の構図の要をなす——と「社会」の歴史(の一部としての)文学史との差異を浮き彫りにする。後者の方で問題となるのは、特定の形式とその社会的機能のあいだの関係である。

(28) フランスのブルジョワジーについての書物から、近年の例をひとつ。「私がここで提起するのは、社会集団の存在が、物質世界に根ざしていると同時に、言語によって、より特定すれば、物語によって形成されているということである。ある集団が社会と政治体制において参加者としての役割を主張するためには、その集団に関する物語を一つ、ないしは複数もたなければならない」。Sarah Maza, *The Myth of the French Bourgeoisie: An Essay on the Social Imaginary, 1750–1850*, Cambridge, MA, 2003, p. 6.

(29) シュンペーターは「資本主義をその効率と合理性のゆえではなく、その動的性格のゆえに称賛した。……彼はイノヴェーションの創造に関わる予測不可能な表面を撫でるのではなく、それを自らの理論の要石とした。イノヴェーションは本質において不均衡な現象である——暗闇への跳躍だ」。Jon Elster, *Explaining Technical Change: A Case Study in the Philosophy of Science*, Cambridge 1983, pp. 11, 112.

(30) 物語に対する同様のブルジョワの抵抗が現われるのは、リチャード・ヘルガーソンのオランダ黄金時代のリアリズムに関する研究においてである。その視覚文化において、「女性、子ども、召使い、農夫、職人、介入する男性求婚者が『行動する』」一方で、「上流階級の男性の家主は……ただ『存在する』」、そしてその選択の形式を肖像画という非物語のジャンルに見いだす傾向にある。Richard Helgerson, 'Soldiers and Enigmatic Girls: The Politics of Dutch Domestic Realism, 1650–1672', *Representations* 58（1997）, p. 55 を参照。

（31） Joseph A. Schumpeter, *Capitalism, Socialism and Democracy*, New York 1975（1942）, pp. 137, 128. 同じ系統では、ウェーバーが「われわれの英雄主義の最後のもの」というクロムウェルの時代についてのカーライルの定義を喚起している（Weber, *Protestant Ethic*, p. 37）。

（32） 冒険好きの心性と資本主義の精神の関係については、Michael Nerlich, *The Ideology of Adventure: Studies in Modern Consciousness, 1100–1750*, Minnesota 1987（1977）および次章の初めの二つの項も参照。

（33） Elizabeth Gaskell, *North and South*, New York/London 2005（1855）, p. 60.

（34） Karl Marx, *Capital*, vol. I, Harmondsworth 1990（1867）, pp. 739, 742.

（35） マンとブルジョワジーについては、ルカーチの数多くの論考に加えて、Alberto Asor Rosa, 'Thomas Mann o dell'ambiguità borghese', *Contropiano* 2（1968）and 3（1968）を参照。ブルジョワについての本書の発想が最初に頭をよぎった瞬間があるとするならば、四〇年以上前にアゾールの諸論考を読んだ際である。次いで本書への真剣な取り組みが始まったのは、一九九九年から二〇〇〇年にかけて、ベルリン高等研究所での一年間においてである。

（36） Koselleck, '*Begriffgeschichte* and Social History', p. 86.

（37） Ibid., p. 78.

（38） Groethuysen, *Origines I*, p. xi.

（39） Émile Benveniste, 'Remarks on the Function of Language in Freudian Theory', in *Problems in General Linguistics*, Oxford, OH, 1971（1966）, p. 71（強調は引用者）.

（40） Lewis Carroll, *Through the Looking-Glass, and What Alice Found There*, Harmondsworth 1998（1872）, p. 186.

（41） John H. Davis, *The Guggenheims, 1848–1988: An American Epic*, New York 1988, p. 221.

（42）　Antonio Gramsci, *Quaderni del carcere*, Torino 1975, vol. III, p. 1519.
（43）　「政治の実権を握ることを求めず、経済上の優位を手に入れた歴史上最初の階級」であったブルジョワジーは、その「政治上の解放」を「帝国主義の時代（一八八六－一九一四年）」のなかで獲得した、とハンナ・アーレントは書いている（Hannah Arendt, *The Origins of Totalitarianism*, New York 1994［1948］, p. 123）。
（44）　Schumpeter, *Capitalism, Socialism and Democracy*, p. 138.
（45）　Perry Anderson, 'The Antinomies of Antonio Gramsci', *New Left Review* I/100（November-December 1976）, p. 30.
（46）　通常の用法では、「覇権」（hegemony）という語は、歴史的、論理的に明確に異なる二つの領域を覆っている。他の資本主義国家に対する一つの資本主義国家の「覇権」、そして他の社会階級に対する一つの社会階級の覇権。簡単に言い換えれば、国際的な覇権と国内的な覇権。イギリスとアメリカ合衆国は、これまでのところ国際的な覇権のただ二つの事例である。しかし、もちろん国内において覇権を多様なかたちで行使する一国のブルジョワ階級の事例は枚挙にいとまがない。この段落と「霧」における私の議論は、イギリスとアメリカの国内の覇権に結びつく特定の価値観に関わるものだ。いかにしてそのような価値観が国際的な覇権を促す価値観に関係するのかは、たいへん興味深い問題だが、ここでは扱わないこととする。
（47）　二つの文化におけるもっとも代表的な物語作家――ディケンズとスピルバーグ――が、ともに大人と同様に子どもにも訴えかける物語の達人であることは意味深い。
（48）　Thomas Mann, *Stories of Three Decades*, New York 1936, p. 506.

第1章　働く主人

（1）　Daniel Defoe, *Robinson Crusoe*, Harmondsworth 1965（1719）, p. 28.
（2）　Ibid., p. 39.
（3）　Michael Nerlich, *The Ideology of Adventure: Studies in Modern Consciousness, 1100–1750*, Minnesota 1987（1977）, p.

57.

（4） Ian Watt, *The Rise of the Novel: Studies in Defoe, Richardson and Fielding*, Berkeley, CA, 1957, p. 65.

（5） Max Weber, *The Protestant Ethic and the Spirit of Capitalism*, New York 1958（1905）, p. 20.

（6） Defoe, *Robinson Crusoe*, p. 38.

（7） Giovanni Arrighi, *The Long Twentieth Century: Money, Power, and the Origins of Our Times*, London 1994, p. 122.

（8） Aby Warburg, 'Francesco Sassetti's Last Injunctions to his Sons'（1907）, in *The Renewal of Pagan Antiquity*, Los Angeles 1999, pp. 458, 241. この講演会に合わせて設定された企画であるこのパネルは、パネル四八であり、一九九八年のシエナでの展覧会「ムネモシュネ」でも再現された。

（9） ヴァールブルクはここで、初期近代イングランドでもっとも成功した商業集団である「冒険商人」を示唆している。その名前にもかかわらず「冒険商人」はまったく冒険的ではなかった。王室認可によって守られた彼らは、低地帯諸国とドイツ諸地域へのイングランドの毛織物の輸出を一手に独占していた（ただし、一七世紀の内乱の勃発でその権力の大半を失うことにはなる）。販路と主要商品が全面的に入れ替わり、ロビンソンは、大西洋の奴隷制経済の砂糖貿易で財をなす。初期近代の商人集団についての見事な研究は、Robert Brenner, *Merchants and Revolution: Commercial Change, Political Conflict, and London's Overseas Traders, 1550–1653*, London 2003（1993）を参照。

（10） Margaret Cohen, *The Novel and the Sea*, Princeton 2010, p. 63.

（11） Defoe, *Robinson Crusoe*, p. 34.

（12） Ibid., p. 280.

（13） William Empson, *Some Versions of Pastoral*, New York 1974（1935）, p. 204.

（14） *The Arabian Nights: Tales of 1001 Nights*, Harmondsworth 2010, vol. II, p. 464.

（15） Stuart Sherman, *Telling Time: Clocks, Diaries, and English Diurnal Forms, 1660–1785*, Chicago 1996, p. 228. シャーマンが若干の変更を施して引用しているE・P・トムスンの言葉は、E. P. Thompson, 'Time, Work-Discipline, and Industrial Capitalism', *Past & Present* 38（December 1967）, p. 59 にみられる。

(16) Defoe, *Robinson Crusoe*, p. 161.

(17) 私が引用しているセルカークについてのスティールの記述がみられるのは、*The Englishman* 26 (3 December 1713)、現在は、Rae Blanchard, ed., *The Englishman: A Political Journal by Richard Steele*, Oxford 1955, pp. 107–8 に収録。

(18) Joyce Appleby, *The Relentless Revolution: A History of Capitalism*, New York 2010, p. 106. 他の歴史記述（たとえば、Jan de Vries, *The Industrious Revolution: Consumer Behavior and the Household Economy, 1650 to the Present*, Cambridge 2008, pp. 87–8）によるならば、一八世紀において増加したのは、すでに三〇〇日の大台には達していた労働日数でなくて、一日の労働時間である。しかし以下の論述でみるように、ロビンソンはこの点においても時代の先を行っていた。

(19) Defoe, *Robinson Crusoe*, pp. 160–1.

(20) Norbert Elias, *The Civilizing Process*, Oxford 2000 (1939), p. 128.

(21) Alexandre Kojève, *Introduction to the Reading of Hegel: Lectures on the 'Phenomenology of Spirit'*, Ithaca, NY, 1969 (1947), p. 65.

(22) Defoe, *Robinson Crusoe*, p. 280.

(23) 「彼が所有しているもの」にはもちろん島も含まれる。「人間の労働は未耕作地を自然の手から取り上げてきたのであり、自然において未耕作地は共有で、すべての自然の子どもたちに平等に帰属していたが、人間はそうすることにより自身のものとして占有してきた」と『統治二論』「第二論」の「財産について」の章で、ロックが未耕作地について語っている。いいかえれば、島における労働によって、ロビンソンは島を自らのものとしてきたのだ。John Locke, *Two Treatises on Government*, Cambridge 1960 (1690), p. 331.

(24) この意味の変容について最初に私に気づかせてくれたスー・レイズィク（Sue Laizik）に感謝する。もちろん'industry'は、レイモンド・ウィリアムズの『文化と社会』のキイワードのひとつである。しかし彼の関心を大いに惹いたのはこの変容に関して、'industry'が「単なる人間の属性ではなく、モノそのもの――制度、活動の総体」になるという事実が、ここで記述された変容の後に、おそらくはその結果として生じるという点である。つまり、

最初に 'industry' が、誰もが行なうことのできる抽象的な単純労働（「器用、精巧」の独自性とは対照的）になり、次いで二度目の抽象化を被って「モノそのもの」となる。Raymond Williams, *Culture & Society: 1780–1950*, New York 1983 (1958), p. xiii および Raymond Williams, *Keywords: A Vocabulary of Culture and Society*, rev. edn, Oxford 1983 (1976) の 'Industry' の項を参照。

(25) 形容詞 'industrious' が明らかにするように、熱心な取り組みは、英語においては、「賢明な」労働が欠いている倫理的な光彩を帯びている。伝説的な会社であるアーサー・アンダーセン会計事務所が、なぜ一九九〇年代においてもまだ「評価項目一覧」に「熱心な仕事への取り組み」を含めていたのかがそれでわかる――一方で、同じ会社の賢明な部署（ありとあらゆる種類の投資行為をつくりあげたアンダーセン・コンサルティング）は、それに代えて「個人の尊重」を打ち出したが、これはボーナスの新自由主義的な新語法である。結局コンサルティング部門が監査部門に株価操作を認めるように強く促し、それがこの会社の信用の失墜を招くことになる。Susan E. Squires, Cynthia J. Smith, Lorma McDougall and William R. Yeack, *Inside Arthur Andersen: Shifting Values, Unexpected Consequences*, New York 2003, pp. 90–1 を参照。

(26) Albert O. Hirschmann, *The Passions and the Interests: Political Arguments for Capitalism before its Triumph*, Princeton, NJ 1997 (1977), pp. 65–6.

(27) Defoe, *Robinson Crusoe*, p. 127.「午前中」の三時間の狩猟、「一日のうち多くの時間」を要する「整頓、保蔵、保存、料理」が明らかに夕方の四時間に加えられるべきであり、そう考えれば同時代の大多数の労働者をはるかに凌駕する労働時間数が得られる。

(28) Ibid., p. 17.

(29) 私がこの論点に関して依拠しているのは、Giuseppe Sertoli, 'I due Robinson', in *Le avventure di Robinson Crusoe; seguite da, Le ulteriori avventure; e, Serie riflessioni*, Turin 1998, p. xiv である。

(30) Jean-Jacques Rousseau, *Émile* (1762), in *Oeuvres complètes*, Paris 1969, vol. IV, pp. 455–6.

(31) マキシミリアン・ノヴァクによれば、「『ロビンソン・クルーソー、続編』は、正編の刊行およそ四カ月後の一七一九年八月二〇日に刊行された」が、この事実が明瞭に示すのは、デフォーが「正編が刊行される以前に続編の執筆にとりかかっていたこと」、そしてそれゆえにこの最終文が、いい加減な放言ではなく、非常に具体的な宣伝文であるということだ。Maximillian E. Novak, *Daniel Defoe: Master of Fictions*, Oxford 2001, p. 555 を参照。

(32)『ファウスト』の有名な独白に触発された「二つの魂」の隠喩は、ブルジョワについてのゾンバルトの書物のライトモチーフである。「二つの魂がどの正真正銘のブルジョワの胸にも住まっている。企業家の魂と折目正しい中流階級男性の魂である。……企業家精神は、黄金への夢、冒険欲、探検愛好の総合である。……ブルジョワ精神は、計算、熟慮、合理性、経済観念から成り立っている」。Werner Sombart, *The Quintessence of Capitalism: A Study of the History and Psychology of the Modern Business Man*, London 1915 (1913), pp. 202, 22.

(33) Defoe, *Robinson Crusoe*, pp. 88-9.

(34) G. W. F. Hegel, *Phenomenology of Spirit*, Oxford 1979 (1807), p. 342.

(35) Defoe, *Robinson Crusoe*, pp. 69ff.

(36) Tullio Pericoli, *Robinson Crusoe di Daniel Defoe*, Milan 2007.

(37) このような道具の世界においては、人間がそれ自体道具になる——いわば、労働の社会的分業における単なる歯車になる。それゆえロビンソンは、ほかの船員を名前で呼ぶことなく、その職掌で呼ぶだけである。水夫、大工、砲手……。

(38) Defoe, *Robinson Crusoe*, p. 147.

(39) Ibid., p. 120.

(40) G. W. F. Hegel, *Aesthetics: Lectures on Fine Art*, Oxford 1998, vol. II, p. 974.

(41) Johann Wolfgang Goethe, *Wilhelm Meister's Journeyman Years, or The Renunciants*, New York 1989 (1829), p. 138.

(42) Ibid., p. 126.

(43) Ibid., p. 326.

(44) Ibid., p. 266.

(45) Ibid., p. 383.
(46) Ibid., p. 276.
(47) ヴィルヘルムがヴェルナーへの手紙に次のように書いた。「役に立つために能力のある部分を開発するように強いられたブルジョワは、その存在の調和が得られない状態に陥ります。ある一点で役に立つように自己形成することで、すべての残余を放棄しなければならなくなるのです」。Johann Wolfgang Goethe, *Wilhelm Meister's Apprenticeship*, Princeton, NJ, 1995 (1796), pp. 174-5.
(48) Goethe, *Wilhelm Meister's Journeyman Years*, p. 118.
(49) Ibid., p. 190.
(50) Ibid., p. 197.
(51) Ibid., p. 365.
(52) この移行は、多かれ少なかれいくつもの分野で同時に生じている。OEDが与えてくれる例は、法律（ホエートリー、一八一八〜六〇年）、文明史（バックル、一八五八年）、政治哲学（ミル、一八五九年）、そして政治経済（フォーセット、一八六三年）である。
(53) Joseph Conrad, *Heart of Darkness*, Harmondsworth 1991 (1899), p. 31.
(54) Ibid.
(55) Ibid., p. 58.
(56) Weber, *Protestant Ethic*, pp. 70-1.「非合理的」という語が、資本主義のエートスについてのウェーバーの記述には取り憑いている。しかし彼にとっては、資本主義の非合理性には二つの対極がある。「冒険家」の非合理性――手段はたしかに非合理ではあるが、目的（獲得という個人での享楽）はそうではない――そして近代資本主義者の非合理性であり、そこでは対照的に手段は徹底して合理化されているが、その結果――「自らの事業のために存在するのであって、その逆ではない人間」――は完全に非合理である。後者の場合においてのみ、道具的理性の愚かしさが露呈する。

(57) Ibid., p. 154.
(58) Ibid., p. 71.
(59) Defoe, *Robinson Crusoe*, p. 161.
(60) Weber, *Protestant Ethic*, pp. 170–1.
(61) Charles Morazé, *Les bourgeois conquérants*, Paris 1957, p. 13. ヴィクトリア時代までに家庭と快適の結びつきが自明になっていたために、「様式はいっさい無用で、ただ快適な様式」を、大真面目に建築家に求めた「イングランドの顧客」という事例をピーター・ゲイが記述している（Gay, *Pleasure Wars*, p. 222）。『ハワーズ・エンド』において、ミスター・ウィルコックスがマーガレット・シュレーゲルに家を案内する場面が思い浮かぶ。「快適さを棄てて顧みない人たちには我慢できませんね。……もちろん落ち着いた快適さですが」。E. M. Forster, *Howards End*, New York 1998, pp. 117–18.
(62) Defoe, *Robinson Crusoe*, p. 85.
(63) Ibid., p. 222.
(64) Ibid., p. 145.
(65) 意味領域の変化においてよくあるように、旧い意味と新しい意味がしばらくのあいだ共存するのであり、それは同じテクストにおいてさえも認められる。たとえばデフォーにおいては、名詞と動詞がいまだ旧い意味を伝えている（難破の際に、いかにして「ロビンソンが陸地に辿り着き、大いに救われた思いで（to my great comfort）、崖を攀じ登ったのか」［p. 65］を語るときのように）一方で、形容詞と副詞は新しい意味に傾斜するのであり、それはロビンソンが、「ぼくの家はたいへんに快適になった」（p. 222）と述べるとき、またなんとか傘を作ることに成功して「これでかなり快適に過ごすことができる」（p. 145）と満足の言葉を漏らすときにうかがえる。
(66) Bernard Mandeville, *The Fable of the Bees*, London 1980（1714）, pp. 136–7.
(67) 「『なんだって、友だちと快適さを後に残してかね』と強情者が言った。『そうです。あなた方が棄てることになるすべてのものは、私が受けようと求めるもののかけらとも比べる価値がないからです』とクリスチャン（これが彼の名前であるからこのような発言）は答えた」。John Bunyan, *The Pilgrim's Progress*, New York/London 2009（1678）, p. 13.

（68）Benjamin Franklin, *Autobiography, Poor Richard, and Later Writings*, New York 1987, p. 545.

（69）実際に快適の観念と便利の観念のあいだには鮮明な違いがある。快適がいくぶんかの快楽を含むのに対して、便利はそうではない。

（70）Defoe, *Robinson Crusoe*, p. 85（強調は引用者）.

（71）Thorstein Veblen, *Theory of the Leisure Class*, Harmondsworth 1979（1899）, pp. 182–3.

（72）Fernand Braudel, *Capitalism and Material Life 1400–1800*, New York 1973（1967）, p. 235.

（73）「快適、すなわち便利とは、安楽椅子や温かい火のようなもので、冷気と疲労を追い払う役には立つけれども、自然はそれらなしに休息と動物の熱という両方の手段を与えている」、とニューマン枢機卿は書いている。John Henry Newman, *The Idea of a University*, London 1907（1852）, p. 209.

（74）Jan de Vries, *The Industrious Revolution*, pp. 21, 23. デ・フリースはここで、Tibor Scitovsky, *The Joyless Economy: An Inquiry into Human Satisfaction and Consumer Dissatisfaction*, Oxford 1976 における快適と快楽の――完全に非歴史的な――対立を採用している。

（75）Joyce Oldham Appleby, *Economic Thought and Ideology in Seventeenth-Century England*, Los Angeles 2004（1978）, pp. 186, 191.

（76）Neil McKendrick, 'Introduction' to Neil McKendrick, John Brewer and J. H. Plumb, *The Birth of a Consumer Society: The Commercialization of Eighteenth-Century England*, Bloomington, IN, 1982, p. 1.

（77）これはシュンペーターが「生の資本主義的様式は、近代のラウンジ・スーツの誕生という観点から、容易に、そしておそらくは相当な説得力をもって記述することができる」と述べた際に、念頭にあったことに違いない（Schumpeter, *Capitalism, Socialism and Democracy*, p. 126）。田舎での服装として誕生したラウンジ・スーツは、仕事着として、そして一般的な日常のおしゃれの徴《しるし》として用いられた。しかしながらその仕事とのつながりのために、よりハレの社交の機会には「不向き」の服装となった。

（78） Wolfgang Schivelbusch, *Tastes of Paradise: A Social History of Spices, Stimulants, and Intoxicants*, New York 1992 (1980), p. xiv. 一七〇〇年前後に「コーヒー、砂糖、煙草は、異国風の製品から医薬品に変わった」と、マキシン・バーグとヘレン・クリフォードは書いている。次いで、二度目の変容として、'comfort' の場合と重なるが、「医薬品」からささやかな日常の快楽へと変わる。ロビンソンが、「煙草のパイプを作り上げたことが、自分の仕事でいちばん胸を張って言えることだ。……ぼくはそれで非常な快適を味わった」という文章の流れに、労働、煙草、快適がすんなりと収まっている（Defoe, *Robinson Cruso*, p. 153）。Maxine Berg and Helen Clifford, eds, *Consumers and Luxury: Consumer Culture in Europe 1650–1850*, Manchester 1999, p. 11 を参照。

（79） Defoe, *Robinson Crusoe*, p. 66.

（80） 文学ラボの三五〇〇編の小説中、完了動名詞の登場は、一八〇〇年と一八四〇年の間に一万語につき五回であり、一八六〇年には三回に落ち込み、世紀末まで同水準にとどまる。そうであれば『ロビンソン・クルーソー』における頻度（一万語につき九・三回）は二、三倍高いが——おそらくはもっと多くなるのは、二つの異なる動詞に一つの助動詞を用いるデフォーの癖（'having drank, and put', 'having mastered … and employed' など）があるからだ。ということで、文学ラボのコーパスは一九世紀に限定されているため、一七一九年に刊行された小説にとってその数値は明らかに決定的なものではない。

（81） Defoe, *Robinson Crusoe*, pp. 147, 148, 198（強調は引用者）.

〔原文は以下のとおり。訳者による補足〕

Having fitted my mast and sail, and *tried* the boat, I found she would sail very well …

Having secured my boat, I took my gun and went on shore …

… the wind *having abated* overnight, the sea was calm, and I ventured …

Having now brought all my things on shore *and secured* them, I went back to my boat …

（82） Ibid., pp. 124, 151, 120（強調は引用者）.

〔原文は以下のとおり。訳者による補足〕

… and *having fed* it, I *ty'd* it as I did before, *to lead* it away …

… and *having stowed* my boat very safe, I *went* on shore *to look* about me …

Having mastered this difficulty, and *employed* a world of time about it, I *bestirred* myself *to see*, if possible, how to supply two wants.

（83） Northrop Frye, *Anatomy of Criticism: Four Essays*, Princeton 1957, pp. 264–8.

（84） Lukács, *Theory of the Novel*, p. 58–9. 何らかの理由で、私が角カッコに括った語句は、アンナ・ボストック（Anna Bostock）の優れた英訳から脱落している。

（85） Ibid., p. 62.

（86） Ibid., p. 34.

（87） Georg Lukács, 'On the Nature and Form of the Essay', in *Soul and Forms*, Cambridge, MA, 1974（1911）, p. 13.

（88） 対称がその芸術思想において大きな役割を果たしているゲオルク・ジンメルは、若きルカーチに深い影響を与えた。「あらゆる美学的処理の基礎は、対称において見いだされる」と、ジンメルは「社会学的美学」において書いている。「物象に意味と調和を与えるためには、何よりもまずそれを、対称をなすように形成し、部分を全体に調和させ、中心点の周りに整序しなければならない」。Georg Simmel, 'Soziologische Aesthetik', *Die Zukunft*, 1896を参照。私はイタリア語訳の *Arte e civilta*, Milan 1976, p. 45 から引用している。

（89） Weber, *Protestant Ethic*, p. 21.

（90） 通常の逆戻りとは無縁の「前方志向的な言説［provorsa］」としての散文という観念について、その古典的な定義は、Heinrich Lausberg, *Elemente der literarischen Rhetorik*, München 1967, § 249 に見いだすことができる。

（91） Defoe, *Robinson Crusoe*, p. 120.

（92） Hans Blumenberg, *The Legitimacy of the Modern Age*, Cambridge, MA, 1983（1966–76）, p. 32（強調は引用者）.

（93） Pierre Bourdieu, *Outline of a Theory of Practice*, Cambridge 2012（1972）, p. 72.

（94）三つの構成要素のひとつ、ないしはそれ以上を二重化することに加えて、『ロビンソン・クルーソー』は基本のシークエンスのいくつもの変種を示すが、主節を先延ばしにする（「苦労して粘土を見つけ、掘り出し、練り、家に運んで作業をしたすえに、およそ二カ月も働いて、デカくて醜い土でできたもの（甕なんてとても呼べない）をたった二つつくっただけだった」[p. 132]）、中間にさらにもうひとつの節を挿入する（「二回目の積荷も陸に揚げたが、最初の積荷に含まれていた火薬の樽が大きくて重すぎたので、これを開けて中身を小分けにして運ばなくてはならなかった。つぎにぼくは小さなテントをつくりはじめ、帆と棒を適した形に切って用いた」[p. 73]）、別の統語的複雑性を加える（「船が浅瀬に乗り上げてびくともしなかったので、脱出のみこみはなく、まさに恐怖のどん底にいたぼくたちは、どうにかして命だけでも助からないかと思いをめぐらすばかりだった」[p. 63]）といったやり方がある。

（95）Defoe, *Robinson Crusoe*, p. 148.

（96）『天路歴程』において「もの」（things）は一万語につき二五回、『ロビンソン・クルーソー』においては一二回である。一七世紀後半と一八世紀前半において、グーグルブックス・コーパスの平均頻度はおよその一〇分の一である（一万語につき一・五と二・五のあいだ）。文学ラボ・コーパスでは、それは一七八〇年前後の二回から一八九〇年代の五回と少々までゆるやかに上昇する。

（97）Bunyan, *Pilgrim's Progress*, pp. 7, 9, 26, 28, 60, 65, 95, 100.

（98）Ibid., p. 68.

（99）Ibid., p. 11.

（100）Defoe, *Robinson Crusoe*, pp. 69, 72, 73, 90, 130, 132.

（101）Blumenberg, *Legitimacy of the Modern Age*, p. 47（強調は引用者）.

（102）Peter Burke, *Varieties of Cultural History*, Cornell 1997, p. 180. 彼の初期論文、'The Rise of Literal-Mindedness', *Common Knowledge* 2（1993）も参照。

（103）Schama, *Embarrassment of Riches*, pp. 452–3.

(104) Walter Bagehot, *The English Constitution*, Oxford 2001 (1867), pp. 173–5.

(105) Hegel, *Aesthetics*, vol. II, p. 1005.

(106) Defoe, *Robinson Crusoe*, p. 148.

(107) Emil Staiger, *Basic Concepts of Poetics*, University Park, PA 1991 (1946), pp. 102–3.

(108) Daniel Defoe, 'An Essay upon Honesty', in *Serious Reflections during the Life and Surprising Adventures of Robinson Crusoe: With his Vision of the Angelic World*, edited by George A. Aitken, London 1895, p. 23.

(109) Robert Boyle, 'A Proemial Essay, wherein, with some Considerations touching Experimental Essays in general, Is interwoven such an Introduction to all those written by the Author, as is necessary to be perused for the better understanding of them', in *The Works of the Honourable Robert Boyle*, edited by Thomas Birch, 2nd edn, London 1772, vol. I, pp. 315, 305. 「現代物理科学における測定の機能」（一九六一年）において、トマス・クーンが、「あらゆる実験と観察は、完全に自然に即して詳細に報告されるべきである」という新たな実験哲学、そして「ボイルのような人びとが量的データを、それが完全に法則に合致しようとしまいと記録することを最初に始めた」事実のもつ重みについて書いている。Thomas S. Kuhn, *The Essential Tension: Selected Studies in Scientific Tradition and Change*, Chicago, IL, 1977, pp. 222–3 を参照。

(110) Blumenberg, *Legitimacy of the Modern Age*, p. 473.

(111) Lukács, *Theory of the Novel*, p. 34.

(112) Ibid., pp. 33–4.

(113) 誤解を避けるために。『小説の理論』における「生産性」(productivity) という語は、現在流通する、利益志向の量的な意味をもっていない。それが示すのは、単に「原初のイメージ」を再生産するのではなく、新たな形式を産み出す能力である。ゆえに、今日では「創造性」(creativity) が「生産性」よりも適切な訳語であるだろう。

(114) Max Weber, 'Science as a Vocation', in *From Max Weber: Essays in Sociology*, edited by H. H. Gerth and C. Wright Mills, Oxford 1958, p. 139.

（115）　Ibid., p. 142.

第2章　真剣な世紀

（1）　Svetlana Alpers, *The Art of Describing: Dutch Art in the Seventeenth Century*, Chicago, IL, 1983, pp. xxv, xx.

（2）　「私が味わい深い共感の源泉を見いだす絵画が忠実に描き出すこの単調な家庭的存在は、華美や極貧、悲劇的苦悩や世界を騒がせる行動に彩られた生涯ではなく、わが仲間たちのあいだにより多くみられるものの運命であった。私はひるむことなく、雲上の天使、預言者、巫女、闘士から、花瓶の上に屈んだり孤独な晩餐を食べたりする老婆に、四方を褐色の壁に囲まれて、不器用な花婿が肩の高さの幅広い顔の花嫁と踊りはじめて、高齢と中年の友人たちがそれを眺めているという村の結婚式の方に視線を向ける……」。George Eliot, *Adam Bede*, London 1994（1859）, p. 169.

（3）　Roland Barthes, ‘Introduction to the Structural Analysis of Narratives’（1966）, in Susan Sontag, ed., *Barthes: Selected Writings*, Glasgow 1983, pp. 265–6.

（4）　一九世紀初め、日常性——alltäglich, everyday, quotidian, quotidiano——の意味領域は、ハレとケのあいだの旧来のより鮮烈な対立とは異なる、「習慣」「日常」「反復」「頻繁」という地味な領域へと移行する。この生活の柔軟な次元を捉えることが、アウエルバッハの『ミメーシス』の目的のひとつであり、それは「日常の真剣な模倣」という当該書の概念上のライトモチーフによって明らかになっている。アウエルバッハによって最終的に選ばれた表題は「模倣」（Mimesis）を前面に出しているけれども、当該書の真の独創性は「真剣」と「日常」という別の二語にそもそもはあり、この二語がずっと中心的であった予備的研究は、Erich Auerbach, ‘Über die ernest Nachahmung des alltäglichen’である（そこでアウエルバッハは「弁証法」と「実存」を「日常」に取って代わる可能性のあるものと考えた）。*Travaux du séminaire de philologie romane*, İstanbul 1937, pp. 272–3を参照。

（5）　Denis Diderot, *Entretiens sur «Le fils naturel»*, in *Oeuvres*, Paris 1951, pp. 1243ff.

（6）「この世界でもっとも人気のある本のひとつが、読者を笑わせたり涙を流させたりするものを含んでいないのは奇妙なことではないでしょうか。しかし私が確信をもって思うのは、『ロビンソン・クルーソー』のどの文章に接してもどちらも生じないということです」と、ディケンズはウォルター・サヴェッジ・ランドアへの一八五六年七月の手紙で考察している。

（7）Diderot, *Entretiens sur «Le fils naturel»*, p. 1247.

（8）Charles Baudelaire, 'The Heroism of Modern Life'（1846）, in P. E. Charvet, ed., *Selected Writings on Art and Artists*, Cambridge 1972, p. 105.『フォルトゥナータとハシンタ』（一八八七年）において、ベニート・ペレス・ガルドスは、同じ診断を伝えているが、かなり異なる調子ではある。「スペイン社会は、自らが『真剣』であり、いわば喪服をまといはじめた、すなわち明るい色彩のわれわれの幸せな帝国が消え去っていると想像することで自賛をはじめた。……われわれは北部ヨーロッパの影響下にあり、貧弱な『北』はその煙った灰色の空から採った灰色をわれわれに課してくる……」（Benito Pérez Galdós, *Fortunata y Jacinta*, Harmondsworth 1986, p. 26）。

（9）G. W. F. Hegel, *Aesthetics: Lectures on Fine Art*, Oxford 1985（1823–29）, vol. I, p. 149.

（10）Walter Scott, *The Heart of Mid-Lothian*, Harmondsworth 1994（1818）, p. 9.

（11）Erich Auerbach, *Mimesis*, Princeton, NJ, 1974（1946）, p. 488. フローベールのページが、すでに言及した一九三七年の論考'Über die ernste Nachahmung des alltäglichen'の冒頭にはある。現在『ミメーシス』を開くと、私たちが出会う最初のテクストは、『オデュッセイア』と『聖書』であるが、構想のうえでは、当該書は、最初にアウエルバッハに「真剣な日常」の着想をもたらした『ボヴァリー夫人』の埋め草で始まっているのである。

（12）「フローベールの小説、より一般的にはリアリズムとナチュラリズムの語りは、その語りの部分における半過去の明瞭な浸透によって特徴づけられる……背景がより重要になり、前景はより軽くなる」。以上のように語る偉大な研究書は、Harald Weinrich, *Tempus: Besprochene und erzählte Welt*（1964, 2nd edn, Stuttgart 1971［1964］, pp. 97–9）である。さらにヴァインリヒが付け加えるのは、背景に、それゆえまた埋め草にも典型的に用いられるこの動詞の時制（フランス語では「断絶の半過去」、英語では'-ing'で終わる諸時制）は一八五〇年前後に普及しはじめる

(ibid., pp. 141–2)。文学ラボの三五〇〇編の（イングランド）小説を一瞥すると、ヴァインリヒの仮説の正しさが裏づけられる。過去進行形は、一九世紀前半には一万語につき六回前後登場したが、一八六〇年までに一一回、一八八〇年までに一六回に数が増えた。

（13）George Eliot, *Middlemarch*, Harmondsworth 1994 (1872), pp. 144–5.

（14）Ibid., pp. 782–3.

（15）「中間物と媒介物――このテクストが媒体と呼ぶもの（『親しみもなく』『卑小な』『巻き込まれて』『目はかすみ足はもつれ』）――が、それらに与えられている時間つぶし、すなわち単なる触媒の機能を取り除き、それらが達するはずであった結末から実際は逸脱してしまう」(D. A. Miller, *Narrative and Its Discontents: Problems of Closure in the Traditional Novel*, Princeton 1981, p. 142)。

（16）余暇が「ブルジョワ文化の価値観と実践に十全に加わるための」主要前提条件であると、ユルゲン・コッカが、フェルメールの世界を記述していると考えられるページに記している。「ここで人は明瞭に最低限以上の安定した収入を必要とする……子どもたちだけでなく妻にして母親も、ある程度は労働の必要から解放されていて……空間（家屋かアパートメントに各々の機能に特化した部屋があること）および文化活動と娯楽のための時間が豊富にあること」(Jürgen Kocka, 'The European Pattern and the German Case', in Jürgen Kocka and Allan Mitchell, eds, *Bourgeois Society in Nineteenth-Century Europe*, Oxford 1993 [1988], p. 7)。

（17）Georg Lukács, 'The Bourgeois Way of Life and Art for Art's Sake: Theodor Storm', in *Soul and Form*, New York 2010 (1911).

（18）Max Weber, *The Protestant Ethic and the Spirit of Capitalism*, New York 1958 (1905), p. 154.

（19）Barrington Moore, Jr, *Moral Aspects of Economic Growth, and Other Essays*, Ithaca, NY, 1998, p. 39.

（20）ＯＥＤによれば、「定期、通常、典型、日常、慣習」という意味での 'normal' が英語に入ったのは一八世紀後半であり、一八四〇年前後に普及した。「基準化」(normalize) と「標準化」(standardize) は、その少し後、一九世紀後半に出現する。

（21） Walter Bagehot, *The English Constitution*, Oxford 2001（1867）, pp. 173–4.

（22） 「時間遵守」（punctuality）は、もちろんもうひとつのブルジョワのキイワードである。数世紀にわたり「精確」「形式重視」「厳正」という観念を指し示してきたこの語は、一九世紀のあいだに「定時の正確な遵守」へと移行したのだが、その当時は工場と鉄道が固定した時刻表をもっており、事実の力をもって新しい意味を課したのである。

（23） Eliot, *Middlemarch*, p. 193.

（24） George Eliot, 'Ilfracombe, Recollections, June, 1856', in *George Eliot's Life as Related in Her Letters and Journals*, arranged and edited by her husband, J. W. Cross, New York 1903, p. 291.

（25） Friedrich Schlegel, *Friedrich Schlegel's Lucinde and the Fragments*, Minneapolis, MN, 1971, p. 231.

（26） Max Weber, 'Science as a Vocation', in *From Max Weber: Essays in Sociology*, edited by H. H. Gerth and C. Wright Mills, Oxford 1958, pp. 135, 137.

（27） Albert Thibaudet, *Gustave Flaubert*, Paris 1935（1922）, p. 204.

（28） Thomas Mann, *Doktor Faustus*, New York 1971（1947）, p. 237.

（29） Johann Wolfgang Goethe, *Wilhelm Meister's Apprenticeship*, Princeton, NJ, 1995（1796）, p. 18.

（30） まさに一九世紀ブルジョワの鏡像であるエマ・ボヴァリーが、まったく学ぼうとしないことである。最後の破滅の直前に、「折に触れて……彼女は計算を試みようとはするのだが、法外な数字を目の当たりにして、信じられない思いがするのだった。ふたたび仕切り直すが、たちどころに二進も三進も行かない状態の自分に気づくと、投げ出し、考えるのをやめてしまうのだった」（Gustave Flaubert, *Madame Bovary*, Harmondsworth 2003 [1857], p. 234）。彼女を擁護しようとするならば、思い出されるのは、一九世紀の金融の神話になる直前のロートシルト（ロスチャイルド）兄弟が、その会計の混沌について狂乱の態の手紙を交わしていることだ——「神の名において、このような重要な取引は精確さをもって執り行なわなければならない！」——そして自分たちが億万長者なのか破産者なのか確信をもてないでいる。「われわれは酔っぱらいのように生きている」と、マイヤー・アムシェル・ロートシルトは憂鬱な言葉で締めくくっている。Niall Ferguson, *The House of Rothschild: Money's Prophets 1798–1848*, Harmondsworth 1999, pp. 102–3 を参照。

（31） Charles Taylor, *A Secular Age*, Cambridge, MA, 2007, p. 365.

（32） Lorraine Daston, 'The Moral Economy of Science', *Osiris* 10, 1995, p. 21. ダストンの「自己否定」は、日誌の記載と大して変わらない当初の記載法——そこではまだ取引に関わる個人は血と肉を備えた存在である——から、具体物の記入をすべて段階的に消去して、いっさいを抽象的な量の系列へと最終的に還元する段階へと移っていった複式簿記の歴史的成立過程に、文字どおり書き込まれている。

（33） Leonore Davidoff and Catherine Hall, *Family Fortunes: Men and Women of the English Middle Class, 1780–1850*, London 1987, p. 384.

（34） Defoe, *Robinson Crusoe*, p. 79.

（35） Max Weber, *Economy and Society: An Outline of Interpretive Sociology*, New York 1968（1922）, vol. III, p. 975.

（36） Lorraine Daston and Peter Galison, *Objectivity*, New York 2007, p. 36.

（37） Hans Robert Jauss, 'History of Art and Pragmatic History', in *Toward an Aesthetic of Reception*, Minneapolis, MN, 1982, p. 55.

（38） Maria Edgeworth, *Castle Rackrent*（1800）, in *Tales and Novels*, New York 1967（1893）, vol. IV, p. 13.

（39） Walter Scott, *Kenilworth*, Harmondsworth 1999（1821）, p. 185.

（40） Auerbach, *Mimesis*, pp. 471, 473.

（41） Karl Mannheim, *Conservatism: A Contribution to the Sociology of Knowledge*, New York 1986（1925）, pp. 89–90.

（42） Mannheim, *Conservatism*, p. 97.

（43） Auerbach, *Mimesis*, p. 480.「歴史から帰結する」登場人物の一例として、ここでは『幻滅』からの肖像を示す。「三〇年このかた、ジェローム・ニコラ・セシャールは、あのよく知られた国民軍用の三角帽をかぶっていたが、あれは今でもどこか田舎で、告知をしてまわる町役人がかぶっていたりする代物だ。チョッキと長ズボンとは、緑がかったビロード製であった。最後に、古ぼけた褐色のフロックコートを着用し、まだら織りの木綿靴下のうえに、銀の留めがねのついた短靴をはいていた。ブルジョワになったいまでも、職人時代の面影をやどしているこの服装は……その生活ぶりをはっきりとあらわしていたから、老人は生まれるときにこんな身なりで出てきたかと思われた」(Honoré de Balzac, *Lost Illusions*, translated and introduced by Herbert J. Hunt, Harmondsworth 1971, p. 7. 傍点引用者)。

（44）フォン・ロハウと「レアルポリティークの原則」については、Otto Brunner, Werner Conze and Reinhart Koselleck, eds, *Geschichtliche Grundbegriffe*, Stuttgart 1982, vol. IV, p. 359ff. を参照。もうひとつの引用（匿名）は、Gerhard Plumpe, ed., *Theorie des bürgerlichen Realismus*, Stuttgart 1985, p. 45 より。

（45）『人間喜劇』のこの側面について、すでに次の拙著、Franco Moretti, *The Way of the World: The Bildungsroman in European Literature*, London 1987 で十分に論じておいた。

（46）妥協形成としての文学についての古典的研究は、Francesco Orlando, *Toward a Freudian Theory of Literature: With an Analysis of Racine's Phèdre*, Baltimore 1978（1973）である。

（47）Adolf Tobler, 'Vermischte Beiträge zur französischen Grammatik', *Zeitschrift für romanische Philologie*, 1887, p. 437.

（48）Jane Austen, *Emma*, Harmondsworth 1996（1815）, p. 112.

（49）Roy Pascal, *The Dual Voice: Free Indirect Speech and Its Functioning in the Nineteenth-century European Novel*, Manchester 1977, pp. 9–10.

（50）「自由間接話法において、（登場人物と語りという）二つの対立的な項が、いわばそれらを隔てている棒線（斜線、境界区分の棒）に可能なかぎり接近する。語りは登場人物の心理と言語の現実に、それに完全に落ち込んでしまうことなく近づき、また登場人物は、語りの作業の多くを、その権威を獲得することなく果たすことになる」と、D・A・ミラーは書いている（D. A. Miller, *Jane Austen, or The Secret of Style*, Princeton 2003, p. 59）。

（51）「近代小説の発達とともに、［語り手の言説と登場人物の言説の］あいだの関係が劇的な変容を遂げた。構造的にみれば、この変化は『中立化』の過程と記述しうる」と、ルボミール・ドレツェルは書いている（Lubomír Doležel, *Narrative Modes in Czech Literature*, Toronto 1973, pp. 18–19）。自由間接話法における語り手の声と登場人物の声の関係については、「『中立的』が『共感的』よりも正確であるのは、それが語り手による支えを含むことなく、単に二つの声が衝突しないということがあるからだ」(Anne Waldron Neumann, 'Characterization and Comment in *Pride and Prejudice*: Free Indirect Discourse and "Double-Voiced" Verbs of Speaking, Thinking, and Feeling', *Style*, Fall 1986, p. 390)。「登場人物と語りのあいだの第三項」としての自由間接話法について、そしてオースティンの文体の「『中立的』アクセント」については、Miller, *Jane Austen*, pp. 59–60, 100 を参照。

(52) 二〇世紀に事態は変化する。次の拙著における素描を参照。Franco Moretti, *Graphs, Maps, Trees: Abstract Models for Literary History*, London 2005, pp. 81–91.

(53) Charles Bally, 'Le style indirecte libre en français moderne', *Germanisch-Romanische Monatschrift*, 1912, p. 603.

(54) Flaubert, *Madame Bovary*, pp. 150–1.

(55) 「そして、この最初の罪、この最初の堕落の後、彼女は不倫を称賛し、不倫の讃歌、その詩、その快楽を謳い上げるのです。そして、よろしいですか、これこそ私には、堕落そのものよりもはるかに危険、はるかに不道徳に思えるのです!」(Gustave Flaubert, *Madame Bovary*, in *Oeuvres*, edited by A. Thibaudet and R. Dumesnil, Paris 1951, vol. I, p. 623)。

(56) Hans Robert Jauss, 'Literary History as Challenge to Literary Theory' (1967), in *Toward an Aesthetic of Reception*, Minneapolis, MN, 1982, pp. 43, 632.

(57) 「スタンダールやバルザックにおいては、ほとんど小止みなく、登場人物や事件についての作者の意見をきかされる。ところがフローベールの作品にはこうしたことがまったくない。作中人物や事件に関する作者の意見は、まったく表明されない。……作者が語りだす場合もないではないが、その場合でも、作者が自分の意見を述べたり、説明したりすることはまずないといってよい」と、アウエルバッハは『ミメーシス』で書いている(Auerbach, *Mimesis*, p. 486)。

(58) Jauss, 'Literary History as Challenge to Literary Theory', p. 44. ヤウスの論の影響が感じ取られるのは、(フローベールの「思想上の犯罪」について強烈に記している)ドミニク・ラカプラ(Dominick La Capra, *Madame Bovary on Trial*, Ithaca, NY, 1982, p. 18)であり、また、より抑制されたドリット・コーン(Dorrit Cohn, *The Distinction of Fiction*,

Baltimore 1999, pp. 170ff.）である。

（59） D. A. Miller, *The Novel and the Police*, Berkeley, CA, 1988, p. 25.

（60） René Descharmes, *Autour de 'Bouvard et Pécuchet': études documentaires et critiques*, Paris 1921, p. 65.

（61） Weber, *Protestant Ethic*, pp. 70–1.

第3章　霧

（1） Karl Marx and Friedrich Engels, *Manifesto of the Communist Party*, in Robert C. Tucker, ed., *The Marx-Engels Reader*, New York 1978, pp. 338–9.

（2） Marx and Engels, *Manifesto of the Communist Party*, pp. 337–8.

（3） T. J. Clark, *The Painting of Modern Life: Paris in the Art of Manet and His Followers*, London 1984, p. 133.

（4） このカミーユ・ルモニエによる言葉は、Clark, *The Painting of Modern Life*, p. 129 に引用されている。一九世紀においてもっとも有名であるエロティックな彫像『ギリシャの奴隷』への匿名のコメントも、同じ考えを表明している。「フランスの芸術とギリシャの芸術の違いは私には以下のように思われる――フランス人は女性を見られることを求めて服を脱いでいるかのように描く。一方でギリシャ人は女性を、服などまったく知らず、羞恥心なくただ裸でいる存在として描き出す」。Alison Smith, *The Victorian Nude: Sexuality, Morality and Art*, Manchester 1996, p. 84 を参照。

（5） 髪が通常、裸体においては異様に長いのは、その性器周辺の空白を埋め合わせているかのようだ。

（6） ブロンテとキングズリーの言葉が引用されているウォルター・ホートンの『ヴィクトリア時代の精神構造』は、「不快であるものは何であれ慎重に視界に入らないようにし、それが存在しないように装う」ヴィクトリア時代人の戦術について多くの言葉を費やしている。Walter E. Houghton, *The Victorian Frame of Mind, 1830–1870*, New Haven, CT, 1963, pp. 424, 128–9, 413 を参照。

（7）『人形の家』の無記名の書評であり、*Between the Acts*, 15 June 1889 に掲載。現在は、Michael Egan, ed., *Ibsen: The Critical Heritage*, London 1972, p. 106 に収録されている。

（8）Joseph Conrad, *Heart of Darkness*, Harmondsworth 1991 (1899), p. 111.

（9）法助動詞を用いる 'could see' ――とりわけ「闇」の場所において「見ない」ことの可能性を明らかに含む――は、『闇の奥』では三〇回以上登場し、これは、全体の長さでいえば一〇倍以上の『ミドルマーチ』の全テクストよりも回数が多い。コンラッドのどこにでも顔を出すぎこちない直喩――透き通って輝く織物のような……暗示のなかで疲れ果てた巡礼のような……のろのろとした甲虫の動きのような……くすんだ色ながら磨き上げられた石棺のような――が、この中編小説の根本的な不透明さをさらに強化している。

（10）『闇の奥』は全体の長さは短いながら、修辞の両義性の一覧となっている。たとえば、クルツの「口にするも恐ろしい祭式」への言及は（ここで形容詞はそのものが雄弁であるとともに緘黙を保っている）、このもう一人の男の日誌へのマーロウの詳細な記述からの逸脱――「そう解さざるをえない」、そして二つの酌量の「でも」によって括弧に入れられている――のうちに完全にある。テニソンが「牙と爪」の部分をひとつの挿話に配置したのとかなり似ているが、マーロウの逸脱は（ほとんど）真実を含んでいるが、真実をその重要性が軽視される位置へと押しやることになる。何かが物語の脇筋で言及されるとすれば、それが要点ではありえないという暗黙の示唆がある。同じことが、コンラッドの見事な文のいくつかにおいても生じている。クルツの河の家に歩み寄るマーロウは次のように語る。「だが、次の瞬間には、ぼくは一本一本ていねいに眺めていった、そしてとんだ思い違いに気がついたのだった。あの円い球は装飾ではなく、むしろ重大な象徴だったのだ。驚嘆、困惑、驚愕、混乱――思念が食らいつく餌食だったし、もしまた空から見下す兀鷹でもいたならば、それこそ恰好の餌食だったに違いない。少なくともあの杭を匍い上るほどの勤勉な蟻の群にとっては、まさにすばらしい饗宴だったはずだ。もしあの杭の尖端の首は、その顔が家の方を向かないでいたならば、さらにはるかに印象的な観物だったろうと思う……」（Conrad, *Heart of Darkness*, p. 96）。装飾……象徴……驚嘆……困惑……驚愕……混乱……思念の餌食……七つの黙想による特定化が行なわれているが、要は真実の発見を遅らせているだけなのである。兀鷹が現われても、負の仮定によってただちに脱現実化されている（「でもいたならば」）。蟻についても同断で、「匍い上るほどの勤勉な」によって限定されている。「杭の尖端の首」の周囲に言語の詰め物がたっぷり置かれている――そしてすべてが収斂する最後の仕上げが、「その顔が家の方を向かないでいたならば」。重要なのは、刺貫かれた首の存在ではなく、その向きであるかのようだ。結論。そう、私たちは頭蓋骨がそこにあることを語られてはいる。しかしそれから際限なくそらされてもいるのだ。

(11) Benito Pérez Galdós, *Doña Perfecta*, New York 1960 (1876), p. 23.

(12) 『トラヴィアータ』の第二幕において、ヴィオレッタの正体に疑問を投げかけるアルフレードは（「この女性を知っているでしょう」）、彼女の足下に財布を投げつけると（「皆さんを証人としてお呼びしたのです、彼女に借りを返したのだと」）、「クルチザンヌ」の真実が「売春婦」だと暴露する。しかし彼の行為は、満場の憤激を買い――「私の息子はどこへ行ったのだ？　見つけることができない」「侮りを受けると思い知るがいい」「アルフレード、アルフレード、私の心のなかにいる」――この場面の結果、真実はさらに深く埋もれてしまう。

(13) Igor Webb, 'The Bradford Wool Exchange: Industrial Capitalism and the Popularity of the Gothic', *Victorian Studies*, Autumn 1976, p. 45.

(14) Martin J. Wiener, *English Culture and the Decline of the Industrial Spirit, 1850–1980*, Cambridge 1981, p. 64.

(15) Arno Mayer, *The Persistence of the Old Regime: Europe to the Great War*, New York 1981, pp. 4, 191–2.

(16) Kenneth Clark, *The Gothic Revival: An Essay in the History of Taste*, Harmondsworth 1962 (1928), p. 93.

(17) W. L. Burn, *The Age of Equipoise: A Study of the Mid-Victorian Generation*, New York 1964.

(18) Antonio Gramsci, *Quaderni del carcere*, Torino 1975, vol. III, p. 1577.

(19) John Seed and Janet Wolff, 'Introduction', in Janet Wolff and John Seed, eds, *The Culture of Capital: Art, Power, and the Nineteenth-Century Middle Class*, Manchester 1988, p. 5.

(20) Luc Boltanski and Eve Chiappello, *The New Spirit of Capitalism*, London 2005 (1999), p. 20.

(21) Thomas Carlyle, *Past and Present*, Oxford 1960 (1843), pp. 278–80.

(22) Ibid., pp. 278, 282–3.
(23) Dinah Mulock Craik, *John Halifax, Gentleman*, Buffalo, NY, 2005 (1843), p. 116.
(24) Ibid., p. 121.
(25) Ibid., p. 395.
(26) Ibid., p. 118.
(27) E. P. Thompson, 'The Moral Economy of the English Crowd in the Eighteenth Century', *Past and Present* 50 (February 1971), pp. 78, 112.
(28) Ibid., p. 129.
(29) Craik, *John Halifax, Gentleman*, p. 338.
(30) Ibid., p. 122.
(31) Ibid., pp. 120–1.
(32) Ibid., p. 395.
(33) Ibid., p. 119.
(34) Ibid., p. 120.
(35) Wood, *The Pristine Culture of Capitalism*, pp. 138–9.
(36) Parkinson, *On the Present Condition of the Labouring Poor in Manchester; with Hints for Improving it*, pp. 12–13.
(37) Gaskell, *North and South*, p. 112.
(38) Catherine Gallagher, *The Industrial Reformation of English Fiction: Social Discourse and Narrative Form 1832–1867*, Chicago 1988, p. 168.
(39) Antonio Gramsci, *Prison Notebooks*, edited by Joseph A. Buttigieg, New York 2007, vol. III, p. 345.
(40) Asa Briggs, *Victorian Cities*, Berkeley, CA, 1993 (1968), pp. 63–5.
(41) 「新聞の博物誌」において、「村人の国」から都市居住者の国へのアメリカ合衆国の変貌を描き出すロバート・パークは、同じ論点を出している。「新聞は、一〇〇万人の住民の共同体のために、村が自然に噂話と人間付き合いを通して行なってきたことをすることはできない」。Robert E. Park, Ernest W. Burgess and Roderick D. McKenzie, *The City*, Chicago 1925, pp. 83–4.

（42）「そして［あなたのお父様が］私に、読むようにと酷い新聞をくれたのです。フレデリックが『真っ黒な裏切り者』『職業へ泥を塗った恥さらし』呼ばわりされていました。ありとあらゆる罵詈雑言がありました。私はその新聞を読み終えるや手に摑んで――ずたずたにちぎったのです――ずたずたにちぎった――そう、マーガレット、歯でちぎったのです」（Gaskell, *North and South*, p. 100）。

（43）Ibid., p. 391.「影響」（influence）と意味論的に関連している「交流」（intercourse）は『北と南』のもうひとつのキイワードだが、実際は――その登場の半分は同書の最後の五パーセントに集中し、ソーントンと労働者たちとの改善された関係の周辺にみられることから――終結のキイワードとしてある。パーキンソンの方では、そのパンフレットを通じて「影響」と「交流」の双方を使用しており、それが多くの場合、小説におけるギャスケルの定式化の先触れをなしている。「雇い主、あるいは雇い主と同等の教育と影響をもっている腹心の雇い人のような者が、雇われている労働者各人と個人的に知り合うようにするというのを『決まり』にして、破らないようにしようじゃないか。……個人的に知り合うようになるだけで人がどれだけ互いにうまくやっていけるのかは驚くほどだ」（ibid., p. 16）。

（44）Ibid., p. 391.

（45）Ibid., p. 381.

（46）Raymond Williams, *Culture & Society: 1780–1950*, New York 1983（1958）, p. 92.

（47）Gaskell, *North and South*, p. 380.

（48）Gramsci, *Quaderni del carcere*, vol. III, pp. 2010–11.

（49）Samuel Smiles, *Self-Help*, Oxford 2008（1859）, p. 4.

（50）英語の形容詞の大規模な研究（ここでは不可能）のみが、この意味の移行の正確な規模と年代を確定できることになる。私に言えるのは、これまでのところ、質でも量でもヴィクトリア時代の事例に匹敵するものに出会ったことが自分にはないということだけである。

（51） G. W. F. Hegel, *Aesthetics: Lectures on Fine Art*, Oxford 1998, vol. II, p. 1005.

（52） 形容詞の叙述的用法よりも限定的用法を好むスマイルズの傾向は、この変容の一部をなす。ドワイト・ボリンジャーが指摘しているように、両方の選択が同等に選択可能であるとき、限定の位置が永続的、本質的特性（「これは早い川の流れだ」）を示す一方で、叙述的用法は一時的状況を描き出す（「この川の流れは今日は早い」）。この差異にもとづいてボリンジャーが続けて述べているのは、多くの形容詞が、行為者名詞（歌手、労働者、嘘つき、敗者など）と連結して、叙述の位置に置かれると、「字義どおりの」意味を帯びるのであり（「その戦士は潔い」「そのタイピストは貧しかった」）、限定の位置に置かれると、隠喩的＝価値判断的意味を帯びる（「潔い戦士」「貧しいタイピスト」）ということである。以上のいくつかの発見は、私の発見と同一ではないし、ヴィクトリア時代に限定されるものでもないが、さらなる研究への興味深い可能性を示すのに十分なほど類似している。Dwight Bolinger, 'Adjectives in English: Attribution and Predication', *Lingua* 18, 1967, pp. 3–4, 28–9 を参照。「ラシーヌの『フェードル』における『テラメーヌの語り』」（一九四八年）において、レオ・シュピッツァーは「前置の形容詞は、物理的事実を描き出すのではなく、その殺害から道徳的含意を引き出している」と、すでにさりげなく指摘していた。Leo Spitzer, 'The "Récit de Théramène" in Racine's *Phèdre*', in his *Essays on Seventeenth-Century French Literature*, edited by David Bellos, Cambridge 2009, p. 232 を参照。

（53） 'Quantitative History of 2,958 Nineteenth-Century British Novels: The Semantic Cohort Method' — Literary Lab Pamphlet 4, available at litlab.stanford.edu.

（54） Friedrich Nietzsche, *The Genealogy of Morals*, edited by Walter Kaufmann, London 1967 (1887), p. 137.

（55） Max Weber, 'Science as a Vocation', in *From Max Weber: Essays in Sociology*, edited by H. H. Gerth and C. Wright Mills, Oxford 1958, p. 142.

（56） グーグルブックス・コーパスでは、「真剣」（serious）が「真面目」（earnest）のおよそ二倍の頻度で登場するのは一八四〇年までだが、この時点で両者は接近しており、それぞれ一〇万語につき四回か五回の頻度である。一八七〇年以降、道筋はふたたび分岐する（結局、二〇世紀において「真剣」は「真面目」の一〇倍頻出するまでになる）。チャドウィック＝ヒーリー・データベースの二五〇篇の小説では、一八二〇年と一八四五年の間、その差はすっかり消滅しており、同じことが（およそ一世代後の一八四〇〜六〇年ではあるが）より大きな文学ラボ・コーパスでもいえる。

（57） Thomas Carlyle, *On Heroes, Hero-Worship, and the Heroic in History*, edited by Michael K. Goldberg, Berkeley, CA, 1993（1841）, p. 47.

（58） 二つの語がほぼ同じ頻度で現われる『ジョン・ハリファックス、ジェントルマン』（Craik, *John Halifax, Gentleman*）は、その意味論上の両極化の好例を提供している。'earnest/ness/ly' 集合は、倫理、感情、誠実、真情を組み合わせている（「彼女の真面目な親切さ、活動的な善良さは、物事の真理と正しさを同時に射抜くものであり、女性たちの琴線に触れた……」［p. 307］、「彼はまた単なる仕事とは別のより深い配慮を……工場労働の子どもたち……奴隷制の廃止……に向けることに熱心で真面目であった」［p. 470］）。その一方で、'serious/ness/ly' 集団は、苦痛、憤激、危険と結びつく。「ジョンとその妻が真剣な、苦痛に満ちたとさえいえる会話を交わしていたのに気づいた」と、この二人が訪問者のうちの一人が不倫女かもしれない可能性を考えた際に、語り手は書いている（p. 281）。後に、ハリファックスの息子が元ジャコバン党員の娘に恋をしたとき、「ミスター・ハリファックスは、その声が真剣な失望のためにそうなった低い声音で語りつつ、息子の肩に重い手を置いた。……母親は恐れ戦き、両者のあいだに割って入った」（pp. 401–2）。『北と南』でも同じことがいえる。'earnest' がひたむきな強い感情を表わすのに対して（「澄んだ、深く窪んだ真面目な瞳」「彼の真面目だが優しい身ごなし」「あたたかく真面目な眼差し」）、'serious' は恐怖と忌避の対象となるものがすべてである。不安、過誤、心配、懸念、負担、病気、非難、傷害……。

（59） 'serious' のもつ否定的な連想は、今日ではアメリカ英語に残っている。近年では、ブッシュの一般教書演説において 'serious' は、テロリズムの脅威、そしてアメリカの石油依存という「真剣な問題」と結びつけられていた。オバマの一般教書演説では、それはこのような「真剣な時代」の脅威と、「真剣な問題を抱えている銀行」と繋げられていた。

(60) Thomas Hughes, *Tom Brown's Schooldays*, Oxford 1997 (1857), pp. 73–4.

(61) アーノルドの文章は、Lytton Strachey, *Eminent Victorians*, Oxford 2003 (1918), pp. 149, 153 に引用されている。エイサ・ブリッグズは別の忘れがたい格言を引用している。「単なる知性の鋭さは、非常に多くの場合においてそうであるように、幅広く、丈高く、正しいものをことごとく失っており、もっとも手のつけようのない愚かしさよりも不快で、私にはほとんどメフィストフェレスの精神のようにみえるのです」。Asa Briggs, *Victorian People: A Reassessment of Persons and Themes*, rev. edn, Chicago 1975 (1955), p. 144.

(62) Hughes, *Tom Brown's Schooldays*, p. 313.

(63) Carlyle, *Past and Present*, p. 164.

(64) 「世界のあらゆる国民のなかでイングランド人が話し言葉においてもっとも愚かで、行動においてもっとも賢明である……遅さ、われわれは耐えきれずにこれを『愚かさ』と称するのだが、それが不安定を抑える安定的な均衡の代価だとしたら、ごくわずかな遅さくらい構わないではないか」と、カーライルは別の場所で付け加えている (ibid., pp. 165–8)。

(65) Smiles, *Self-Help*, p. 90.

(66) Ibid., pp. 20–1.

(67) Houghton, *Victorian Frame of Mind*, pp. 113–14.

(68) Richard Hofstadter, *Anti-Intellectualism in American Life*, New York 1963, p. 4.

(69) Gaskell, *North and South*, p. 79.

(70) Newman, *Idea of a University*, p. 166.

(71) Walter Bagehot, 'The Waverley Novels' (1858), in *Literary Studies*, edited by R. H. Hutton, 4th edn, London 1891, vol. II, p. 172.

(72) Tennyson, *In Memoriam*, CXIV.

（73） Ibid.

（74） 「その脳髄／は悪魔のもの」「力を求めて前進するその／障害をことごとく焼き滅ぼすほど／燃え立っているが」。韻律と統語の不安定が、三つのさらなる句跨がりをともなって現出するのは次の語句の直後である。「知を愛さないものなどいない」「誰が誹謗しようか／知のもつ美を」「人と知が／交わり栄えるように」「そして誰が／知の柱を建てるのか」。

（75） Tennyson, *In Memoriam*, CXIII.

（76） Ibid., XXXIV.

（77） Hallam Tennyson, *Alfred Lord Tennyson: A Memoir by his Son*, New York 1897, p. 92.

（78） Weber, ‘Science as a Vocation’, p. 147.

（79） Ibid., p. 148.

（80） Matthew Arnold, *Culture and Anarchy*, in *Arnold: ‘Culture and Anarchy’ and Other Writings*, edited by Stefan Collini, Cambridge 2002（1869）, p. 81.

（81） Ibid., p. 67.

（82） Ibid., p. 78.

（83） Ibid.

（84） John Morley, *On Compromise*, Hesperides 2006（1886）, p. 39.

（85） 「ある種の概念がどうしても曖昧なのは、われわれがそれを思いどおりに研ぎ澄ますことができないのではなく、むしろそれを研ぎ澄ますことによって、その核心を破壊してしまうことになる」という意味においてである、とマイケル・ダメットは書いている。Michael Dummett, ‘Wang’s Paradox’, in Rosanna Keefe and Peter Smith, eds, *Vagueness: A Reader*, Cambridge, MA, 1966, p. 109.

（86） Clark, *Gothic Revival*, p. 102.

（87） Arnold, *Culture and Anarchy*, p. 79.

（88）Newman, *Idea of a University*, p. 166.

（89）Stefan Collini, 'Introduction' to *Arnold: 'Culture and Anarchy' and Other Writings*, Cambridge 2002, p. xi.

（90）「教養は国家の観念を示す」と、アーノルドは第二章の末尾に記している。「われわれは、日常の自己において堅固な国家権力の基盤を見いだすことはできない。教養は最高の自己の状態にあるわれわれにそれを示す」（Arnold, *Arnold: 'Culture and Anarchy'*, p. 99）。そして「結論」では次のように書かれている。「こうして、われわれの目には、誰がその国家を運営していようと、国家の枠組みと外面の秩序そのものが神聖なものとして映る。教養がアナーキーのもっとも明瞭な敵であるのは、教養がわれわれに涵養することを教える国家への大いなる希望と企図のゆえである」（p. 181）。アナーキーに関しては、この語が認定できる社会的参照項と結びつけられる場合には、労働者階級の血統の「ハイドパークでの狼藉者」と重ねられる（p. 89）。「好きなことを行なうこと」は、「好きなことを行なう野蛮人と俗物しかいないかぎりでは十分に適切であるが、いまや愚民が同じように好きなことを行なうのだとすれば、適切ではなく、アナーキーを産み出すようになってきている」と、アーノルドは恥知らずにも認めている（p. 120）。

（91）Dror Wahrman, *Imagining the Middle Class: The Political Representation of Class in Britain, c. 1780–1840*, Cambridge 1995, pp. 55–6.

（92）Ibid., pp. 8, 16.

（93）『衰退しない大英帝国』において、W・D・ルービンステイン――その前著の『有産者』（W. D. Rubinstein, *Men of Property: The Very Wealthy in Britain since the Industrial Revolution*, London/New Brunswick, N. J., 1981）はヴィクトリア時代の上流階級についての基礎的な研究でありつづけている――は、そのまさに正反対の主張を行なっている。「一九世紀が経過するなかで、教養に裏づけられた英語の散文と言論は、明晰性、説得力、道義心をかなり大きく増す方向に明瞭に発展し、最高の英語の散文と、そして合理性と近代性と結びつけられる精確、達意、明瞭な言葉遣いと現在重なる優雅さと明確さを獲得することになる」（W. D. Rubinstein, *Capitalism, Culture and Decline in Britain 1750–1990*, London/New York 1993, p. 87）。ルービンステインの示す二つの実例――オーウェルの「政治と英語」および、変わった選択だが、ノックの『歴史上の鉄道事故』（O. S. Nock, *Historic Railway Disasters*, London 1966）――はもちろん明晰で説得力がある。しかしこの二例はまた、英語の散文の二世紀を代表するものなのか。オーウェル自身が反対することだろう。ルービンスティンの引用するそのエッセイは、「現代英語の散文のもっとも際立った特徴」として「曖昧さと強烈な無能力の混合」をあからさまに選び出している。George Orwell, 'Politics and the English Language'（1946）, in George Orwell, *Collected Essays, Journalism, and Letters*, edited by Sonia Orwell and Ian Angus, Harmondsworth 1972, vol. IV, pp. 158–9 を参照。

第４章　「各国での変形」――半周縁における変容

（１）Honoré de Balzac, *Lost Illusions*, translated and introduced by Herbert J. Hunt, Harmondsworth 1971, p. 205.

（２）Joaquim Maria Machado de Assis, *The Posthumous Memoirs of Brás Cubas*, Oxford 1997（1881）, pp. 47–8.

（３）Roberto Schwarz, 'The Poor Old Woman and Her Portraitist', in his *Misplaced Ideas*, London 1992, p. 94.

（４）Roberto Schwarz, 'Complex, Modern, National and Negative', in his *Misplaced Ideas*, p. 89.

（５）Roberto Schwarz, *A Master on the Periphery of Capitalism*, Durham, NC, 2001（1990）, p. 33.

（６）Joaquim Maria Machado de Assis, *Dom Casmurro*, Oxford 1997, p. 152.

（７）Sianne Ngai, *Ugly Feelings*, Cambridge, MA, 2005, p. 175.

（８）Machado de Assis, *The Posthumous Memoirs of Brás Cubas*, p. 61.

（９）Ibid., p. 62.

（10）Machado de Assis, *Dom Casmurro*, p. 41.

（11）Ibid., p. 82.

（12）Ibid., p. 171.

（13）Benito Pérez Galdós, *Torquemada*, New York 1986（1889–96）, p. 534.

(14) Jacques LeGoff, *Your Money or Your Life: Economy and Religion in the Middle Ages*, New York 1990 (1986), *passim* を参照。

(15) Roberto Schwarz, 'Who can tell me that this character is not Brazil?', in his *Misplaced Ideas*, p. 103.

(16) 私が用いたのは、D. H. Lawrence's 1923 translation of *Mastro-Don Gesualdo* (Westport 1976, p. 54). 改変は最小限にとどめた。

(17) Ibid., p. 63.

(18) Ibid., p. 165.

(19) Ibid. ヴェルガは、自らのブルジョワ主人公に適合した正しい声調を見つけるために、最終草稿まで粘り強く作業を続けた。たとえば未来の投資について訊ねられた際に、最終より一つ前の草稿のジェズアルドは「ずっしりと根を下ろした農夫の不機嫌さを露骨に見せ、きらきら輝く歯を剥き出した作り笑いとともに答えた」(Giovanni Verga, *Mastro-Don Gesualdo*, 1888 version, Turin 1993, p. 503)。一年後の決定版では、このすべてが消え去り、ジェズアルドは単純に答える。「私たちにできることをやるだけです……」。

(20) Jürgen Kocka, 'Entrepreneurship in a Latecomer Country: The German Case', in his *Industrial Culture and Bourgeois Society: Business, Labor, and Bureaucracy in Modern Germany*, New York/Oxford 1999, p. 71.

(21) Giovanni Verga, *Lettere al suo traduttore*, edited by F. Chiappelli, Firenze 1954, p. 139.

(22) たとえば、最初のパーティでは、召使いが彼を「マストロ・ドン・ジェズアルド」と紹介すると、女主人がただちに口を挟む――「バカ! ドン・ジェズアルド・モッタと言いなさい、バカじゃないの!」(Verga, *Mastro-Don Gesualdo*, p. 36)。労働者、農夫、使用人に対しては通常であるファースト・ネームの使用が、「マストロ・ドン・ジェズアルド」から「ドン・ジェズアルド・モッタ」への変容をさらに意味深いものにしている。

(23) 語り手もまた「マストロ・ドン」を、小説を通して使用しているが、ヴェルガが絶えず自由間接話法に依存していることで、物語の登場人物の声と区別される「語り手」という観念がかなり疑わしくなっている。

(24) Verga, *Mastro-Don Gesualdo*, p. 69.

（25） Ibid., p. 71.

（26） Ibid., p. 74.

（27） Maxim Gorky, *Decadence*, Lincoln, NE, 1984（*The Artamanov's Business*, 1925）, p. 80.

（28） Verga, *Mastro-Don Gesualdo*, p. 85.

（29） Ibid., pp. 87-8.

（30） 'property' はまた、ジョヴァンニ・チェッケッティのより新しい翻訳（*Mastro-don Gesualdo: a novel*, translated, with an introduced by Giovanni Cecchetti, Berkeley, CA, 1979）において既定の選択になっている。

（31） Verga, *Mastro-Don Gesualdo*, p. 436.

（32） 「ローバ」という題目に関して、ルビエラとジェズアルドは実質的に交換可能である。彼の「仕事をすることで自分を殺してきた……ローバを手にすることで自分を殺してきたのだ」（Verga, *Mastro-Don Gesualdo*, p. 188）は、彼女の「[私のご先祖さまたちは]、自分たちのローバが誰の手元にも入っていくように、仕事で自分を殺すことはしなかった」（p. 32）において戻ってくる。そして言葉の並行を示す実例は簡単にいくつも見つけることができる。

（33） Verga, *Mastro-Don Gesualdo*, p. 279.

（34） Ibid., p. 282.

（35） Ibid., pp. 429–30.

（36） Bolesław Prus, *The Doll*, New York 1972（1890）, pp. 1–4.

（37） Ibid., p. 29.

（38） Ibid., p. 195.

（39） Ibid., p. 235.

（40） Fredric Jameson, 'A Businessman in Love', in Franco Moretti, ed., *The Novel, vol. II: Forms and Themes*, Princeton, NJ, 2006.

（41） Prus, *The Doll*, p. 75.

(42) Kocka, *Industrial Culture and Bourgeois Society*, p. 247.

(43) Ibid., p. 385.

(44) Ibid., p. 386.

(45) ブアルキの『ブラジルの根源』が引用されているのは、Roberto Schwarz, 'Misplaced Ideas: Literature and Society in Late Nineteenth-Century Brazil'（1973）であり、現在は Schwarz, *Misplaced Ideas*, p. 20 に収録されている。

(46) Prus, *The Doll*, p. 411.

(47) Ibid., p. 74.

(48) Ibid., p. 696.

(49) Ibid., p. 629.

(50) Ibid., p. 635.

(51) コッカによれば、世紀末にいたると、「ポーランド、チェコスロヴァキア地域、ハンガリー、ロシアでは、資本の所有者、企業家、経営者は多くの場合、外国人であった。多かったのはドイツ人および同化しないユダヤ人である」。Jürgen Kocka, 'The European Pattern and the German Case', in Jürgen Kocka and Allan Mitchell, eds, *Bourgeois Society in Nineteenth-Century Europe*, Oxford 1993（1988）, p. 21.

(52) Prus, *The Doll*, p. 635.

(53) Arno Mayer, *The Persistence of the Old Regime: Europe to the Great War*, New York 1981, p. 208.

(54) Pérez Galdós, *Torquemada*, p. 352.

(55) Ibid., p. 515.

(56) Ibid., p. 226. 本章を通しての強調はすべて原文による。

(57) Ibid., p. 385.

(58) Ibid., p. 9.

(59) Francesco Fiorentino, *Il ridicolo nel teatro di Molière*, Turin 1997, pp. 67, 80–1.

(60) Pérez Galdós, *Torquemada*, pp. 96, 131–2, 380, 383–4.

(61) Douglas Biber, Susan Conrad and Randi Reppen, *Corpus Linguistics: Investigating Language Structure and Use*, Cambridge 1998, pp. 61ff.

(62) Erich Auerbach, 'La cour et la ville'（1951）, in *Scenes from the Drama of European Literature*, Minneapolis, MN, 1984, pp. 152, 172, 168, 165.

(63) Pérez Galdós, *Torquemada*, p. 3.

(64) Fredric Jameson, *The Antinomies of Realism*, London 2013.

(65) Ivan Goncharov, *Oblomov*, New York 2008（1859）, pp. 167, 174–5, 198, 345, 432.

(66) Fyodor Dostoevsky, *Crime and Punishment*, Harmondsworth 1991（1866）, pp. 102, 76, 49, 43–60, 196.

(67) Ibid., p. 39.

(68) 'Present System of Education', *Westminster Review*, July-October 1825, p. 166.

(69) Ivan Turgenev, *Fathers and Sons*, New York 2008（1862）, p. 20.

(70) Ibid., p. 38.

(71) Dostoevsky, *Crime and Punishment*, pp. 101–2.

(72) Ibid., pp. 192–7.

(73) Svetlana Boym, *Common Places: Mythologies of Everyday Life in Russia*, Cambridge, MA, 1994, p. 3.

(74) Viktor Shklovsky, *Energy of Delusion: A Book on Plot*, Champaign, IL, 2007（1981）, p. 339.

(75) Mikhail Bakhtin, *Problems of Dostoevsky's Poetics*, Minneapolis, MN, 1984（1929–63）, pp. 114, 149, 146.

(76) 「氷冷さもなくば炎熱であれかし」と『悪霊』の聖なる道化チーホンは、ヨハネの『黙示録』を引用して叫ぶ。「冷でもなし熱でもなし、微温であるがゆえ、われ汝を口より吐き出さん」。Fyodor Dostoevsky, *Devils*, Oxford 1992（1871）, p. 458.

(77) ロトマンとウスペンスキーによれば、「カトリックのキリスト教西欧においては、死後の生は、天国、煉獄、地獄と三つの領域に分かたれている。同様に地上での生は、行為の三つの型を明示するものとして考えられている。完全に罪悪、完全に神聖、そして中立……広い範囲に及ぶ中立の行為、そして中立の社会制度。……この中立の領域は、そこから明日の体系が展開する構造上の空白になっている」。ロトマンとウスペンスキーは次のように続ける。しかしロシアのキリスト教は、対照的に「明快な二元論」を強調し、「中間の領域のための」余地を残さなかった。ゆえに、必然的に「この生における行為は、罪悪か神聖のいずれかになる」。Jurij M. Lotman and Boris A. Uspenskij, 'The Role of Dual Models in the Dynamics of Russian Culture (Up to the End of the Eighteenth Century)', in Ann Shukman, ed., *The Semiotics of Russian Culture*, Ann Arbor, MI, 1984, p. 4.

(78) 「強烈な実際的、倫理的、精神的な衝撃がただちに本能の深淵を彼らに開示して、一瞬のうちに彼らは平静な、時としては無為徒食に等しい生活から、実際面でも精神面でもこの上なく恐ろしい極端へと飛びこむのだ。彼らの本性、行動、思想、感情の振子運動はヨーロッパのどの国よりもはるかに大きいようである」(Erich Auerbach, *Mimesis*, Princeton, NJ, 1974 [1946], p. 523)。

第5章　イプセンと資本主義の精神

(1) Henrik Ibsen, *The Complete Major Prose Plays*, translated and introduced by Rolf Fjelde, New York 1978, pp. 1064, 1044. ノルウェイ語原書に関する助力を惜しまなかったサラ・アリソン (Sarah Allison) に多謝。

(2) Ibid., p. 216.

(3) Kurt Eichenwald, 'Ex-Chief of Enron Pleads Not Guilty to 11 Felony Counts', *New York Times*, 9 July 2004 を参照。

(4) Jonathan Glater, 'On Wall Street Today, a Break from the Past', *New York Times*, 4 May 2004.

(5) この文章は、Richard Tilly, 'Moral Standards and Business Behaviour in Nineteenth-Century Germany and Britain', in Jürgen Kocka and Allan Mitchell, eds, *Bourgeois Society in Nineteenth-Century Europe*, Oxford 1993 (1988), pp. 190–1 に引用されている。

（6）サラ・アリソンの説明によれば、この「いい加減な調査」がまさに灰色の領域である。'uefterrettelig' という語は、John Brynildsen, *Norsk-engelsk ordbog*（2nd edn, Kristiania 1917）においては、「偽りの、誤解した」（false, mistaken）とされており、Methuen から刊行されたこの戯曲のマイケル・メイヤー（Michael Meyer）による一九八〇年版では「惑わせる」（misleading）と翻訳されている。クリストファー・ハンプトン（Christopher Hampton）の翻訳（London 1980）では「不正確な」（inaccurate）、ドゥニア・B・クリスティアーニ（Dounia B. Christiani）の翻訳（London 1980）では「詐欺の」（fraudulent）、ブライアン・ジョンストン（Brian Johnston）の翻訳（Lyme, NH, 1996）では「ひどい偽りの」（disastrously false）、スティーヴン・マルリーン（Stephen Mulrine）の翻訳（London 2006）では「歪んだ」（crooked）。'uefterrettelig' の語源——否定接頭辞 'u'+'efter'（'after'）+'rettel'（'right'）+この語が形容詞であることを示す接尾辞 'ig' ——が示すのは「正しいものとして依拠することのできない何か、または誰か」である。「惑わせる」（misleading）、「信用できない」（unreliable）、「信頼できない」（untrustworthy）というのが、偽りの情報を与える主観的な意図が客観的な信頼できなさによって内包も排除もされない語にとっては、（偏ってはいるが）最適の等価表現のように思える。

（7）Ibsen, *Complete Major Prose Plays*, p. 405.

（8）Ibid., p. 449.

（9）Ibid., p. 405.

（10）George Eliot, *Middlemarch*, Harmondsworth 1994（1872）, pp. 616, 619.

（11）Ibid., p. 523.

（12）Ibid., p. 717.

（13）Theodor W. Adorno, *Problems of Moral Philosophy*, Palo Alto, CA, 2001（1963）, p. 161.

（14）Ibsen, *Complete Major Prose Plays*, p. 78.

（15）Ibid., p. 118.

（16）Ibid., p. 238.

(17) Ibid., p. 191.
(18) Ibid., p. 190.
(19) Ibid., p. 206.
(20) Ibid., p. 32.
(21) Ibid., p. 1021.
(22) Werner Sombart, *The Quintessence of Capitalism: A Study of the History and Psychology of the Modern Business Man*, London 1915 (1913), pp. 91-2. ゾンバルトの言葉に潜むエロティックな底流を見逃すことはできない。彼がファウスト、ゲーテが創造したもっとも破壊的にして創造的な誘惑者に「企業家の典型」を認めたのも、理由のないことではない。イプセンにおいてもまた、企業家の隠喩的幻覚はエロティックな要素をもっており、ソルネスのヒルダとの錯乱的なほど純潔な不倫の愛、ボルクマンの妻の妹への抑圧された愛が思い浮かぶ。
(23) Edward Chancellor, *Devil Take the Hindmost: A History of Financial Speculation*, New York 1999, p. xii.
(24) Ibid., p. 74.
(25) Ibsen, *Complete Major Prose Plays*, p. 1020.
(26) Ibid., p. 856.
(27) Bethany McLean and Peter Elkind, *The Smartest Guys in the Room: The Amazing Rise and Scandalous Fall of Enron*, London 2003, p. xxv.
(28) ノラの語りの発想源については、ジョアン・テンプルトンによって特定されている。Alisa Solomon, *Re-Dressing the Canon: Essays on Theater and Gender*, London/New York, 1997, p. 50を参照。
(29) Ibsen, *Complete Major Prose Plays*, p. 29.

訳者解説

遠読という方法

本書『ブルジョワ――歴史と文学のあいだ』（二〇一三年）の著者フランコ・モレッティの名前は、この本と同じ年に刊行された『遠読』の訳書が二〇一六年に同じくみすず書房から上梓されており、日本の読者にもある程度浸透しているだろう。上記訳書には、訳者代表の秋草俊一郎氏による有用な「訳者あとがき」が付されており、それを読むことで、自身の研究の集大成としての論文集『遠読』へと至るモレッティの研究の軌跡を明確に知ることができる。また同書所収「世界文学への試論」（二〇〇〇年）に集約的にみられる著者の「世界文学」という問題提起の背景についても、秋草氏が丁寧に解説している。そのため本書の「訳者解説」の方では、主に『ブルジョワ』と『遠読』の関係に意を払いつつ、著者が「ブルジョワ」という主題をなぜ取り上げたのか、副題にある「歴史と文学」をどのように捉えているのかを中心に述べたいと思う。

とはいえ、最低限の著者紹介の必要はあるだろう。フランコ・モレッティは、その名が示すようにイタリア出身だが、研究教育活動の多くをアメリカの大学で行なった比較文学研究者である。一九五〇年、イタリア北部のソンドリオで、両親ともに古典研究者で教員という家庭に生まれる（三歳違いの弟ナンニはイタリアを代表する映画監督になる）。少年時代をローマで過ごし、一九七二年にローマ・ラ・サピエンツァ大学で博士号取得。一九七九年にサレルノ大学で英文学を教えることから教歴を開始し、八五年にヴェローナ大学に移ると、比較文学の講座を担当するようになる一方でアメリカでの客員教員歴も重ねていく。一九九〇年に、イタリアからアメリカに居を移しコロンビア大学教授に就任。二〇〇〇年以降はスタンフォード大学教授を務め、本書中でもその成果が披瀝されている、小説研究センターと文学ラボを設立した。二〇一六年に退任し、現在は同大学の名誉教授職にある。スタンフォード退任後はスイスに移住し、スイス連邦工科大学ローザンヌ校（ＥＰＦＬ）顧問も務めている。

モレッティの著作のもっとも目を引く特徴は、『ヨーロッパ小説の地図帳——一八〇〇〜一九〇〇年』（一九九八年）、『グラフ、地図、樹——文学史の抽象モデル』（二〇〇五年）、『遠読』（二〇一三年）において多出する、多種多様なグラフ、地図、樹形図であろう。彼は小説内の登場人物の移動の軌跡やある特定分野の小説の各国での出版点数などをデータとして処理することで、文学作品の分析に社会科学的な手法を応用し、一九九〇年代後半以降に興隆した「文学地理学」と「デジタル・ヒューマニティーズ」を牽引した文学研究者としてよく知られている。このような彼の研究スタイルを象徴する言葉が、著作名にも選ばれた「遠読」である。文学研究において作品の精読に集中するのではなく、文学生産から遠い場所で確立された自然科学・社会科学の方法論を適用することで、閉塞状況に陥っている文学研究を打開することを提唱したと言えるだろう。しかし一見、大向こう受けを狙ったように思える華々しい方法論は、『奇跡のしるし――文学的形態の社会学をめぐる論集』(一九八三年、邦訳は『ドラキュラ・ホームズ・ジョイス――文学と社会』として新評論から一九九二年に刊行)、『世の習い――ヨーロッパ文化における教養小説』(一九八七年)、『近代の叙事詩――ゲーテからガルシア・マルケスにいたる世界システム』(一九九五年)といった初期の著作に認められる、「文学」を自律した文学テクストの限定された集合として扱うのではなく、社会システムとの、また世界全体の文化の場との相関でその機能を記述する立場から必然的に導き出されたものである。

モレッティの遠読の発想の根幹には、つねに文学研究の正典が帯びている恣意的な限定性の認識がある。テクストを精密に読むといったところで、その行為はあらかじめ定められている作品の正典性にもたれかかっているのであり、その読みの成果は、当のテクストを刊行物の総体の一パーセントにも満たない正典に押し上げた歴史と社会の力を解明できないどころか、それに盲目ですらあるのではないか。彼は以前より確立していた計量文献学の手法を踏まえつつも、それを精緻に磨き上げるよりも、そのつど、有効であると判断される視角を大胆に提示し、文学テクストをそれが書かれた全体の社会状況との関わりにおいてもっとも適切に解明することが可能な数量的記述法を編み出すという態度をとる。いきおい少なからぬ評者がモレッティの方法を場当たり的と捉え、それが必ずしも精密ではない点を、具体例を挙げて指摘している事実があるのだが、多くの場合、その指摘は正鵠を射ている(武田将明氏による『新潮』二〇一六年九月号に掲載された『遠読』の書評など)。ただしそれは文学研究における限定された着実さにともなう、無意味さとはいわないまでも非生産性の認識が彼の出発点に伏在するかぎり、絶えず彼の研究につきまとわざるをえない欠点であった。

だがモレッティの遠読は、本当に精読と対置される方法論なのだろうか。そこで仮想の対話相手として浮上するのが、モレッティの最初の著作に賛辞を送ったエドワード・サイードの遺著『人文学と批評の使命』（二〇〇四年、邦訳は二〇〇六年に岩波書店より刊行）である。晩年のサイードが放ったヨーロッパ中心主義否定、人文学擁護、精読推奨のメッセージは、一見したところ、ヨーロッパ小説のモデルを根幹に据え、人文学研究に社会科学の方法論を持ち込み、遠読を提唱するモレッティの立場とことごとく喰い違うどころか、お互いに仮想敵であったのではないかという思いにさえ駆られる。しかしながら、「専門的な脱構築論者、言説分析者、新歴史主義者などになるか、書斎に引きこもって、人文主義ということばから感傷的に呼びさまされる過去の栄光をノスタルジックに賞揚するか」という二者択一の選択肢をサイードが「お粗末な二分法」（邦訳八八ページ）と称する文章を読むと、両者の懸隔は対応の違いであって、ともに人文学の深刻な危機を認識し、ただしそれを打開する方向を別々に追究していたのだという感を強くする。穿った見方をするならば、モレッティはサイードの現状認識にはほぼ同意だった半面、その解決策としての「精読」や「文献学」に実践上の具体性をあまり感じなかったのではないか。彼における社会科学的な方法論の大胆な導入には、サイード的な正論が、漱石『文学論』「序」の文言を借りれば「血を以て血を洗ふが如き手段」に帰結する成り行きを回避する意図が作用したように思われる。

ブルジョワを精読する

モレッティの『ブルジョワ』は、歴史の領域における遠読の適用というよりも、同年に刊行した『遠読』と対になる、モレッティ流の精読の実践であり、サイードの正当なメッセージへの遅ればせながらの応答のように読むことができる。第一章が費やされる『ロビンソン・クルーソー』の執拗な精読にまず強烈な印象を与えられる本書を通して、精読のパフォーマンスを、遠読の方法論とどのように接合するのかという難問に対して、ひとつの回答が提示されているといってもよい。そしてたとえば第三章における、ヴィクトリア時代における形容詞の機能の記述では、個々のテクストにおける形容詞の使用のミクロな読解と、大量のテクストのデータ処理から得られた数値を踏まえたマクロな歴史変動の分析との両立に成功している。ただしそれが個別の箇所では成功という印象を与えるとしても、一回限りの実演であり、純然たる自然科学の方法論のように他の時代、他の対象に対して普遍的に適用可能ということはないだろう。だが本書でのモレッティの凄みは、そのような自然科学の方法論の普遍性が虚構であるという認識をばねとして、「ブルジョワ」という曖昧にしか定義されえなかった人物像をあえて歴史研究から引き出して、本書のマクロな枠組みの（虚）焦点に据えた点にある。モレッティは、富山太佳夫氏が『ヴィクトリア朝文化研究』（第一二号、二〇一四年）に掲載された本書の書評で指摘するように、たしかにデリダもフーコーも直接に引用することはしないが、見かけ以上に脱構築主義者であり、ポスト構造主義者として振る舞っているのである。

ブルジョワという概念は、かつてはマルクス主義の立場からだけでなく広く社会分析において不可欠であった。しかし二〇世紀後半以降は、歴史家ピーター・ゲイの仕事などわずかな例外を除けば、ブルジョワが正面から扱われることはなくなっていた。モレッティは、この死滅していたかに見える概念を中心に据えて、デフォー、バルザック、フローベール、イプセンなど一八世紀と一九世紀のイギリスをはじめとするヨーロッパの文学的散文を分析する。しかしブルジョワの発展と没落がリニアな歴史記述を通して語られ、その本質が明らかにされるということはない。ブルジョワという主人公は、結局はその性格を曖昧にしたまま本書のページを横切っていく。

序論で「ブルジョワ」という語が帯びている両義的な性格を文献学的な論述によって浮かび上がらせた著者は、曖昧であることが、ブルジョワに内在する性質と考えているかのようだ。もちろん各所では各時代のブルジョワの性格が、精緻なテクスト読解によって解明されてはいる。第一章では、孤島でのロビンソン・クルーソーの労働が、主に「役に立つ」と「快適」という二つのキイワードによって分析され、ブルジョワの性格の主調音が定められる。次いで第二章では、そのブルジョワの性格が「真剣」として把握されたのち、一九世紀小説において顕著になった「埋め草」、さらには「自由間接話法」の分析を通してブルジョワが獲得した、現実に対処する中立的な客観性の位相が、散文の文体の確立として記述される。

本書後半では、たしかにブルジョワの敗退の歴史が跡づけられているようには見える。第三章では、「真剣」が「真面目」に転化する歴史の機会が、ヴィクトリア時代のブルジョワの振る舞いにおいて認められる。この章で論じられる、一九世紀においてブルジョワが現実に直面することを避け、道徳的な粉飾で現実を覆うようになる経緯はひとつの決定的な堕落と捉えられるだろうし、第四章では、スペイン、シチリア、ポーランド、ロシアといったヨーロッパの半周縁において、ブルジョワが最終的に旧体制に敗北する事例が小説から抽出される。第五章では、イプセンの連作を通して、ブルジョワの登場人物たちが、しだいに現実主義的人格から曖昧な「灰色の領域」にうごめく存在へと頽落する経緯が基軸となっている。

一見すると、モレッティはブルジョワが掲げていたリアリズムを肯定的に評価し、ブルジョワが一九世紀後半それを失って陥った現実回避の態度を糾弾しているように思えなくもない。たしかに、モレッティが「露骨」を尊ぶブルジョワの現実主義的な心性と態度を評価していることは間違いない。これは、数量と図表に特徴づけられる遠読の方法論を積極的に導入するモレッティの研究者としての一面と合致する。しかしそれと同時にモレッティが、ブルジョワが移行した「灰色の領域」のこの割り切れない曖昧さをどこか倒錯的に愛していることも見落としてはならないだろう。この両面的な愛着にこそ、本書の歴史記述としての特性が宿っている。個別の文学テクストにおけるブルジョワ像の明晰なミクロ分析が、マクロな歴史記述の枠組みにきれいに収束するのではなく、その曖昧さのなかで浮遊し、やがて霧散する。ここにこそ、あえてブルジョワという両義性を本質とする人物像を本書の主人公に選んだモレッティの歴史記述の戦略を解く鍵が潜んでいる。

事実と歴史記述

「歴史と文学のあいだ」という副題をもつ本書から専門の歴史学者は何を受け取るだろうか。もちろん個々の文学テクストの史料としての用い方には参考になる部分があるかもしれないが、ブルジョワに関する歴史研究としての貢献という点では、懐疑的であればよい方で、もしかしたら全面否定ということになるかもしれない。史料はほぼ文学作品に限られていて、全体としてはブルジョワ像の変遷の歴史過程があえて韜晦されているとしか思えないこの奇妙なテクストは、歴史研究としては到底認められないというのがおおかたの見解であろう。ここで本書がブルジョワジーという階層の実証的な歴史研究ではなく、ブルジョワという個別の事例を文学作品から引用した歴史記述であることの意味を考えておきたい。『ブルジョワ』において、モレッティは歴史を研究しているのではなく、歴史を記述しているのである。

現在の歴史学のあり方については、言語論的転回のインパクトを受けて史料というテクストの修辞性に意を払いつつも、「事実」の科学的追求という確固とした基盤を強く保持することに学問の要諦があるというのが、たとえば遅塚忠躬『史学概論』(東京大学出版会、二〇一〇年)などが提示する認識であろう。実証主義の核を残しつつ史料の言語的特性を考慮してその実証性を柔軟に捉えるという立場が、歴史学界のおおかたにおいて共有されているように見える。だが、個々の「点」としての出来事についての歴史認識に関しては事実把握を核としたアプローチが不可欠である一方で、問題は、点と点をつないで「線」として歴史を語るときに、いかに客観性を保持しようと努めたとしてもそこに何らかの修辞的枠組み、いわば「物語」が介在することは避けられないのではないだろうかという点である。

ヘイドン・ホワイトの『メタヒストリー』(一九七三年、邦訳は二〇一七年に作品社より刊行)は、単に歴史家が扱う史料の物語性の水準にとどまらず、このような歴史研究者自身の歴史記述の物語性を照射していたからこそ、歴史と無縁ではない人文科学の領域全般に深甚な影響を与えたのであった。

むろんホワイトの主張が歴史学者に抵抗なく受け容れられたとは言い難いが、歴史学者が言語という媒体を駆使して、一定の長さで出来事の連鎖として歴史を語ろうとするとき、語り手は、E・H・カーが述べるように「現在と過去との対話」を通して全体の枠組みを相互作用的に構成することになる。そこで少なくとも歴史記述を事実の純粋な集積として規定することは難しいだろう。

右の議論を前提とするならば、ブルジョワを主人公とする本書の歴史記述は、この歴史の物語性へのモレッティ流の遊び心に溢れたアプローチであるように思える。いわば彼は、本書を小説を書くように書いている。しかもそれは単純な大衆小説ではない。通俗的な物語を一見志向するように見えながら、主人公の一貫した性格づけが曖昧なまま収束してしまう、あたかもアンチ・ロマンのような文学的趣向を帯びているのである。モレッティは、歴史記述において活用される物語のひとつとして、二〇世紀小説的なヴァリエーションを付け加えているといってよいだろう。

そのような文学に付き合ういわれはないと歴史学者は言うであろう。そこでさらに「歴史と文学」という問題を立てた場合に生じがちな誤解について言及する必要がある。歴史学が事実の追究を核とした科学である一方、文学は、想像力とフィクションの自由な使用が許されている領域であるという捉え方がなされるとするならば、そこには文藝創作と文学研究を混同する誤解が作用していると言ってよい。文学研究は、歴史研究と同じく一九世紀の実証主義を通過することで学問領域としての自立を果たしたのであり、それがまた同様に事実の認定を核とすることは、つねに本文校訂、本文注釈、伝記作成、年譜作成などの文献学的作業が学問の基盤をなしていることから理解される。ただしその実証研究は、想像的なフィクションというテクストをめぐって行なわれるため、事実の確定に一様ではない解釈の戦略が要求される。本書でモレッティが執拗に繰り出す多種多様な精読の試みは、文学研究が歴史研究と同じくミクロな水準での事実認定を必須とする学問であることの実践を通した主張、という性質を帯びている。彼は本書で文学研究者の立場から、歴史学者の業績を恣意的に利用しているのではない。テクスト分析を通じた事実の確定という同じ困難な研究に携わる同志としての親しさを、彼は文学研究者一般よりも歴史研究者に自然と覚えているように思われる。

最後に少々の無いものねだりを。本書を「ブルジョワ」という主人公を虚の焦点とする、やや前衛的な実験小説に近い物語構成をもった歴史記述として把握することで、その「歴史と文学のあいだ」の試みを理解することはできた。また枠組みは歴史学から借りつつも、史料は文学テクストに限定するという禁欲的なアプローチを採用したからこそこの分量で収まったという美点を、決して蔑ろにするものではない。しかし私自身が一九世紀文学の研究者であることも大きいのかもしれないが、本書の簡明直截な論の運びを楽しんだ反面、この刺激的な切り口をより古典的小説の形式に傾斜した実証的な歴史記述として存分に味わいたかった思いもある。そうした保守的な楽しみは、たとえばピーター・ゲイの著作に求めればよいのかもしれないが、本書でのモレッティの尖鋭な歴史記述の特異な様態を、もう少し折衷的に従来の物語的歴史記述に溶け込ませる方途はないか探ってみたいという感想が生じたのは、そのような迂回の戦略の方がブルジョワの歴史記述にはふさわしいのではないかとも思えるからである。

また本書での対象は、ヨーロッパの半周縁までで尽きていて、それも第四章の僅少の紙幅で触れられるのみである。（半）周縁でこそ「ブルジョワ」という新たな資本主義社会がもたらした類型が、伝統的な社会構成と激烈な摩擦を惹き起こしたのであり、これについてはもちろん本書でも一部言及があるが、いかにも社会史的資料も駆使した本格的な歴史記述が欲しい最たるトピックであった。

周縁に位置する地域として、資本主義、そして西洋小説のモデルとともに、ブルジョワという人物類型も舶来した日本の近代社会は、本書の問題設定での考察に興味深い事例を提供するであろう。森鷗外、堀口大學、永井荷風、谷崎潤一郎、三島由紀夫、辻邦生、丸谷才一、須賀敦子、江藤淳、蓮實重彥といった濃厚にブルジョワ性を漂わせる作家が当然分析対象となるだろうし、見方によれば村上春樹、金井美恵子から水村美苗、堀江敏幸までの現代作家を包摂する論を立てることもできるだろう。左翼の立場からの単なる否定の対象ではないブルジョワの両義性と文学テクストの構成との結びつきを読み解く日本文学論を、『思想としての東京』や『鹿鳴館の系譜』を遺した磯田光一のような批評家＝研究者が書いてくれるのならば、ぜひ読みたいものである。

＊

フリーエディターの勝康裕氏に本書の翻訳を依頼されたのは、二〇一六年一一月に開催されたある学会の帰途であったと記憶している。大部な歴史書の翻訳を仕上げてしばらく翻訳業は休もうと思っていたにもかかわらず、ほとんど即答で受諾したのは、この本は私が訳さなければならないだろうなという思いが萌したからにほかならない。このような不遜な思い込みは、モレッティの著作を持続して読み大きな刺激を受けてきていたという事実に由来する。そしてその端緒は、折に触れてモレッティの仕事の意義について言及されていた富山太佳夫先生の授業に非正規の受講者として参加を許されていた、一九九〇年代後半に遡る。私はその末席に連なっていたにすぎない授業参加者たちに先生が寛容に恵んでくださっていた学問の質と量については、今になって顧みてこそ呆然とせざるをえない。学問のもつ途轍もない恐ろしさと楽しさをごく自然に全身で体現されていた富山先生のはかり知れない学恩に、この場を借りてあらためて謝意を表する次第である。

本書において引用される多種多様な歴史書・文学書の訳者の皆様にも深い感謝を捧げるとともに、文脈の関係で一部の訳文を改変させていただいたことにお詫びを申し上げる。第一章で扱われる『ロビンソン・クルーソー』の訳者、武田将明氏には特段の謝意を捧げたい。

最後になるが、本訳書の企画を立て刊行に至るまでの過程を万般取り仕切っていただいた勝氏、またこのようなかたちでの出版の機会を与えてくださったみすず書房の守田省吾氏にも、大きな謝意を表したい。ほとんど神のような明知にもとづく依頼のされ方から詳細な文献表の作成まで、勝氏の仕事ぶりからいろいろ学ばせてもらった。翻訳作業に無限に時間を割きたい思いを抱えながら、自己の処理能力を超えた過大な業務を引き受けがちで、なかなか訳稿を進めることができなかった訳者を適度に鼓舞しつつ忍耐強く完成を待っていただいたことには頭を垂れるのみである。また共に仕事ができることを楽しみにしています。

二〇一八年七月

田中　裕介

索　引

［ア　行］

アウエルバッハ，エーリヒ（Auerbach, Erich）

『ミメーシス』（*Mimesis*）

「真剣な日常」 84–85, 86, 183, 224n(4), 225n(11)

スタンダール　230n(57)

バルザック　100–102, 170, 228–229n(43), 230n(57)

フローベール　230n(57)

ロシア小説の登場人物　184, 246n(78)

17 世紀フランスにおけるブルジョワ　177

アーサー・アンダーセン会計事務所（Arthur Andersen Accounting） 215n(25)

アップルビー，ジョイス（Appleby, Joyce）4

『アテネーウム』（*Athenaeum* [journal]）92

アーノルド，トマス（Arnold, Thomas）151

アーノルド，マシュー（Arnold, Matthew）154–156, 240n(90)

『教養と無秩序』（*Culture and Anarchy*）139

アルチュセール，ルイ（Althusser, Louis）136

アルパース，スヴェトラーナ（Alpers, Svetlana） 75

『描写の芸術』（*The Art of Describing*）73

アルバート記念碑（Albert Memorial）126

アーレント，ハンナ（Arendt, Hannah）212n(43)

アングル，ジャン・オーギュスト・ドミニック（Ingres, Jean Auguste Dominique）

『ウェヌス・アナデュオメネ』（*Vénus Anadyomne*） 113, 114（図版）, 118

アンダーセン・コンサルティング（Andersen Consulting） 215n(25)

アンダーソン，ペリー（Anderson, Perry）5, 24, 26, 126

イプセン，ヘンリク（Ibsen, Henrik） 17, 122, 177, 184–206

『海の夫人』（*The Lady from the Sea*）196

『戯曲全集』（*Complete Major Prose Plays*） 197–206

『社会の柱』（*Pillars of Society*） 187–188, 192, 196–197

『民衆の敵』（*An Enemy of the People*）187, 192

『棟梁ソルネス』（*The Masterbuilder*）187–188, 202–203

『人形の家』（*A Doll's House*） 122, 187, 192, 193, 198, 199, 205

『野鴨』（*The Wild Duck*） 177, 187–188, 192–193, 196–197

『幽霊』（*Ghosts*） 186, 188, 205

『ヨーン・ガブリエル・ボルクマン』（*John Gabriel Borkman*）　187, 192, 200–202, 205
ヴァールブルク，アビ（Warburg, Aby）　7, 28–29, 208n（13）
ヴィクトリア時代
イギリスの覇権　145–147
感傷主義　119–123, 147
形容詞　17, 21, 137–143, 149–150, 157, 235–236n（50）
戦後アメリカとの比較　25–26, 149
反知性主義　148–149
ブルジョワの歴史　7–8, 15–16
文学　129–132, 195
裸体　112–119
ヴィクトリアニズム　146–147, 157
ウィーナ，マーティン（Wiener, Martin J.）　125, 126
ウィリアムズ，レイモンド（Williams, Raymond）
『キイワード辞典』（*Keywords*）　20
『文化と社会』（*Culture and Society*）　20, 214n（24）
『ウェストミンスター・レヴュー』（*Westminster Review* [journal]）　182
ウェッブ，イゴー（Webb, Igor）　125
ウェーバー，マックス（Weber, Max）
『経済と社会』（*Economy and Society*）　90
「職業としての学問」（'Science as a Vocation'）　45
『プロテスタンティズムの倫理と資本主義の精神』（*The Protestant Ethic and the Spirit of Capitalism*）
禁欲主義　47–48
「資本主義冒険家」　28, 35
「天職への召命」　45
「非合理」　46, 109, 217n（56）
労働文化　4, 45, 59, 89, 109
合理化　36, 40–41, 89–90, 96–97
呪術からの解放　25, 70, 143, 147
デフォー　15, 28, 41
天職　92, 109, 154
「非合理性」　45–47, 96–97, 205, 217n（56）
「明晰」　199
ルカーチ　70, 89
労働　35, 45–46
ヴェブレン，ソースティン（Veblen, Thorstein）
『有閑階級の理論』（*Theory of the Leisure Class*）　51
ヴェルガ，ジョヴァンニ（Verga, Giovanni）　172, 173, 175, 192
『マストロ・ドン・ジェズアルド』（*Mastro-Don Gesualdo*）　164–171, 242n（19）
『マラヴォリア家の人びと』（*I Malavoglia*）　164
ヴェルディ，ジュゼッペ（Verdi, Giuseppe）
『トラヴィアータ』（*Traviata*）　123, 233n（12）
『ドン・カルロ』（*Don Carlos*）　193
ヴェルヌ，ジュール（Verne, Jules）
『八十日間世界一周』（*Around the World in 80 Days*）　90
ウォーラーステイン，イマニュエル（Wallerstein, Immanuel）　3, 10, 208n（17）
ウスペンスキー，ボリス（Uspenskij, Boris A.）　184, 245–246n（77）
ウッド，エレン・メイクサインズ（Wood, Ellen Meiksins）　4
ウルストンクラフト，メアリ（Wollstonecraft, Mary）　205
ウルフ，ヴァージニア（Woolf, Virginia）　195
ウルフ，ジャネット（Wolff, Janet）

『資本の文化』（ウルフ，シード編）（*The Culture of Capital*［Wolff and Seed, eds］） 126
「英米の生活における真剣なものとロマネスクなもの」（『両世界評論』掲載）（‘Du sérieux et du romanesque dans la vie anglaise et américaine’, in *Revue des deux mondes*） 96
エッジワース，マライア（Edgeworth, Maria）
『ラックレント城』（*Castle Rackrent*） 98–100
エッティ，ウィリアム（Etty, William） 118
『エジンバラ・レヴュー』（*Edinburgh Review*［journal］） 144, 147
エリアス，ノルベルト（Elias, Norbert）
『文明化の過程』（*The Civilizing Process*） 32
エリオット，ジョージ（Eliot, George） 75
『アダム・ビード』（*Adam Bede*） 224
『ミドルマーチ』（*Middlemarch*） 86–88, 91–93, 139–140, 177, 194–196, 232n（9）
エンゲルス，フリードリヒ（Engels, Friedrich）
『共産党宣言』（*Communist Manifesto*） 13, 17, 59, 102, 111–112, 123
エンプソン，ウィリアム（Empson, William）
『牧歌の諸変奏』（*Some Versions of Pastoral*） 30
エンロン（Enron） 188, 204
オーウェル，ジョージ（Orwell, George）
「政治と言語」（‘Politics and the English Language’） 240–241n（93）
オースティン，ジェーン（Austen, Jane） 88, 102
『自負と偏見』（*Pride and Prejudice*） 78–79, 104–105, 108
『エマ』（*Emma*） 103–104
オバマ，バラク（Obama, Barack） 237–238n（59）
オランダ絵画（Dutch painting） 65, 73–75, 88

［カ　行］

カイユボット，ギュスターヴ（Caillebotte, Gustave）
『パリの通り，雨』（*Study for a Paris Street, Rainy Day*） 79（図版）, 80
カーライル，トマス（Carlyle, Thomas） 211n（31）, 238n（64）
『過去と現在』（*Past and Present*） 127–129, 149
「産業の指導者」（‘Leaders of Industry’） 127
『英雄と英雄崇拝』（*On Heroes, Hero-Worship, and the Heroic in History*） 144–145
カント，イマヌエル（Kant, Immanuel） 200
ギャスケル，エリザベス（Gaskell, Elizabeth）
『北と南』（*North and South*） 234n（37）
「影響」と「個人的な接触」 133–137, 235n（43）
形容詞の使用 139, 141–142, 237n（58）
ブルジョワの描写 18–19, 133
「役に立つ」知識 149
ギャラハー，キャサリン（Gallagher, Catherine） 133
キングズリー，チャールズ（Kingsley, Charles） 122, 231n（6）
グーグルブックス（Google Books, n.s.） 14, 222n（96）, 236n（56）

[サ　行]

クスケ，ブルーノ（Kuske, Bruno） 28

グッゲンハイム，ベンジャミン（Guggenheim, Benjamin） 22-23

クラーク，ケネス（Clark, Kenneth） 126, 156

クラーク，T. J.（Clark, T. J.） 113-114

グラムシ，アントニオ（Gramsci, Antonio） 23, 126, 137
『現代の君主』（*Quaderni del carcere*） 133

グレイ，チャールズ（Grey, Charles） 209n（24）

クレイク，ダイナ（Craik, Dinah） 165
『ジョン・ハリファックス，ジェントルマン』（*John Halifax, Gentleman*） 11-12, 124, 129-132, 139, 175, 237n（58）

グレトゥイゼン，ベルンハルト（Groethuysen, Bernard） 14, 21, 22
『ブルジョワ精神の起源』（*Origines de l'esprit bourgeois en France*） 10

クーン，トマス（Kuhn, Thomas）
「近代物理科学における測定の機能」（'The Function of Measurement in Modern Physical Science'） 223n（109）

『ファウスト』（*Faust*） 216n（32）, 248n（22）

コーエン，マーガレット（Cohen, Margaret）
『小説と海』（*The Novel and the Sea*） 29

コジェーヴ，アレクサンドル（Kojève, Alexandre） 32

コゼレック，ラインハルト（Koselleck, Reinhart） 10, 20-21

コッカ，ユルゲン（Kocka, Jürgen）
階級としてのブルジョワジー 5-6, 12-13, 173, 246n（5）
後発国 165, 242n（20）, 244n（51）
余暇と労働 89, 226n（16）

国会議事堂（Houses of Parliament） 125, 156

ゴーリキー，マクシム（Gorky, Maxim） 168

コーン，ドリット（Cohn, Dorrit） 230n（58）

ゴンクール兄弟（Goncourts [brothers]）
『ジェルミニー・ラセルトゥー』（*Germinie Lacerteux*） 79

ゴンチャロフ，イヴァン（Goncharov, Ivan）
『オブローモフ』（*Oblomov*） 181

コンラッド，ジョウゼフ（Conrad, Joseph） 35-36
『闇の奥』（*Heart of Darkness*） 44-46, 122, 205, 232n（9）, 232-233n（10）

サルトル，ジャン゠ポール（Sartre, Jean-Paul） 122

シヴェルブシュ，ヴォルフガング（Schivelbusch, Wolfgang） 52-53

シェイクスピア，ウィリアム（Shakespeare, William）
『ハムレット』（*Hamlet*） 193

ジェイムズ，ヘンリー（James, Henry）

56, 87, 102, 176
ジェイムスン，フレドリック（Jameson, Fredric） 173, 179
シクロフスキー，ヴィクトル（Shklovsky, Viktor） 183–184
シード，ジョン（Seed, John）
『資本の文化』（ウルフ，シード編）（*The Culture of Capital* [Wolff and Seed, eds]） 126
シャペロ，エヴ（Chiappello, Eve） 126, 131
シャーマ，サイモン（Schama, Simon） 7–8
シュタイガー，エーミール（Staiger, Emil）
『詩学の根本概念』（*Basic Concepts of Poetics*） 67
シュニッツラー，アルトゥール（Schnitzler, Arthur） 176
シュピッツァー，レオ（Spitzer, Leo）
「ラシーヌの『フェードル』における『テラメーヌの語り』」（'The "Récit de Théramène" in Racine's *Phèdre*'） 236n(52)
シュレーゲル，カール・ヴィルヘルム・フリードリヒ（Schlegel, Karl Wilhelm Friedrich） 92, 144
シュワルツ，ロベルト（Schwarz, Roberto） 44, 161–164, 183
シュンペーター，ヨーゼフ（Schumpeter, Joseph） 24, 205, 210n(29), 219–220n(77)
ショー，ジョージ・B.（Shaw, George B.） 192, 206
ジョイス，ジェイムズ（Joyce, James） 196
証券取引委員会（Securities and Exchange Commission） 204
ジンメル，ゲオルク（Simmel, Georg）
「社会学的美学」（'Soziologische Aesthetik'） 221n(88)
スキリング，ジェフ（Skilling, Jeff） 204
スコット，ウォルター（Scott, Walter） 149
『ウェイヴァリー』（*Waverley*） 83
『ケニルワースの城』（*Kenilworth*） 98–101
スタンフォード大学文学ラボ（Stanford Literary Lab, n.s.） 12, 220n(80), 222n(96), 226n(12), 236–237n(56)
ストレイチー，リットン（Strachey, Lytton）
『偉大なるヴィクトリア時代人』（*Eminent Victorians*） 146
ステーン，ヤン（Steen, Jan）
『デルフトの市長とその娘』（*Burgher of Delft* [painting]） 8, 9（図版）
スピルバーグ，スティーヴン（Spielberg, Steven） 212n(47)
スマイルズ，サミュエル（Smiles, Samuel） 149, 236n(52)
『自助論』（*Self-Help*） 137–138, 141
セラオ，マティルデ（Serao, Matilde）
『クッカーニャの土地』（*Il Paese di cuccagna*） 172
セルカーク，アレグザンダー（Selkirk, Alexander） 31
ゼルバベル，エビエタ（Zerubavel, Eviatar） 89
選挙法改正法（Reform Bill）（1832 年） 14, 125, 209n(24)
ゾンバルト，ヴェルナー（Sombart, Werner） 201, 216n(32), 248n(22)

[タ 行]

ダヴィドフ，レオノーレ（Davidoff, Leonore） 95
ダーウィン，チャールズ（Darwin, Charles）
『種の起源』（*The Origin of Species*） 120

ダストン，ロレーヌ（Daston, Lorraine） 95, 228n(32)
『客観性』（*Objectivity* [Daston and Galison]） 98
ダメット，マイケル（Dummett, Michael） 98
チボーデ，アルベルト（Thibaudet, Albert） 92
チャドウィック＝ヒーリー・データベース（Chadwyck-Healey database, n.s.） 12, 237n(56)
チャトマン，シーモア（Chatman, Seymour） 78
ツルゲーネフ，イワン（Turgenev, Ivan）
『父と子』（*Fathers and Sons*） 182
ディケンズ，チャールズ（Dickens, Charles） 25, 165, 212n(47), 225n(6)
『ドンビー父子』（*Dombey and Son*） 124
『ハード・タイムズ』（*Hard Times*） 123, 165
『リトル・ドリット』（*Little Dorrit*） 177
『われらが共通の友』（*Our Mutual Friend*） 139
ディズレーリ，ベンジャミン（Disraeli, Benjamin）
『コニングズビー』（*Coningsby*） 124
ディドロ，ドゥニ（Diderot, Denis） 224
『私生児をめぐる対話』（*Entretien sur le fils naturel*） 80-81
テイラー，チャールズ（Taylor, Charles） 94
テニソン，アルフレッド（Tennyson, Alfred） 123, 232n(10)
『イン・メモリアム』（*In Memoriam*） 119-121, 150-155, 239n(74)
デフォー，ダニエル（Defoe, Daniel）
『ロビンソン・クルーソー』（*Robinson Crusoe*）
神の摂理 61
散文の文体 41, 81, 89-90, 95-97
タイトルページ 34（図版）
ディケンズ 225n(6)
『天路歴程』との比較 61-65
道具 37-41
動名詞の用法 17, 54, 56, 58, 220n(80)
富の蓄積 29, 213n(9)
「二つの魂」 36
冒険譚として 27-30
「もの」の用法 64-69
労働 31-32, 34-35, 214n(23), 215n(27)
『ロビンソン・クルーソー，続編』（*Farther Adventures of Robinson Crusoe*） 215-216n(31)
ウェーバー 15, 28, 41
クルーソーの労働の描写（Crusoe's work description） 39-41, 53-56
散文の文体 54-56, 59-62, 64-65, 89-90, 93, 95-96, 222n(94)
正直 68, 223n(108)
冒険と労働の対置 27-28, 30-32, 35-37, 215-216n(31)
労働の記述 31-32, 33, 214n(23), 215n(27)
デ・フリース，ヤン（de Vries, Jan） 51, 219n(74)
デュモン，ルイ（Dumont, Louis） 126
テンプルトン，ジョアン（Templeton, Joan） 248n(28)
道具的理性（*Zweckrationalität*） 46, 55
ドストエフスキー，フョードル（Dostoevsky, Fyodor） 172
『悪霊』（*Devils*） 245n(76)
『罪と罰』（*Crime and Punishment*） 181-184
トブラー，アドルフ（Tobler, Adolf） 103

トムスン，エドワード・P.（Thompson, Edward P.） 130, 132
トムスン，F. M. L.（Thompson, F. M. L.） 209n（24）

[ナ 行]
ニーチェ，フリードリヒ（Nietzsche, Friedrich） 145
『道徳の系譜学』（*The Genealogy of Morals*） 142, 169–170
ニューマン，ジョン・ヘンリー（Newman, John Henry）
『大学の理念』（*The Idea of a University*） 149, 156, 219n（73）
ネリッチ，マイケル（Nerlich, Michael） 27
ノヴァク，マキシミリアン（Novak, Maximillian） 215–216n（31）
ノック，O. S.（Nock, O. S.） 241n（93）

[ハ 行]
ハイザー，ライアン（Heuser, Ryan） 141
ハーヴェイ，デイヴィッド（Harvey, David） 35
パーキンソン，リチャード（Parkinson, Richard） 13, 235n（43）
『マンチェスターの貧困労働者の現状について』（*On the Present Condition of the Labouring Poor in Manchester*） 133
バーク，ピーター（Burke, Peter） 65, 88
パーク，ロバート・E.（Park, Robet E.） 235n（41）
ハーシュマン，アルバート・O.（Hirschmann, Albert O.） 33, 90
バジョット，ウォルター（Bagehot, Walter） 89, 149–150
パスカル，ロイ（Pascal, Roy） 104
ハッキング，イアン（Hacking, Ian） 89
バニヤン，ジョン（Bunyan, John）
『天路歴程』（*Pilgrim's Progress*） 49, 61–65, 153, 218–219n（67）
バフチン，ミハイル（Bakhtin, Mikhail） 184
バリー，チャールズ（Bally, Charles） 105
バルザック，オノレ・ド（Balzac, Honoré de） 88, 100–102, 159, 170, 230n（57）
『幻滅』（*Lost Illusions*） 84, 159–161, 228–229n（43）
『ゴプセック』（*Gobseck*） 177
『ゴリオ爺さん』（*Père Goriot*） 101
バルト，ロラン（Barthes, Roland） 67, 75–79, 85, 193
パワーズ，ハイラム（Powers, Hiram）
『ギリシャの奴隷』（*Greek Slave*） 118, 231n（4）
バンヴェニスト，エミール（Benveniste, Émile） 21
『インド＝ヨーロッパ諸制度語彙論集』（*Indo-European Language and Society*） 208n（17）
ピナール，エルネスト（検事）（Pinard, Ernest [prosecutor]） 106–107
ヒューズ，トマス（Hughes, Thomas） 144
『トム・ブラウンの学校生活』（*Tom Brown's Schooldays*） 131, 135
ファノン，フランツ（Fanon, Frantz）
『地に呪われたる者』（*The Wretched of the Earth*） 122
ブアルキ，セルジオ（Bruarque, Sérgio）
『ブラジルの根源』（*Raízes do Brasil*） 174, 244n（45）
フェイドー，エルネスト＝エイメ（Feydeau, Ernest-Aimé）
『ファニー』（*Fanny*） 85
フェルメール，ヨハネス（Vermeer, Johannes） 73–77, 79, 88
『恋文』（*Love Letter*） 76（図版）

183
ボイル，ロバート（Boyle, Robert） 68, 223n(109)
ポインター，エドワード（Poynter, Edward）
『アンドロメダ』（*Andromeda*） 118-119
ボードレール，シャルル（Baudelaire, Charles） 81
『悪の華』（*Les Fleurs du Mal*） 154, 197
ホートン，ウォルター・E.（Houghton, Walter E.） 149
『ヴィクトリア時代の精神構造』（*The Victorian Frame of Mind*） 146, 231n(6)
ホフスタッター，リチャード（Hofstadter, Richard） 149
ホブズボーム，エリック（Hobsbawm, Eric）
『帝国の時代』（*Age of Empire*） 4
ボリンジャー，ドワイト（Bolinger, Dwight） 236n(52)
ホール，キャサリン（Hall, Catherine） 95
ホルクハイマー，マックス（Horkheimer, Max） 41
ボルタンスキー，リュック（Boltanski, Luc） 126, 131

［マ 行］

マーカス，スティーヴン（Marcus, Steven）
『エンゲルス，マンチェスター，労働者階級』（*Engels, Manchester, and the Working Class*） 145-146
『もうひとつのヴィクトリア時代』（*The Other Victorians*） 145
マキャヴェッリ，ニッコロ（Machiavelli, Niccolò）
『フィレンツェ史』（*Istorie Fiorentine*） 7
マクロスキー，デアーダー（McCloskey, Deirdre N.）
『ブルジョワの美徳』（*The Bourgeois Virtues*） 190
マシャード・ジ・アシス，ジョアキン・マリア（Machado de Assis, Joaquim Maria） 159, 183, 197
『キンカス・ボルバ』（*Quincas Borba*） 161-162
『ドン・カズムッホ』（*Dom Casmurro*） 161, 162
『ブラス・クーバスの死後の回想』（*The Posthumous Memoirs of Brás Cubas*） 160-162
マッケンドリック，ニール（McKendrick, Neil）
『消費社会の誕生』（*The Birth of a Consumer Society*） 51-52
マーティノー，ハリエット（Martineau, Harriet） 205
マネ，エドゥアール（Manet, Édouard） 119, 197
『オランピア』（*Olympia*） 108, 113（図版）-114, 154
マーラー，グスタフ（Mahler, Gustav） 205
マルクス，カール（Marx, Karl） 35, 170
『共産党宣言』（*Communist Manifesto*） 13, 17, 59, 102, 111-112, 123
『資本論』（*Capital*） 19
マン，トーマス（Mann, Thomas）
『ファウストゥス博士』（*Doktor Faustus*） 93
『ブッデンブローク家の人びと』（*Buddenbrooks*） 19, 86-87, 203
「ブルジョワ時代の代表者としてのゲーテ」（‘Goethe as a Representative of the Bourgeois Age’） 23
イプセンとの比較 185

[ヤ　行]

[ラ　行]

［ワ　行］

［ン　行］

文献一覧

Adorno, Theodor W., *Problems of Moral Philosophy*, Palo Alto, CA, 2001 (1963)〔テオドール・W. アドルノ／船戸満之訳『道徳哲学講義』作品社，2006 年〕.

Alpers, Svetlana, *The Art of Describing: Dutch Art in the Seventeenth Century*, Chicago, IL, 1983〔スヴェトラーナ・アルパース／幸福輝訳『描写の芸術―― 17 世紀のオランダ絵画』第 2 版，ありな書房，1995 年〕.

Anderson, Perry, 'The Antinomies of Antonio Gramsci', *New Left Review* I/100 (November-December 1976).

——, 'The Figures of Descent' (1987), in *English Questions*, London 1992.

——, 'The Notion of Bourgeois Revolution' (1976), in *English Questions*.

Appleby, Joyce Oldham, *Economic Thought and Ideology in Seventeenth-Century England*, Los Angeles 2004 (1978).

——, *The Relentless Revolution: A History of Capitalism*, New York 2010.

The Arabian Nights: Tales of 1001 Nights, Harmondsworth 2010〔大場正史訳『千夜一夜物語：バートン版』全 11 巻，ちくま文庫，2003-2004 年〕.

Arendt, Hannah, *The Origins of Totalitarianism*, New York 1994 (1948)〔ハンナ・アーレント／大久保和郎・大島通義・大島かおり訳『新版 全体主義の起原』全 3 巻，みすず書房，2017 年〕.

Arnold, Matthew, *Culture and Anarchy*, in *Arnold: 'Culture and Anarchy' and Other Writings*, edited by Stefan Collini, Cambridge 2002 (1869)〔マシュー・アーノルド／多田英次訳『教養と無秩序』改版，岩波文庫，1965 年〕.

Arrighi, Giovanni, *The Long Twentieth Century: Money, Power, and the Origins of Our Times*, London 1994〔ジョヴァンニ・アリギ／柄谷利恵子・境井孝行・永田尚見訳『長い 20 世紀――資本，権力，そして現代の系譜』作品社，2009 年〕.

Asor Rosa, Alberto, 'Thomas Mann o dell'ambiguità borghese', *Contropiano* 2 (1968), pp. 319-76 and 3 (1968), pp. 527-76.

Auerbach, Erich, *Mimesis*, Princeton, NJ, 1974 (1946)〔エーリッヒ・アウエルバッハ／篠田一士・川村二郎訳『ミメーシス』上下，ちくま学芸文庫，1994 年（筑摩書房，1967 年）〕.

——, 'La cour et la ville' (1951), in *Scenes from the Drama of European Literature*, Minneapolis, MN, 1984.

——, 'Über die ernest Nachahmung des alltäglichen', in *Travaux du séminaire de philologie*

romane I, İstanbul 1937.
Austen, Jane, *Emma*, Harmondsworth 1996 (1815)〔ジェーン・オースティン／中野康司訳『エマ』上下，ちくま文庫，2005 年〕.
——, *Pride and Prejudice*, edited with an introduction and notes by Vivien Jones, London & New York: Penguin Books, 2003 (1813)〔ジェイン・オースティン／村山太一訳『自負と偏見』新潮文庫，2014 年〕.
Bagehot, Walter, *The English Constitution*, Oxford 2001 (1867)〔ウォルター・バジョット／小松春雄訳『イギリス憲政論』中公クラシックス，2011 年〕.
——, 'The Waverley Novels' (1858), in *Literary Studies*, vol. II, edited by R. H. Hutton, 4th edn, London 1891.
Bakhtin, Mikhail, *Problems of Dostoevsky's Poetics*, Minneapolis, MN, 1984 (1929–63)〔ミハイル・バフチン／望月哲男・鈴木淳一訳『ドストエフスキーの詩学』ちくま学芸文庫，1995 年〕.
Bally, Charles, 'Le style indirecte libre en français moderne', *Germanisch-Romanische Monatschrift*, 1912.
Balzac, Honoré de, *Gobseck*, Paris 1830〔オノレ・ド・バルザック／芳川泰久訳『ゴプセック・毬打つ猫の店』岩波文庫，2009 年〕.
——, *Lost Illusions*, translated and introduced by Herbert J. Hunt, Harmondsworth 1971〔オノレ・ド・バルザック／野崎歓・青木真紀子訳『幻滅——メディア戦記』上下（バルザック「人間喜劇」セレクション／鹿島茂・山田登世子・大矢タカヤス責任編集，第 4–5 巻）藤原書店，2000 年〕.
Barthes, Roland, 'Introduction to the Structural Analysis of Narratives' (1966), in Susan Sontag, ed., *Barthes: Selected Writings*, Glasgow 1983〔ロラン・バルト／花輪光訳『物語の構造分析』みすず書房，1979 年〕.
Baudelaire, Charles, 'The Heroism of Modern Life' (1846), in P. E. Charvet, ed., *Selected Writings on Art and Artists*, Cambridge 1972〔シャルル・ボードレール「現代生活の画家」阿部良雄訳『美術批評』上（ボードレール全集 3），筑摩書房，1985 年〕.
Benveniste, Émile, *Indo-European Language and Society*, Miami 1973 (1969)〔エミール・バンヴェニスト／前田耕作監修，蔵持不三也ほか訳『インド＝ヨーロッパ諸制度語彙集』全 2 巻，言叢社，1986–1987 年〕.
——, 'Remarks on the Function of Language in Freudian Theory', in *Problems in General Linguistics*, Oxford, OH, 1971 (1966)〔エミール・バンヴェニスト「フロイトの発見におけることばの機能についての考察」岸本通夫監訳，河村正夫ほか訳『一般言語学の諸問題』みすず書房，1983 年，第 7 章〕.
Berg, Maxine and Helen Clifford, eds, *Consumers and Luxury: Consumer Culture in Europe 1650–1850*, Manchester 1999.
Between the Acts, 15 June 1889.
Biber, Douglas, Susan Conrad and Randi Reppen, *Corpus Linguistics: Investigating Language Structure and Use*, Cambridge 1998〔ダグラス・バイバー，スーザン・コ

ンラッド，ランディ・レッペン著／齊藤俊雄ほか訳『コーパス言語学――言語構造と用法の研究』南雲堂，2003 年〕.

Blumenberg, Hans, *The Legitimacy of the Modern Age*, Cambridge, MA, 1983（1966–76）〔ハンス・ブルーメンベルク／斎藤義彦・忽那敬三・村井則夫訳『近代の正統性』全 3 巻，法政大学出版局，1998–2002 年〕.

Bolinger, Dwight, 'Adjectives in English: Attribution and Predication', *Lingua* 18, 1967〔ドワイト・ボリンジャー／早川勇訳『英語における形容詞の限定用法と叙述用法』Kindle Edition, 2017 年 1 月，ただし原註は割愛されている〕.

Boltanski, Luc and Eve Chiappello, *The New Spirit of Capitalism*, London 2005（1999）〔リュック・ボルタンスキー，エヴ・シャペロ／三浦直希ほか訳『資本主義の新たな精神』上下，ナカニシヤ出版，2013 年〕.

Bourdieu, Pierre, *Outline of a Theory of Practice*, Cambridge 2012（1972）.

Boyle, Robert, 'A Proemial Essay, wherein, with some Considerations touching Experimental Essays in general, Is interwoven such an Introduction to all those written by the Author, as is necessary to be perused for the better understanding of them', in *The Works of the Honourable Robert Boyle*, vol. I, edited by Thomas Birch, 2nd edn, London 1772.

Boym, Svetlana, *Common Places: Mythologies of Everyday Life in Russia*, Cambridge, MA, 1994.

Braudel, Fernand, *Capitalism and Material Life 1400–1800*, New York 1973（1967）〔フェルナン・ブローデル／村上光彦・山本淳一訳『物質文明・経済・資本主義 15–18 世紀』全 6 巻，みすず書房，1985–1999 年〕.

Brenner, Robert, *Merchants and Revolution: Commercial Change, Political Conflict, and London's Overseas Traders, 1550–1653*, London 2003（1993）.

Brougham, Henry, *Opinions of Lord Brougham on Politics, Theology, Law, Science, Education, Literature, &c. &c.: As Exhibited in His Parliamentary and Legal Speeches, and Miscellaneous Writings*, London 1837.

Briggs, Asa, *Victorian Cities*, Berkeley, CA, 1993（1968）.

——, *Victorian People: A Reassessment of Persons and Themes*, rev. edn, Chicago 1975（1955）〔エイサ・ブリッグズ／村岡健次・河村貞枝訳『ヴィクトリア朝の人びと』ミネルヴァ書房，1988 年〕.

Brynildsen, John, *Norsk-engelsk ordbog*, 2nd edn, Kristiania 1917.

Brunner, Otto, Werner Conze and Reinhart Koselleck, eds, *Geschichtliche Grundbegriffe*, vol. IV, Stuttgart 1982.

Bunyan, John, *The Pilgrim's Progress*, New York/London 2009（1678）〔ジョン・バニヤン／竹友藻風訳『天路歴程』全 2 巻，岩波文庫，1951–1953 年〕.

Burke, Peter, *Varieties of Cultural History*, Cornell 1997.

——, 'The Rise of Literal-Mindedness', *Common Knowledge* 2（1993）.

Burn, W. L., *The Age of Equipoise: A Study of the Mid-Victorian Generation*, New York 1964.

Carlyle, Thomas, *On Heroes, Hero-Worship, and the Heroic in History*, edited by Michael K. Goldberg, Berkeley, CA, 1993（1841）〔トマス・カーライル／入江勇起男訳『英雄と英雄崇拝』（カーライル選集 2）日本教文社，1962 年〕.

——, *Past and Present*, Oxford 1960（1843）〔トマス・カーライル／上田和夫訳『過去と現在』（カーライル選集 3）日本教文社，1962 年〕.

Carroll, Lewis, *Through the Looking-Glass, and What Alice Found There*, Harmondsworth 1998（1872）〔ルイス・キャロル／高山宏訳『鏡の国のアリス』亜紀書房，2017 年〕.

Chancellor, Edward, *Devil Take the Hindmost: A History of Financial Speculation*, New York 1999〔エドワード・チャンセラー／山岡洋一訳『バブルの歴史――チューリップ恐慌からインターネット投機へ』日経 BP 社／日経 BP 出版センター，2000 年〕.

Chatman, Seymour, *Story and Discourse: Narrative Structure in Fiction and Film*, Ithaca, N.Y., 1978.

Clark, Kenneth, *The Gothic Revival: An Essay in the History of Taste*, Harmondsworth 1962（1928）〔ケネス・クラーク／近藤存志訳『ゴシック・リヴァイヴァル』白水社，2005 年〕.

Clark, T. J., *The Painting of Modern Life: Paris in the Art of Manet and His Followers*, London 1984.

Cohen, Margaret, *The Novel and the Sea*, Princeton 2010.

Cohn, Dorrit, *The Distinction of Fiction*, Baltimore 1999.

Collini, Stefan, 'Introduction' to *Arnold: 'Culture and Anarchy' and Other Writings*, Cambridge 2002.

Conrad, Joseph, *Heart of Darkness*, Harmondsworth 1991（1899）〔ジョゼフ・コンラッド／中野好夫訳『闇の奥』改版，岩波文庫，2010 年〕.

Craik, Dinah Maria Mulock, *John Halifax, Gentleman*, Buffalo, NY, 2005（1843）〔ダイナ・マリア・クレイク／高野弥一郎訳『バラの家――ジョン・ハリファックス物語』大日本雄弁会講談社，1949 年〕.

Daston, Lorraine, 'The Moral Economy of Science', *Osiris* 10, 1995.

Daston, Lorraine and Peter Galison, *Objectivity*, New York 2007.

Davidoff, Leonore and Catherine Hall, *Family Fortunes: Men and Women of the English Middle Class, 1780–1850*, London 1987.

Davis, John H., *The Guggenheims, 1848–1988: An American Epic*, New York 1988.

Defoe, Daniel, *Robinson Crusoe*, Harmondsworth 1965（1719）〔ダニエル・デフォー／武田将明訳『ロビンソン・クルーソー』河出文庫，2011 年〕.

——, 'An Essay upon Honesty', in *Serious Reflections during the Life and Surprising Adventures of Robinson Crusoe: With his Vision of the Angelic World*, edited by George A. Aitken, London 1895.

Descharmes, René, *Autour de 'Bouvard et Pécuchet': études documentaires et critiques*,

Paris 1921.
De Vries, Jan, *The Industrious Revolution: Consumer Behavior and the Household Economy, 1650 to the Present*, Cambridge 2008.
Dickens, Charles, *Dombey and Son*, London 1848〔チャールズ・ディケンズ／田辺洋子訳『ドンビー父子』上下，こびあん書房，2000 年〕.
——, *Hard Times—For These Times*, London 1854〔チャールズ・ディケンズ／山村元彦・竹村義和・田中孝信訳『ハード・タイムズ』英宝社，2000 年〕.
——, *Little Dorrit*, London 1855–1857〔チャールズ・ディケンズ／小池滋訳『リトル・ドリット』全 4 巻，ちくま文庫，1991 年〕.
——, *Our Mutual Friend*, London 1865〔チャールズ・ディケンズ／間二郎訳『我らが共通の友』全 3 巻，ちくま文庫，1997 年〕.
Diderot, Denis, *Entretiens sur «Le fils naturel»*, in *Oeuvres*, Paris 1951, pp. 1201–1273.
Disraeli, Benjamin, *Coningsby; or, The New Generation*, New ed., London 1844〔ジスレリー／関直彦訳『春鶯囀：政黨餘談』全 4 篇，坂上半七，1884 年〕.
Doležel, Lubomir, *Narrative Modes in Czech Literature*, Toronto 1973.
Dostoevsky, Fyodor, *Crime and Punishment*, Harmondsworth 1991 (1866)〔フョードル・ドストエフスキー／米川正夫訳『罪と罰』改版，上下，角川文庫，2008 年〕.
——, *Devils*, Oxford 1992 (1871)〔フョードル・ドストエフスキー／米川正夫訳『悪霊』上下，岩波文庫，1989 年〕.
Dummett, Michael, 'Wang's Paradox', in Rosanna Keefe and Peter Smith, eds, *Vagueness: A Reader*, Cambridge, MA, 1966.
Edgeworth, Maria, *Castle Rackrent* (1800), in *Tales and Novels*, vol. IV, New York 1967 (1893)〔マライア・エッジワース／大嶋磨起・大嶋浩訳『ラックレント城』開文社出版，2001 年〕.
Eichenwald, Kurt, 'Ex-Chief of Enron Pleads Not Guilty to 11 Felony Counts', *New York Times*, 9 July 2004.
Egan, Michael, ed., *Ibsen: The Critical Heritage*, London 1972.
Elias, Norbert, *The Civilizing Process*, Oxford 2000 (1939)〔ノルベルト・エリアス／赤井慧爾・波田節夫ほか訳『文明化の過程』上下，法政大学出版局，1977–1978 年〕.
Eliot, George, *Adam Bede*, London 1994 (1859)〔ジョージ・エリオット／阿波保喬訳『アダム・ビード』開文社出版，1979 年〕.
——, *Middlemarch*, Harmondsworth 1994 (1872)〔ジョージ・エリオット／工藤好美・淀川郁子訳『ミドルマーチ』講談社文芸文庫，1998 年〕.
——, 'Ilfracombe, Recollections, June, 1856', in *George Eliot's Life as Related in Her Letters and Journals*, arranged and edited by her husband, J. W. Cross, New York 1903.
Elster, Jon, *Explaining Technical Change: A Case Study in the Philosophy of Science*, Cambridge 1983.
Empson, William, *Some Versions of Pastoral*, New York 1974 (1935)〔ウィリアム・エンプソン／柴田稔彦訳『牧歌の諸変奏』研究社出版，1982 年〕.

The Englishman 26（3 December 1713）in Rae Blanchard, ed., *The Englishman: A Political Journal by Richard Steele*, Oxford 1955.

Ferguson, Niall, *The House of Rothschild: Money's Prophets 1798–1848*, Harmondsworth 1999.

Feydeau, Ernest, *Fanny*, Paris 1858.

Fiorentino, Francesco, *Il ridicolo nel teatro di Molière*, Turin 1997.

Flaubert, Gustave, *L'Éducation sentimentale*, in *Oeuvres*, edited by A. Thibaudet and R. Dumesnil, vol. 2, Paris 1952〔ギュスターヴ・フローベール／生島遼一訳『感情教育』改訳，上下，岩波文庫，1971 年〕

——, *Madame Bovary*, in *Oeuvres*, edited by A. Thibaudet and R. Dumesnil, vol. 1, Paris 1951〔ギュスターヴ・フローベール／芳川泰久訳『ボヴァリー夫人』新潮文庫，2015 年〕.

——, *Madame Bovary*, Harmondsworth 2003（1857）.

Forster, E. M., *Howards End*, New York 1998〔E. M. フォースター／小池滋訳『ハワーズ・エンド』（E. M. フォースター著作集 3）みすず書房，1994 年〕.

Franklin, Benjamin, *Autobiography, Poor Richard, and Later Writings*, New York 1987〔自伝および手紙の部分訳は，ベンジャミン・フランクリン／松本慎一・西川正身訳『フランクリン自伝』改版，岩波文庫，2010 年；同／蕗澤忠枝編訳『フランクリンの手紙』岩波文庫，1951 年〕.

Frye, Northrop, *Anatomy of Criticism: Four Essays*, Princeton 1957〔ノースロップ・フライ／海老根宏ほか訳『批評の解剖』法政大学出版局，1980 年〕.

Gallagher, Catherine, *The Industrial Reformation of English Fiction: Social Discourse and Narrative Form 1832–1867*, Chicago 1988.

Gaskell, Elizabeth, *North and South*, New York/London 2005（1855）〔エリザベス・ギャスケル／朝日千尺訳『北と南』（ギャスケル全集 4）大阪教育図書，2004 年〕.

Gay, Peter, *The Bourgeois Experience: Victoria to Freud. I. Education of the Senses*, Oxford 1984〔ピーター・ゲイ／篠崎実・鈴木実佳・原田大介訳『官能教育』Ⅰ・Ⅱ，みすず書房，1999 年〕.

——, *The Bourgeois Experience: Victoria to Freud. V. Pleasure Wars*, New York 1999（1998）〔ピーター・ゲイ／富山太佳夫ほか訳『快楽戦争——ブルジョワジーの経験』青土社，2001 年〕.

——, *Schnitzler's Century: The Making of Middle-Class Culture 1815–1914*, New York 2002〔ピーター・ゲイ／田中裕介訳『シュニッツラーの世紀——中流階級文化の成立　1815–1914』岩波書店，2004 年〕.

Glater, Jonathan, 'On Wall Street Today, a Break from the Past', *New York Times*, 4 May 2004.

Goethe, Johann Wolfgang, *Wilhelm Meister's Apprenticeship*, Princeton, NJ, 1995（1796）〔ヨハン・ヴォルフガング・フォン・ゲーテ／山崎章甫訳『ヴィルヘルム・マイスターの修業時代』上中下，岩波文庫，2000 年〕.

——, *Wilhelm Meister's Journeyman Years, or The Renunciants*, New York 1989 (1829)〔ヨハン・ヴォルフガング・フォン・ゲーテ／山崎章甫訳『ヴィルヘルム・マイスターの遍歴時代』上中下，岩波文庫，2002 年〕.

Goncourt, Edmond et Jules de, *Germinie Lacerteux: Pièce en dix tableaux*, nouv. éd., Paris 1888 (1865)〔エドモン・ド・ゴンクウル，ジュウル・ド・ゴンクウル／大西克和訳『ヂェルミニイ・ラセルトゥウ』岩波文庫，1950 年〕.

Goncharov, Ivan, *Oblomov*, New York 2008 (1859)〔イヴァン・ゴンチャロフ／米川正夫訳『オブローモフ』改版，上中下，岩波文庫，1976 年〕.

Gorky, Maxim, *Decadence*, Lincoln, NE, 1984 (*The Artamanov's Business*, 1925)〔ゴーリキイ／中村白葉訳『どん底』改版，岩波文庫，1961 年〕.

Gramsci, Antonio, *Prison Notebooks*, edited by Joseph A. Buttigieg, New York 2007〔アントニオ・グラムシ著，V. ジェルラターナ編／獄中ノート翻訳委員会訳『グラムシ獄中ノート』大月書店，1981 年；松田博編訳『グラムシ「獄中ノート」著作集』明石書店，2011 年-〕.

——, *Quaderni del carcere*, Torino 1975〔アントニオ・グラムシ／上村忠男編・訳『新編 現代の君主』部分訳，青木書店，1994 年（ちくま学芸文庫，2008 年）〕.

Groethuysen, Bernard, *Origines de l'esprit bourgeois en France. I: L'Eglise et la Bourgeoisie*, Paris 1927.

Hegel, G. W. F., *Aesthetics: Lectures on Fine Art*, Oxford 1998〔G. W. F. ヘーゲル／竹内敏雄訳『美学』（ヘーゲル全集 , 18a-c, 19a-c, 20a-c）岩波書店，1956-1981 年〕.

——, *Phenomenology of Spirit*, Oxford 1979 (1807)〔G. W. F. ヘーゲル／金子武蔵訳『精神の現象学』上下（ヘーゲル全集 4-5），岩波書店，1971, 1979 年〕.

Helgerson, Richard, 'Soldiers and Enigmatic Girls: The Politics of Dutch Domestic Realism, 1650-1672', *Representations* 58 (1997).

Hirschmann, Albert O., *The Passions and the Interests: Political Arguments for Capitalism before its Triumph*, Princeton, NJ, 1997 (1977)〔アルバート・O. ハーシュマン／佐々木毅・旦祐介訳『情念の政治経済学』法政大学出版局，1985 年〕.

Hobsbawm, Eric, *The Age of Empire: 1875-1914*, New York 1989 (1987)〔エリック・J. ホブズボーム／野口建彦・野口照子・長尾史郎訳『帝国の時代　1875-1914』Ⅰ・Ⅱ，みすず書房，1993，1998 年〕.

Hofstadter, Richard, *Anti-Intellectualism in American Life*, New York 1963〔リチャード・ホフスタッター／田村哲夫訳『アメリカの反知性主義』みすず書房，2003 年〕.

Houghton, Walter E., *The Victorian Frame of Mind, 1830-1870*, New Haven, CT, 1963.

Hughes, Thomas, *Tom Brown's Schooldays*, Oxford 1997 (1857)〔トマス・ヒューズ作／前川俊一訳『トム・ブラウンの学校生活』上下，岩波文庫，1952 年〕.

Ibsen, Henrik, *The Complete Major Prose Plays*, translated and introduced by Rolf Fjelde, New York 1978〔ヘンリク・イプセン／毛利三彌訳『イプセン戯曲選集——現代劇全作品』東海大学出版会，1997 年〕.

Jameson, Fredric, *The Antinomies of Realism*, London 2013.

——, ‘A Businessman in Love’, in Franco Moretti, ed., *The Novel, vol. 2: Forms and Themes*, Princeton, NJ, 2006.

Jauss, Hans Robert, ‘History of Art and Pragmatic History’, in *Toward an Aesthetic of Reception*, Minneapolis, MN, 1982.

——, ‘Literary History as Challenge to Literary Theory’ (1967), in *Toward an Aesthetic of Reception*〔ハンス・R. ヤウス「挑発としての文学史」轡田収訳『挑発としての文学史』岩波現代文庫，2001 年〕.

Kocka, Jürgen, ‘Entrepreneurship in a Latecomer Country: The German Case’, in *Industrial Culture and Bourgeois Society: Business, Labor, and Bureaucracy in Modern Germany*, New York/Oxford 1999.

——, ‘The European Pattern and the German Case’, in Jürgen Kocka and Allan Mitchell, eds, *Bourgeois Society in Nineteenth-Century Europe*, Oxford 1993 (1988)〔ドイツ語からの翻訳に，ユルゲン・コッカ「市民層と市民社会——ヨーロッパ的発展とドイツの特質」ユルゲン・コッカ編著／望田幸男訳『国際比較・近代ドイツの市民——心性・文化・政治』ミネルヴァ書房，2000 年，序章〕

——, ‘Middle Class and Authoritarian State: Toward a History of the German *Bürgertum* in the Nineteenth Century’, in *Industrial Culture and Bourgeois Society.*

Kojève, Alexandre, *Introduction to the Reading of Hegel: Lectures on the ‘Phenomenology of Spirit’*, Ithaca, NY, 1969 (1947)〔アレクサンドル・コジェーヴ『ヘーゲル読解入門——『精神現象学』を読む』上妻精・今野雅方訳，国文社，1987 年〕.

Koselleck, Reinhart, ‘*Begriffgeschichte* and Social History’, in *Futures Past: On the Semantics of Historical Time*, New York 2004 (1979).

Kuhn, Thomas S., *The Essential Tension: Selected Studies in Scientific Tradition and Change*, Chicago, IL, 1977〔トーマス・クーン／安孫子誠也・佐野正博訳『科学革命における本質的緊張——トーマス・クーン論文集』みすず書房，1998 年〕.

La Capra, Dominick, *Madame Bovary on Trial*, Ithaca, NY, 1982.

Lausberg, Heinrich, *Elemente der literarischen Rhetorik*, München 1967〔ハインリッヒ・ラウスベルク／萬澤正美訳『文学修辞学——文学作品のレトリック分析』東京都立大学出版会，2001 年〕.

LeGoff, Jacques, *Your Money or Your Life: Economy and Religion in the Middle Ages*, New York 1990 (1986)〔ジャック・ル・ゴッフ／渡辺香根夫訳『中世の高利貸——金も命も』法政大学出版局，1989 年〕.

Locke, John, *Two Treatises on Government*, Cambridge 1960 (1690)〔ジョン・ロック／加藤節訳『完訳 統治二論』岩波文庫，2010 年〕.

Lotman, Jurij M. and Boris A. Uspenskij, ‘The Role of Dual Models in the Dynamics of Russian Culture (Up to the End of the Eighteenth Century)’, in Ann Shukman, ed., *The Semiotics of Russian Culture*, Ann Arbor, MI, 1984.

Lukács, Georg, *The Theory of the Novel*, Cambridge, MA, 1974 (1914-15)〔ジェルジ・ルカーチ／大久保健治・藤本淳雄・高本研一訳『小説の理論』(ルカーチ著作集 2)

白水社，1968 年〕.
——, 'The Bourgeois Way of Life and Art for Art's Sake: Theodor Storm', in *Soul and Form*, New York 2010 (1911)〔ジェルジ・ルカーチ「市民性と芸術のための芸術——テーオドル・シュトルム」川村二郎・円子修平・三城満禧訳『魂と形式』（ルカーチ著作集 1）白水社，1969 年〕.
——, 'On the Nature and Form of the Essay', in *Soul and Forms*〔ジョルジ・ルカーチ「エッセイの本質と形式について——レオ・ポッパーへの手紙」川村二郎・円子修平・三城満義禧訳『魂と形式』（ルカーチ著作集 1）白水社，1969 年〕.
Machado de Assis, Joaquim Maria, *Dom Casmurro*, Oxford 1997〔マシャード・ジ・アシス，J. M.／武田千香訳『ドン・カズムッホ』光文社古典新訳文庫，2014 年〕.
——, *The Posthumous Memoirs of Brás Cubas*, Oxford 1997 (1881)〔マシャード・ジ・アシス／武田千香訳『ブラス・クーバスの死後の回想』光文社古典新訳文庫，2012 年〕.
Machiavelli, Niccolò, *Istorie Fiorentine*, Firenze 1532〔ニッコロ・マキァヴェッリ／在里寛司・米山喜晟訳『フィレンツェ史』上下，ちくま学芸文庫，2018 年〕.
Mandeville, Bernard, *The Fable of the Bees*, London 1980 (1714)〔バーナード・マンデヴィル／泉谷治訳『蜂の寓話——私悪すなわち公益』全 2 巻，法政大学出版局，1985–1993 年〕.
Mann, Thomas, *Doktor Faustus*, New York 1971 (1947)〔トーマス・マン／関泰祐・関楠生訳『ファウスト博士』全 3 冊，岩波文庫，1952–1954 年〕.
——, *Stories of Three Decades*, New York 1936〔トーマス・マン／猿田悳訳『無秩序と幼い悩み』（トーマス・マン全集 8）新潮社，1971 年〕.
Mannheim, Karl, *Conservatism: A Contribution to the Sociology of Knowledge*, New York 1986 (1925)〔カール・マンハイム／森博訳『保守主義的思考』ちくま学芸文庫，1997 年〕.
Marcus, Steven, *Engels, Manchester, and the Working Class*, London 1974.
——, *The Other Victorians: A Study of Sexuality and Pornography in Mid-Nineteenth-Century England*, New York 1966〔スティーヴン・マーカス／金塚貞文訳『もう一つのヴィクトリア時代——性と享楽の英国裏面史』中公文庫，1992 年〕.
Marx, Karl, *Capital*, vol. I, Harmondsworth 1990 (1867)〔カール・マルクス著，フリードリヒ・エンゲルス編／向坂逸郎訳『資本論』全 9 冊，岩波文庫，1969–1970 年〕.
Marx, Karl and Friedrich Engels, *Manifesto of the Communist Party*, in Robert C. Tucker, ed., *The Marx-Engels Reader*, New York 1978〔カール・マルクス，フリードリヒ・エンゲルス／大内兵衛・向坂逸郎訳『共産党宣言』改版，岩波文庫，2007 年〕.
Mayer, Arno, *The Persistence of the Old Regime: Europe to the Great War*, New York 1981.
Maza, Sarah, *The Myth of the French Bourgeoisie: An Essay on the Social Imaginary, 1750–1850*, Cambridge, MA, 2003.
McCloskey, Deirdre N., *The Bourgeois Virtues: Ethics for an Age of Commerce*, Chicago 2006.

McKendrick, Neil, 'Introduction' to Neil McKendrick, John Brewer and J. H. Plumb, *The Birth of a Consumer Society: The Commercialization of Eighteenth-Century England*, Bloomington, IN, 1982.

McLean, Bethany and Peter Elkind, *The Smartest Guys in the Room: The Amazing Rise and Scandalous Fall of Enron*, London 2003.

Mill, James, *An Essay on Government*, ed. Ernest Baker, Cambridge 1937（1824）〔ジェームズ・ミル／小川晃一訳『教育論：政府論』岩波文庫，1983 年〕.

Mill, John Stuart, *The Subjection of Women*, London 1869〔ジョン・スチュアート・ミル／大内兵衛・大内節子訳『女性の解放』岩波文庫，1957 年〕.

Miller, D. A., *Jane Austen, or The Secret of Style*, Princeton 2003.

——, *Narrative and Its Discontents: Problems of Closure in the Traditional Novel*, Princeton 1981.

——, *The Novel and the Police*, Berkeley, CA, 1988〔D. A. ミラー／村山敏勝訳『小説と警察』国文社，1996 年〕.

Moore, Jr, Barrington, *Moral Aspects of Economic Growth, and Other Essays*, Ithaca, NY, 1998.

Morazé, Charles, *Les bourgeois conquérants*, Paris 1957.

Moretti, Franco, *Atlas of the European Novel, 1800–1900*, London 1998（1997）.

——, *Graphs, Maps, Trees: Abstract Models for Literary History*, London 2005.

——, *The Way of the World: The Bildungsroman in European Literature*, London 1987.

——, 'Serious Century', in Franco Moretti, ed., *The Novel, vol. I: History, Geography, and Culture*, Princeton, NJ, 2006.

Morley, John, *On Compromise*, Hesperides 2006（1886）.

Nerlich, Michael, *The Ideology of Adventure: Studies in Modern Consciousness, 1100–1750*, Minnesota 1987（1977）.

Neumann, Anne Waldron, 'Characterization and Comment in *Pride and Prejudice*: Free Indirect Discourse and "Double-Voiced" Verbs of Speaking, Thinking, and Feeling', *Style*, Fall 1986.

Newman, John Henry, *The Idea of a University*, London 1907（1852）〔ジョン・ヘンリー・ニューマン／田中秀人による部分訳が『経済論集』（東洋大学）に掲載されている〕.

Ngai, Sianne, *Ugly Feelings*, Cambridge, MA, 2005.

Nietzsche, Friedrich, *The Genealogy of Morals*, edited by Walter Kaufmann, London 1967（1887）〔フリードリヒ・ニーチェ／木場深定訳『道徳の系譜』改版，岩波文庫，2010 年；秋山英夫・浅井真男訳『道徳の系譜；ヴァーグナーの場合；遺された著作（1889 年）：ニーチェ対ヴァーグナー』（ニーチェ全集，第 2 期第 3 巻）白水社，1983 年〕.

Nock, O. S., *Historic Railway Disasters*, London 1966.

Novak, Maximillian E., *Daniel Defoe: Master of Fictions*, Oxford 2001.

Orlando, Francesco, *Toward a Freudian Theory of Literature: With an Analysis of Racine's Phèdre*, Baltimore 1978 (1973).

Orwell, George, 'Politics and the English Language' (1946), in *Collected Essays, Journalism, and Letters*, edited by Sonia Orwell and Ian Angus, Harmondsworth 1972〔ジョージ・オーウェル「政治と英語」川端康雄編，岡崎康一ほか訳『水晶の精神』(オーウェル評論集 2) 平凡社ライブラリー，1995 年〕.

Park, Robert E., Ernest W. Burgess and Roderick D. McKenzie, *The City*, Chicago 1925〔R. E. パーク，E. W. バージェス，R. D. マッケンジー／大道安次郎・倉田和四生訳『都市——人間生態学とコミュニティ論』鹿島出版会，1972 年〕.

Parkinson, Richard, *On the Present Condition of the Labouring Poor in Manchester; with Hints for Improving It*, London/Manchester 1841.

Pascal, Roy, *The Dual Voice: Free Indirect Speech and Its Functioning in the Nineteenth-century European Novel*, Manchester 1977.

Pérez Galdós, Benito, *Doña Perfecta*, New York 1960 (1876)〔ベニート・ペレス＝ガルドス／大楠栄三訳『ドニャ・ペルフェクタ——完璧な婦人』(ロス・クラシコス／寺尾隆吉企画・監修，現代企画室，2015 年〕.

——, *Fortunata y Jacinta*, Harmondsworth 1986〔ベニート・ペレス・ガルドス／浅沼澄訳『フォルトゥナータとハシンタ——「二人の妻」の物語』上下，水声社，1997-1998 年〕.

——, *Torquemada*, New York 1986 (1889-96).

Pericoli, Tullio, *Robinson Crusoe di Daniel Defoe*, Milan 2007.

Plumpe, Gerhard, ed., *Theorie des bürgerlichen Realismus*, Stuttgart 1985.

'Present System of Education', *Westminster Review*, July-October 1825.

Prus, Bolesław, *The Doll*, New York 1972 (1890)〔ボレスワフ・プルス／関口時正訳『人形』未知谷，2017 年〕.

'Quantitative History of 2,958 Nineteenth-Century British Novels: The Semantic Cohort Method'—Literary Lab Pamphlet 4, available at litlab.stanford.edu.

Rousseau, Jean-Jacques, *Émile* (1762), in *Oeuvres complètes*, vol. IV, Paris 1969〔ジャン＝ジャック・ルソー／樋口謹一訳『エミール』上下 (ルソー全集 6-7)，白水社，1980-1982 年〕.

Rubinstein, W. D., *Men of Property: The Very Wealthy in Britain since the Industrial Revolution*, London/New Brunswick, N. J., 1981.

——, *Capitalism, Culture and Decline in Britain 1750-1990*, London/New York 1993〔W. D. ルービンステイン／藤井泰ほか訳『衰退しない大英帝国——その経済・文化・教育，1750-1990』晃洋書房，1997 年〕.

Schama, Simon, *The Embarrassment of Riches*, California 1988.

Schivelbusch, Wolfgang, *Tastes of Paradise: A Social History of Spices, Stimulants, and Intoxicants*, New York 1992 (1980)〔ヴォルフガング・シヴェルブシュ／福本義憲訳『楽園・味覚・理性——嗜好品の歴史』法政大学出版局，1988 年〕.

[Schlegel, Friedrich], *Friedrich Schlegel's Lucinde and the Fragments*, Minneapolis, MN, 1971〔フリードリッヒ・シュレーゲル／江澤譲爾訳『ルチンデ』春陽堂，1934年〕.

Schumpeter, Joseph A., *Capitalism, Socialism and Democracy*, New York 1975 (1942)〔ヨーゼフ・A. シュムペーター／中山伊知郎・東畑精一訳『資本主義・社会主義・民主主義』新装版，東洋経済新報社，1995 年〕.

Schwarz, Roberto, *A Master on the Periphery of Capitalism: Machado de Assis*, Durham, NC, 2001 (1990).

——, 'Complex, Modern, National and Negative', in *Misplaced Ideas: Essays on Brazilian Culture*, London 1992.

——, 'Misplaced Ideas: Literature and Society in Late Nineteenth-Century Brazil' (1973), in *Misplaced Ideas*.

——, 'The Poor Old Woman and Her Portraitist', in *Misplaced Ideas*.

——, 'Who can tell me that this character is not Brazil?', in *Misplaced Ideas*.

Scitovsky, Tibor, *The Joyless Economy: An Inquiry into Human Satisfaction and Consumer Dissatisfaction*, Oxford 1976〔ティボール・シトフスキー／斎藤精一郎訳『人間の喜びと経済的価値——経済学と心理学の接点を求めて』日本経済新聞社，1979 年〕.

Scott, Walter, *The Heart of Mid-Lothian*, Harmondsworth 1994 (1818)〔ウォルター・スコット／大榎茂行ほか訳『ミドロージャンの心臓』上下，京都修学社，1995–1997 年〕.

——, *Kenilworth*, Harmondsworth 1999 (1821)〔ウォルター・スコット／朱牟田夏雄訳『ケニルワースの城』集英社，1979 年〕.

Seed, John and Janet Wolff, 'Introduction', in Janet Wolff and John Seed, eds, *The Culture of Capital: Art, Power, and the Nineteenth-Century Middle Class*, Manchester 1988.

Sertoli, Giuseppe, 'I due Robinson', in *Le avventure di Robinson Crusoe; seguite da, Le ulteriori avventure; e, Serie riflessioni*, Turin 1998.

Shakespeare, William, *Hamlet* (c.1599–1602?)〔ウィリアム・シェイクスピア／河合祥一郎『新訳 ハムレット』角川文庫，2003 年〕.

Sherman, Stuart, *Telling Time: Clocks, Diaries, and English Diurnal Forms, 1660–1785*, Chicago 1996.

Shklovsky, Viktor, *Energy of Delusion: A Book on Plot*, Champaign, IL, 2007 (1981).

Simmel, Georg, 'Soziologische Aesthetik', *Die Zukunft*, 1896〔ゲオルク・ジンメル「社会学的美学」北川東子編訳，鈴木直訳『ジンメル・コレクション』ちくま学芸文庫，1999 年〕.

Smiles, Samuel, *Self-Help*, Oxford 2008 (1859)〔サミュエル・スマイルズ／中村正直訳『西国立志編』講談社学術文庫，1981 年〕.

Smith, Alison, *The Victorian Nude: Sexuality, Morality and Art*, Manchester 1996.

Solomon, Alisa, *Re-Dressing the Canon: Essays on Theater and Gender*, London/New York,

1997.

Sombart, Werner, *The Quintessence of Capitalism: A Study of the History and Psychology of the Modern Business Man*, London 1915 (1913)〔ヴェルナー・ゾンバルト／金森誠也訳『ブルジョワ――近代経済人の精神史』中央公論社，1990 年（講談社学術文庫版，2016 年）〕.

Spitzer, Leo, 'The "Récit de Théramène" in Racine's *Phèdre*', in *Essays on Seventeenth-Century French Literature*, edited by David Bellos, Cambridge 2009.

Squires, Susan E., Cynthia J. Smith, Lorma McDougall and William R. Yeack, *Inside Arthur Andersen: Shifting Values, Unexpected Consequences*, New York 2003〔スーザン・E. スクワイヤほか著／平野皓正訳『名門アーサーアンダーセン消滅の軌跡――公正な監査とリスク管理のプロ集団に何が起こったか元社員らが書いた内幕ストーリー』シュプリンガー・フェアラーク東京，2003 年〕.

Staiger, Emil, *Basic Concepts of Poetics*, University Park, PA 1991 (1946)〔エーミール・シュタイガー／高橋英夫訳『詩学の根本概念』法政大学出版局，1969 年〕.

Strachey, Lytton, *Eminent Victorians: Cardinal Manning, Florence Nightingale, Dr. Arnold, General Gordon*, London 1918〔リットン・ストレイチー／中野康司訳『ヴィクトリア朝偉人伝』みすず書房，2008 年〕.

Taylor, Charles, *A Secular Age*, Cambridge, MA, 2007.

Tennyson, Alfred, *In Memoriam*〔アルフレッド・テニスン／入江直祐訳『イン・メモリアム』岩波文庫，1934 年〕.

Tennyson, Hallam, *Alfred Lord Tennyson: A Memoir by his Son*, New York 1897.

Thibaudet, Albert, *Gustave Flaubert*, Paris 1935 (1922)〔アルベール・チボーデ／戸田吉信訳『ギュスターヴ・フロベール』法政大学出版局，2001 年〕.

Thompson, E. P., 'The Moral Economy of the English Crowd in the Eighteenth Century', *Past and Present* 50 (February 1971).

——, 'Time, Work-Discipline, and Industrial Capitalism', *Past & Present* 38 (December 1967).

Thompson, F. M. L., *The Rise of Respectable Society: A Social History of Victorian Britain 1830–1900*, Harvard 1988.

Tilly, Richard, 'Moral Standards and Business Behaviour in Nineteenth-Century Germany and Britain', in Jürgen Kocka and Allan Mitchell, eds, *Bourgeois Society in Nineteenth-Century Europe*, Oxford 1993 (1988).

Tobler, Adolf, 'Vermischte Beiträge zur französischen Grammatik', *Zeitschrift für romanische Philologie*, 1887.

Turgenev, Ivan, *Fathers and Sons*, New York 2008 (1862)〔イワン・ツルゲーネフ／工藤精一郎訳『父と子』改版，新潮文庫，2014 年〕.

Veblen, Thorstein, *Theory of the Leisure Class*, Harmondsworth 1979 (1899)〔ソースタイン・ヴェブレン／村井章子訳『有閑階級の理論』新版，ちくま学芸文庫，2016 年〕.

Verga, Giovanni, *Lettere al suo traduttore*, edited by F. Chiappelli, Firenze 1954.
——, *Mastro-Don Gesualdo*, 1888 version, Turin 1993.
——, *Mastro-Don Gesualdo*, translated by D. H. Lawrence, Westport 1976.
——, *Mastro-don Gesualdo: a novel*, translated, with an introduced by Giovanni Cecchetti, Berkeley, CA, 1979.
Verne, Jules, *Le Tour du monde en quatre-vingts jours*, Paris 1873〔ジュール・ヴェルヌ／田辺貞之助訳『八十日間世界一周』東京創元社，1976 年〕.
Wahrman, Dror, *Imagining the Middle Class: The Political Representation of Class in Britain, c. 1780–1840*, Cambridge 1995.
Wallerstein, Immanuel, 'The Bourgeois(ie) as Concept and Reality', *New Left Review* I/167 (January-February 1988)〔イマニュエル・ウォーラーステイン「ブルジョワ（ジー）——その観念と現実」エティエンヌ・バリバール，イマニュエル・ウォーラーステイン著／若森章孝ほか訳『人種・国民・階級——「民族」という曖昧なアイデンティティ』唯学書房，2014 年，第 9 章〕.
Warburg, Aby, 'The Art of Portraiture and the Florentine Bourgeoisie' (1902), in *The Renewal of Pagan Antiquity*, Los Angeles 1999〔アビ・ヴァールブルク「肖像芸術とフィレンツェの市民階級——サンタ・トリニタ聖堂のドメニコ・ギルランダイオ，ロレンツォ・デ・メディチとその一族の肖像」上村清雄・岡田温司訳『フィレンツェ市民文化における古典世界』（ヴァールブルク著作集 2）ありな書房，2004 年，第 3 章〕.
——, 'Flemish Art and the Florentine Early Renaissance' (1902), in *The Renewal of Pagan Antiquity*〔アビ・ヴァールブルク「フランドル美術とフィレンツェの初期ルネサンス」伊藤博明・岡田温司・加藤哲弘訳『フィレンツェ文化とフランドル文化の交流』（ヴァールブルク著作集 3）ありな書房，2005 年，第 2 章〕.
——, 'Francesco Sassetti's Last Injunctions to his Sons' (1907), in *The Renewal of Pagan Antiquity*〔アビ・ヴァールブルク「フランチェスコ・サッセッティの終意処分」上村清雄・岡田温司訳『フィレンツェ市民文化における古典世界』（ヴァールブルク著作集 2）ありな書房，2004 年，第 4 章〕.
Watt, Ian, *The Rise of the Novel: Studies in Defoe, Richardson and Fielding*, Berkeley, CA, 1957〔イアン・ワット／藤田永祐訳『小説の勃興』再版，南雲堂，2007 年〕.
Webb, Igor, 'The Bradford Wool Exchange: Industrial Capitalism and the Popularity of the Gothic', *Victorian Studies*, Autumn 1976.
Weber, Max, *Economy and Society: An Outline of Interpretive Sociology*, New York 1968 (1922)〔マックス・ウェーバー／世良晃志郎・安藤英治ほか訳『経済と社会』全 6 巻，創文社，1960–1976 年〕.
——, *The Protestant Ethic and the Spirit of Capitalism*, New York 1958 (1905)〔マックス・ヴェーバー／大塚久雄訳『プロテスタンティズムの倫理と資本主義の精神』（改訳）岩波文庫，1989 年〕.
——, 'Der Nationalstaat und die Volkswirtschaftspolitik', in *Gesammelte politische*

Schriften, Tübingen 1971〔マックス・ヴェーバー「国民国家と経済政策――教授就任講演」中村貞二ほか訳『政治論集』1，みすず書房，1982 年〕.

——, 'Science as a Vocation', in *From Max Weber: Essays in Sociology*, edited by H. H. Gerth and C. Wright Mills, Oxford 1958〔マックス・ウェーバー／尾高邦雄訳『職業としての学問』改訳，岩波文庫，1980 年；英訳版原著の序論部分の翻訳は，H. H. ガース，ライト・ミルズ／山口和男・犬伏宣宏訳『マックス・ウェーバー――その人と業績』改訂，ミネルヴァ書房，1964 年〕.

Weinrich, Harald, *Tempus: Besprochene und erzählte Welt*, 2nd edn, Stuttgart 1971（1964）〔ハラルト・ヴァインリヒ／脇阪豊ほか訳『時制論――文学テクストの分析』紀伊國屋書店，1982 年〕.

Wiener, Martin J., *English Culture and the Decline of the Industrial Spirit, 1850–1980*, Cambridge 1981〔マーティン・J. ウィーナ／原剛訳『英国産業精神の衰退――文化史的接近』勁草書房，1984 年〕.

Williams, Raymond, *Culture & Society: 1780–1950*, New York 1983（1958）〔レイモンド・ウィリアムズ／若松繁信・長谷川光昭訳『文化と社会』ミネルヴァ書房，1968 年〕.

——, *Keywords: A Vocabulary of Culture and Society*, rev. edn, Oxford 1983（1976）〔レイモンド・ウィリアムズ／椎名美智ほか訳『完訳 キーワード辞典』平凡社，2002 年〕.

Wolff, Janet and John Seed（eds）, *The Culture of Capital: Art, Power, and the Nineteenth-Century Middle Class*, Manchester 1988.

Wood, Ellen Meiksins, *The Origin of Capitalism: A Longer View*, London 2002（1999）〔エレン・M. ウッド／中山元訳『資本の帝国』紀伊國屋書店，2004 年〕.

——, *The Pristine Culture of Capitalism: A Historical Essay on Old Regimes and Modern States*, London 1992〔エレン・M. ウッド／平子友長・中村好孝訳『資本主義の起源』こぶし書房，2001 年〕.

図版クレジット

図版 1: Jan Steen, *The Burgher of Delft and his Daughter*, 1655. With permission from the Bridgeman Art Library.

図版 2: Frontispiece for *Robinson Crusoe*, author's own.

図版 3: T. Pericoli, *Robinson e gli attrezzi*, 1984, India ink and watercolor on paper, 76x57 cm. With permission from Studio Percoli.

図版 4: Johannes Vermeer, *Woman in Blue Reading Letter*, 1663, oil on canvas, 47x39 cm. With permission from the Bridgeman Art Library.

図版 5: Johannes Vermeer, *Love Letter*, 1669, oil on canvas, 44x38 cm. With permission from the Bridgeman Art Library.

図版 6: Johannes Vermeer, *Officer and Laughing Girl*, 1657. Courtesy of the Frick Collection.

図版 7: Gustave Caillebotte, Study for a *Paris Street, Rainy Day*, 1877, oil on canvas. With permission from the Bridgeman Art Library.

図版 8: Edouard Manet, *Olympia*, 1863, oil on canvas. With permission from the Bridgeman Art Library.

図版 9: Jean Auguste Dominique Ingres, *Venus Anadyomene*, 1848, oil on canvas. With permission from the Bridgeman Art Library.

図版10: John Everett Millais, *A Knight Errant*, 1870. With permission from the Bridgeman Art Library.

図版11, **図版12**: John Everett Millais, *The Martyr of the Solway*, c.1871, oil on canvas, 70.5x56.5 cm. Walker Art Gallery, Liverpool.

編集　勝　康裕（フリーエディター）

著者略歴

(Franco Moretti)

1950年イタリア，ソンドリオ生まれ．現在　米国スタンフォード大学名誉教授，スイス連邦工科大学ローザンヌ校顧問．主な著書に『ドラキュラ・ホームズ・ジョイス――文学と社会』（1983／邦訳，新評論，1992）『世の習い――ヨーロッパ文化における教養小説』（1987）『近代の叙事詩――ゲーテからガルシア＝マルケスにいたる世界システム』（1995）『ヨーロッパ小説の地図帳 1800-1900』（1998）『グラフ，地図，樹――文学史の抽象モデル』（2005）『遠読』（2013／邦訳，みすず書房，2016）など．

訳者略歴

田中裕介〈たなか・ゆうすけ〉 1972年生まれ．現在　青山学院大学文学部准教授．専攻は19世紀イギリス文学・文化．主な著訳書に『講座文学9　フィクションか歴史か』（共著，岩波書店，2002），P・ゲイ（単独訳）『シュニッツラーの世紀――中流階級文化の成立 1815-1914』（岩波書店，2004），R・ウィリアムズ（共訳）『共通文化にむけて――文化研究Ⅰ』（みすず書房，2013），F・トレントマン（単独訳）『フリートレイド・ネイション――イギリス自由貿易の興亡と消費文化』（NTT出版，2016）ほか．

フランコ・モレッティ
ブルジョワ
歴史と文学のあいだ
田中裕介訳

2018年 9月18日　第1刷発行

発行所 株式会社 みすず書房
〒113-0033 東京都文京区本郷2丁目20-7
電話 03-3814-0131（営業） 03-3815-9181（編集）
www.msz.co.jp

本文組版 キャップス
本文印刷所 精文堂印刷
扉・表紙・カバー印刷所 リヒトプランニング
製本所 誠製本
装丁 安藤剛史

ISBN 978-4-622-08723-6
［ブルジョワ］